DE PARADIJSELIJK EILAND

NICK THACKER

VOORWOORD

Dit boek is vanuit het Engels vertaald met behulp van een service, om lezers over de hele wereld geweldige verhalen te bieden. We hopen dat je ervan geniet, en vergeef eventuele taalfouten!

PROLOOG

HET KIND ZAT TUSSEN DE TWEE BOMEN, wachtend op de dood. Hij wist dat die zou komen - zijn verzorger had hem dat verteld. De twee bomen werden verondersteld troost te bieden, het gevoel van bescherming.

Maar ze konden geen veiligheid bieden.

Hij zou sterven, net als zij allemaal. Het was niet zozeer een gedachte die de jongen plaagde, als wel een die hem verontrustte. Hij wist van de dood, zoals elk kind van zijn leeftijd. Hij begreep het, was het ermee eens. *Alles moet sterven.* De jungle om hem heen, de bomen, planten en dieren, alles moet verdwijnen. Het werd hem verteld door de verhalen die rond het vuur werden verteld, en soms rechtstreeks van de oudere kinderen als ze hem meenamen om te jagen.

Hij mocht in die tijd niet spreken, maar dat betekende niet dat hij het niet begreep. Hij wist wat de dood was, en hij wist dat hij zou komen. De twee bomen boden troost, maar geen hoop. Ook zij zouden sterven. Niet vandaag, misschien over vele jaren, maar ze zouden verschrompelen en verdwijnen, net als zijn voorouders - de moeders en vaders van zijn eigen moeder en vader, net als zij. Ook zijn verzorger zou sterven.

1

Maar de dood was makkelijk te begrijpen als je er van een afstand naar keek. Als het een verhaal was, verteld door een oudere rond een vuur, of een herinnering beschreven door een jager na een moord. Het kind herinnerde zich deze verhalen, en ze overspoelden zijn geest als ze bij hem terugkwamen.

Hij herinnerde zich de dood van zijn ouders, de een na de ander, neergeslagen door een slag van een naburige stam, een nog meedogenlozer dan de zijne. Ze waren voedsel aan het verzamelen, met hun enige zoon tussen hen in. Hij zat gehurkt in de struiken toen ze kwamen, niet eens vertragend om de omgeving te doorzoeken. Dus hij had het overleefd, en tegelijkertijd had hij de dood uit de eerste hand leren kennen.

Hij herinnerde zich het gevoel. Het snelle wegvallen van het leven, zich niet realiserend dat hij nooit meer met hen zou spreken. Ze waren weg, brutaal en snel weggenomen, maar alles wat hij zich kon herinneren was de manier waarop zijn moeder het eten dat ze bij zich had had laten vallen, en het over de hele bosgrond had laten vallen. De verspilling ervan; hij had niet eens zijn hand uitgestoken om het te pakken.

Hij keerde terug naar het dorp en zag dat er niets veranderd was. Zijn familie en vrienden werkten, speelden en sliepen alsof er niets gebeurd was. Niemand had van de aanval geweten totdat hij het hen had verteld. Er was een ceremonie geweest, zoals altijd, en toen was hij aan een verzorger gegeven en was het leven weer als normaal hervat.

De dood was hier, en het kwam voor hem.

Hij voelde het, sterker dan hij het had gevoeld toen het zijn ouders had genomen.

Sterker zelfs dan het gevoel dat hij had toen hij naar de verhalen luisterde. Het bos nam iedereen, zeiden ze, maar het nemen was altijd veel wreder als het niet het bos was dat het werk deed.

Hij hoorde het geschreeuw. Ze hadden het dorp gevonden. Zijn huis, zijn verzorger. Ze waren er allemaal. Er werd vandaag niet gejaagd, en er waren geen scoutinggroepen. Iedereen zou in het dorp zijn, voedsel en kleding aan het klaarmaken. Er waren drie vrouwen met kinderen, en zij zouden voorbereidingen moeten treffen voor hun jongen. Iedereen was er, iedereen schreeuwde. De mannen huilden met sporadische oorlogsgezangen, niet samen en georganiseerd, maar bang, wetend.

Hij hurkte dichter naar de bosgrond. Hij raakte de grond aan en voelde hoe het bos zijn beklag deed over de aanval. Het was allemaal een deel van hen, een deel van *hem*. Hij was oud genoeg om dat nu te weten. Ze waren verbonden, het bos en de bomen en de dieren en de stammen. Zelfs de stammen die ze bevochten, ze waren verbonden.

Zijn huisbewaarder had het eens uitgelegd, in termen van een verhaal waarvan hij de details vergeten was. Maar hij kende het uitgangspunt: ze maakten allemaal deel uit van *hetzelfde* verhaal, van *dezelfde* wereld hier. Leven was veel belangrijker dan de dood van anderen te veroorzaken.

Zo was hij gerend, zonder na te denken en zonder om te kijken, toen hij voor het eerst het zware getrippel van de voeten had gehoord, dat door het woud stampte. Het was geen andere stam, dat kon niet. Ze waren te luidruchtig, te groot. Hij was bang, maar hij kon het wegduwen en zich concentreren op het rennen naar de bomen. De bomen waar de ceremonie had plaatsgevonden, de bomen die boven hun kleine dorp uittorenden. Hij was er een keer in geklommen, om te ontdekken dat het niet de hoogste bomen waren die er waren. Ze staken tegen het bladerdak en schraapten het zelfs op sommige plaatsen, maar het dak van het bladerdak zelf, zo ontdekte hij tot zijn verbazing, werd gevormd door de onderkant van nog hogere bomen.

De wereld was groot, had hij die dag geleerd. Het was groot, en hij was er een klein deel van. Hij wist niet hoe groot - zijn volk maakte zich over dat soort dingen geen zorgen - maar hij was altijd gefascineerd door de gedachte eraan. De bomen die hij was gaan vertrouwen doemden boven hem op en herinnerden hem eraan dat zelfs als hij dacht dat het grootste ding in de wereld op hem neerkeek, er nog iets groters was, ergens daarbuiten.

Die grotere dingen sloegen in het rond en veroorzaakten het geschreeuw en vervolgens het zwijgen van zijn mensen in het dorp. Hij durfde niet te kijken, uit angst voor wat hij zou kunnen zien. Misschien zou het snel voorbij zijn, maar wat dan? Waar zou hij heen gaan? De dichtstbijzijnde stam was vijandig, en ze zouden de kans grijpen om hem de dood in te jagen, net zoals de grotere mensen dat nu deden.

Dus wat te doen? Hij wachtte, gehurkt en klein en rillend in het bos, de twee bomen die boden wat ze konden - troost en sympathie, die hij door de grond heen kon voelen. Ze vertelden hem dat ze er waren, maar dat ze het jammer vonden dat ze niet meer konden doen. Ze vonden het jammer dat ze niet konden helpen, dat ze...

Een van de grotere mensen dook om en kwam naar zijn plek bij de boom. Hij dacht even, hoopte, dat ze hem niet zouden zien. Dat hij op de een of andere manier een boom was geworden, of een struik, of iets dat het niet nodig leek de dood over zich te laten komen.

Maar ze zagen hem. Hij wist het toen de voeten van het ding zich naar hem toe keerden, de schaduw ervan kruipend over en om hem heen, hem verslindend alsof de eigenaar niet eens hoefde te bewegen om te weten dat het hem gevangen had. Hij snikte een keer en zei toen tegen zichzelf dat hij sterk moest zijn. *De dood komt over ons allen*, zei hij tegen zichzelf. *De dood is niet de vijand.*

De voeten stapten naar voren, en hij rook de persoon. Dit was zeker geen andere stam. De benen waren bedekt, evenals de voeten. Een soort stof of huid, op sommige plaatsen geklit maar stevig, bevlekt met het vuil en de modder van dagenlange trektochten door de jungle. Spatten van slib op de dingen die de voeten bedekten. Geen sandalen, maar iets groters. Sterker.

De voeten bewogen weer, maar niet naar hem toe. Ze verschoven gewoon, bewogen een beetje en lieten een lelijke streep achter in de modder. Hij voelde een hand naar zijn haar grijpen, dat hij net lang genoeg had gehouden om zijn oren te bedekken. Het was zwart, vet en mooi, een van de mooiste haren van alle kinderen van zijn leeftijd. Hij was er trots op.

De hand van de persoon scheurde zijn haar omhoog, en hij gilde van de pijn. Zijn haar bleef aan zijn hoofd vastzitten, en hij kwam overeind door de kracht van de hand van de persoon. Hij vocht tegen de hand, maar de hand wurmde zich om zijn haar en rukte hem omhoog, omhoog.

Hij huilde nu, openlijk. Hij was een kind, en hij wist dat kinderen mochten huilen. Ze werden aangemoedigd om hun tranen met wijsheid te beschouwen, als reacties op een bepaald gevoel. Als men het gevoel begreep, kon men tegen de tranen vechten, werd er gezegd.

Hij kende het gevoel - pijn. Verlies. Hij wilde zijn verzorger.

Hij wilde zijn moeder. Zijn vader.

Hij wilde *iedereen*.

Hij keek op, daartoe gedwongen door de hand die stevig in zijn haar was gewikkeld. Het gezicht was van een man, maar de huid van de man was licht, niet gebronsd door de zon maar gebruind door de modder. Zijn ogen fonkelden, een lichtgroenachtig blauw dat de jongen nog nooit eerder had gezien.

Hij was plotseling bang. De angst greep hem steviger dan de hand in zijn haar, en hij snikte opnieuw. De man stond, bevroren. Hem onderzoekend. Ondervroeg hem.

Hij wilde spreken, vragen waarom. Begrijpen. De tranen bleven komen. De man bleef staren.

Uiteindelijk liet de man zijn hand los van het haar van de jongen en reikte in een tas die hij droeg. Die was ook van huid gemaakt, een soort leer dat de jongen nog niet eerder had gezien. De man keek naar de jongen met die fonkelende ogen terwijl hij in zijn tas rommelde.

Hij haalde iets uit de zak en hield het stevig in zijn hand. Het was scherp, puntig en helder, als water dat in een buisvorm was gehard en om een glanzende, heldere punt was gelegd. Hij richtte het op de jongen, bij zijn linkerarm.

De jongen schudde, snikte.

De man keek neer op de jongen, glimlachte. Hij opende zijn mond en sprak woorden die de jongen niet kende, niet begreep.

"Je zult het prima doen, jongen," zei de man. "Prima, inderdaad."

HOOFDSTUK 1

DE MAN KEEK NAAR HEM DOOR HET GLAS, zijn handen en armen tegen de ruit gedrukt, als een dier dat angstig wacht tot zijn ontvoerder hem te eten geeft. De man hield zijn hoofd schuin en keek naar Dr. Joseph Lin terwijl hij met de grijze, metalen doos in zijn handen rommelde.

Dr. Lin wist wat de man wilde. Het was wat ze allemaal wilden.

Vrijheid.

De man was volgzaam, getemd door honderden cocktails van medicijnen en kalmerende middelen, maar Dr. Lin kon zich niet aan de indruk onttrekken dat de proefpersonen altijd uitkeken naar een fout, naar een opening. Iets waar ze hun voordeel mee zouden kunnen doen.

Hij zou vandaag niet falen. Hij had nog niet gefaald, en dat zou hij nu ook niet doen. De taak was eenvoudig, gedachteloos zelfs, maar dat was dan ook de reden waarom het gemakkelijk was om te falen bij het uitvoeren ervan. De alledaagse taken waren de taken waar je je zorgen over moest maken - een mens kon veel gemakkelijker door de knieën gaan met dit soort taken en opdrachten, en dat is waar fouten werden gemaakt.

Het waren niet de grootschalige, ingewikkelde dingen waar hij zich zorgen over hoefde te maken. De veelgelaagde taken die een genuanceerd inzicht in iets of een delicate hand vereisten, waren in zekere zin gemakkelijker vlekkeloos uit te voeren. Hij was de beste in de wereld in dat soort dingen, dat was waarom hij hier was in de eerste plaats.

Het waren de *gemakkelijke* dingen, de simpele en repetitieve waar hij het meest voorzichtig mee moest zijn. Zo was hij - een wetenschapper van wereldfaam - op het werk van een van de laboranten terechtgekomen; het meisje was onvoorzichtig geweest, ze was in de fout gegaan en had toegestaan dat een kleine vergissing een grote fout werd.

En hier in het lab waren fouten onaanvaardbaar. De assistente had dat op de harde manier geleerd, maar in deze omgeving waren er geen tweede kansen. Er waren geen lessen - het was uitvoeren of verwijderd worden.

Dr. Lin was teleurgesteld over de verwijdering van het meisje, want ze was een goede assistente geweest. Maar hij begreep ook de redenen erachter. Hij was kalm, geconcentreerd en liet de verwijdering van de assistente zijn werk niet beïnvloeden, en daar was hij trots op. Hij kon het werk doen van een nederige assistent. Hij kon zich verlagen tot dat niveau en de klus klaren. Het zou een latere nacht voor hem betekenen - zijn eigen werk zat werkeloos te wachten op zijn terugkeer - maar hij zou het afmaken.

De man wreef tegen het glas, met een nieuwsgierige blik op zijn gezicht. Dr. Lin keek een ogenblik naar hem. De man draaide zijn hoofd weer om, zijn ogen speurend in het gezicht van de dokter. Er zou niets te lezen zijn, wist Dr. Lin. Zelfs als Dr. Lin het type man was geweest om de zwakte van emoties op zijn gezicht te laten zien, was deze man aan de andere kant van het glas niet in staat om ze te herkennen en te erkennen. Die functie van zijn neurale programmering was verstikt tot het punt van nutteloos zijn. Het 'empathie-gen', of 'emotionele resonantie', zoals de marketingmensen het boven noemden. Het vermogen van een mens om een bepaalde micro-expressie te herkennen, te erkennen en erop te reageren.

Dr. Lin opende de metalen doos. Het deksel klapte abrupt omhoog, alsof het op een iets kleinere doos paste, en Dr. Lin gluurde naar binnen. Hij reikte naar binnen en pakte het eerste buisje dat bovenop de stapel lag. Hij sloot het doosje en zette het neer op het karretje dat naast hem stond. Hij pakte de spuit op het karretje en stopte het buisje in de achterkant van de spuit.

De man binnenin keek naar hem. Wachtend. Wetend wat er zou komen, maar niet in staat om openlijk te reageren.

Dr. Lin drukte het buisje naar beneden in de spuit totdat hij het lichte plofgeluid voelde en hoorde dat hem vertelde dat het zegel van het medicijn was geopend en klaar was voor injectie. Hij wendde zich tot de man achter het glas en hield het medicijn omhoog.

"Tijd voor je medicijn, 31-3," zei hij. Zijn stem was rustig, verzacht van uitputting. Hij was al vierentwintig uur wakker en hij wist dat zijn werk nog minstens tien uur zou duren. Hij was blij dat er geen verga-deringen gepland waren, geen reden om zijn stem veel te gebruiken.

De man keek hem aan, niet knikkend of zijn hoofd schuddend. Hij staarde. Wachtte. Wetend. Geduldig, maar zich niet bewust van zijn eigen geduld. Hongerig, maar verzadigd. Gewoon... *daar*.

Dr. Lin schoof de vuistgrote deur in het midden van het glas open, waardoor een rechthoekig gat zichtbaar werd. De geur van de andere kant waaide naar buiten, een mengsel van zweet en uitwerpse-len. Hij trok een gezicht en herstelde zich toen. De man bewoog niet. Dr. Lin ging terug in de richting van het gat, onwillekeurig hield hij zijn adem in. De man duwde in de richting van het rechthoekige gat, en stopte toen op een paar centimeter afstand. Hij keek op naar Dr. Lin, wachtte tot hij zou knikken om verder te gaan, en duwde zich toen tegen het glas. De huid van zijn rechterarm, net onder de schou-der, duwde nu door het rechthoekige gat in het glas, en Dr. Lin bukte en richtte de punt van de naald op het open stukje huid.

Hij leunde voorover. Duwde de naald op de huid van de man. De man keek toe, geïnteresseerd, maar zich niet bewust van wat er gebeurde. Dr. Lin hield zijn adem in, een oude gewoonte. *Helpt om het trillen te kalmeren,* zei zijn supervisor altijd. *Iedereen beeft, zelfs als we niet doorhebben dat we beven.* Hij prikte in de huid en keek of de man reageerde. Die was er niet. Hij dreef de naald naar beneden, verder in de laag onder de huid, vlak voor hij het bot raakte.

Dr. Lin bleef naar het gezicht van de man kijken met zijn perifere visie, een andere gewoonte maar toch wetend wat hij zou zien. *Niets.* De man was totaal onaangedaan door de naald, net zoals hij elke andere keer was geweest. Dr. Lin wachtte even en begon toen het medicijn door de spuit naar beneden te duwen, uit het gaatje in het uiteinde van de naald, en in de bloedbaan van de man.

Als er pijn was, registreerde de man het niet. Hij staarde op naar Dr. Lin, beide mannen bijna oog in oog, en Dr. Lin verplaatste zijn blik om zich direct op het gezicht van de man te richten. Nog steeds geen verandering. Nog steeds geen registratie van emotie. Geen registratie van wat dan ook, echt.

Maar Dr. Lin voelde iets. Hij voelde de golf van verbazing, het bizarre besef van wat er gebeurde. Of beter gezegd, wat *er niet* gebeurde. De wetenschappelijke redenen erachter, nog steeds onbekend voor hem of iemand anders, de honderden studies en onderzoekspapers die hij had gelezen en doorgespit, de gesprekken en presentaties die hij had gehoord en gezien in de twintig jaar dat hij als arts werkzaam was. Zijn geest raasde door deze bronnen, maar elke keer kwam er niets uit. Telkens was er een breuk, alsof er iets was dat hij vergat en dat alles zou verklaren.

Maar er *was* daar niets. Hij had het gecontroleerd. Dat hadden ze allemaal gedaan. Jarenlang, hadden ze gecontroleerd en opnieuw gecontroleerd. Ze hadden onderzoek gedaan, de testen gedaan, de resultaten geanalyseerd. Niets ervan kwam overeen met wat ze hier zagen. Dr. Lin was de beste in de wereld op dit gebied, en hij was al bijna drie jaar de kluts kwijt. Het was een professionele fout, en hij was van plan het te herstellen. Hij zou het antwoord vinden, en hij zou het publiceren. Hij zou zegevieren, zoals hij had gedaan met elke andere uitdaging in zijn carrière.

Hij was klaar met het toedienen van de dosis medicijnen en keek terug naar de spuit. Hij haalde het langzaam en voorzichtig uit de bovenarm van de man, zoals hij al duizend keer had gedaan bij duizend patiënten, toen hij nog een praktiserend arts was. Het was een aangeleerde gewoonte, die hij in zijn slaap kon uitvoeren. Maar hij benaderde de taak niet lichtvaardig. Zoiets eenvoudigs als dit, het uittrekken van een lege injectiespuit na de medicijnprocedure, leek zo'n gemakkelijke, eenvoudige zaak.

Maar dat was hoe fouten werden gemaakt. Door aan te nemen dat men beter was dan de taak die men uitvoerde. Door hun deskundigheid als vanzelfsprekend te beschouwen. Dat was gebeurd met zijn assistente, en nu was ze niet meer bij hem. Dus nam hij de taak niet licht op. Hij haalde de spuit er doelbewust uit en rolde hem lichtjes tussen duim en wijsvinger om er zeker van te zijn dat er niets van het serum zou druipen. Het zou ook voorkomen dat het bloed zich rond de kleine wond zou verzamelen.

Hij richtte zich op de spuit, nam zijn tijd. Ervoor zorgend dat er geen fouten werden gemaakt.

Daarom zag hij het gezicht van de man niet. Dr. Lin richtte zich op de verkeerde dingen, keek naar het verkeerde gebied achter het glas. Hij staarde aandachtig naar de schouder van de man en de spuit die hij er voorzichtig uithaalde, dus hij merkte het eerst niet op.

Toen riep iets in zijn onderbewustzijn zijn aandacht op. Schreeuwde naar hem, alsof het hem smeekte om op te kijken en het gezicht van de man opnieuw te zien. Hij voelde de spuit trillen in zijn greep, een beetje wankelen. Hij knipperde met zijn ogen. Eenmaal, tweemaal. Toen keek hij op en zag de man.

31-3. *Eenendertig streep drie*, zo zeiden ze het. De eenendertigste groep proefpersonen die ze testten, en de eerste man in de groep. Op een of andere manier verwant aan alle andere proefpersonen.

Dr. Lin deed een stap achteruit, toen nog een. Eerst rustig, toen bijna struikelend. Hij voelde het rollende karretje achter zich toen hij er tegenaan stapte, nog steeds niet in staat zijn ogen van de man achter het glas af te halen. Hij staarde, wetende dat de man naar hem terugstaarde en binnen enkele seconden zouden de camera's in de kamer de situatie analyseren en automatisch een waarschuwing sturen. Ze zouden Lin zien staren, de overtreding registreren en het in het veiligheidsmanifest noteren.

Maar het kon hem niet schelen.

Hoe kon hij? Wat hij nu zag was gewoon... onverklaarbaar.

En toch was het zijn taak juist dit te vinden, en het dan uit te leggen. Het was altijd al een hele opgave geweest, maar niemand scheen te geloven dat dit zelfs maar mogelijk was.

Hij bleef staren, zelfs toen hij het piepsignaal hoorde dat hem op zijn vergissing attendeerde. Dr. Lin hield zijn houding vast en staarde recht in de ogen van de man aan de andere kant van het glas, zijn mond ging langzaam open en dicht terwijl hij probeerde te begrijpen.

Waarom? Waarom nu? En hoe?

De man staarde terug, zijn ogen even uitdrukkingsloos en stoïcijns als altijd, maar het waren niet zijn *ogen* waar Dr. Lin zich op richtte.

Het was de mond van de man, lichtjes omgekeerd aan de zijkanten.

De man achter het glas glimlachte.

HOOFDSTUK 2

"ENIG IDEE WAAR HET VANDAAN KOMT?" vroeg Reggie. Hij stond bij de televisie, waar Mr. E en zijn vrouw op het scherm naar hem terugstaarden.

Mevrouw E schudde haar hoofd. *'Helaas, nee. We krijgen de scans van het lab volgende week terug, zo niet eerder. Maar - en wij zijn geen wetenschappers - ons eerste onderzoek doet ons vermoeden dat de schedel uit Midden- of Zuid-Amerika komt.*

Mr. E leunde voorover, zijn karakteristieke stoïcijnse uitdrukking verstrakte een beetje. Hij bewoog alsof hij geen nek had, alsof hij niet in staat was zijn hoofd van zijn vaste plek op zijn bovenlichaam te verplaatsen. *'Mijn vrouw heeft gelijk,'* zei hij, *'maar ze bagatelliseert haar kennis van antropologie.'*

"Nou, dan geloof ik haar op haar woord," zei Reggie. "Ergens in Centraal of Zuid-Amerika. Hoe weet je dat?"

Mevrouw E keek even naar iets buiten het scherm. *Menselijke anatomie, en verschillen in schedelstructuur tussen bekende regio's van de wereld. Ik heb gewoon een simpele zoekopdracht uitgevoerd, echt waar. De resultaten zijn veelbelovend, maar, zoals ik al zei, we zijn geen wetenschappers.*

Reggie knikte. Hij zat in de geïmproviseerde kantoorruimte die hij had toegevoegd aan de hoek van de woonkamer van een klein appartement in Anchorage, Alaska. De organisatie waar hij voor werkte - Civilian Special Operations - had een appartement met één slaapkamer in de nabijgelegen stad ingericht terwijl ze de laatste hand legden aan de uitbreiding van het fulltime operationele hoofdkwartier. Hij was benieuwd hoe de tot hoofdkwartier omgebouwde cabine eruit zou zien, en hij was nog meer benieuwd naar de reactie van de eigenaar van de cabine.

Harvey Bennett was een goede vriend van hem, maar hij kon zich geen persoon voorstellen die meer weerstand bood tegen de grootscheepse renovatie die in zijn huis plaatsvond. Hij had de hut een paar jaar geleden gekocht, maar de CSO had Ben en Reggie gerekruteerd, bood Ben zoveel geld dat het stom was hen te weigeren, en begon zijn geliefde twee-kamer blokhut te veranderen in een moderne communicatie-oase. Er zou een hele vleugel aangebouwd worden, met een tweede verdieping, en genoeg vierkante meters binnenin om nog drie van Ben's hutten te plaatsen.

Reggie glimlachte toen hij erover nadacht. Ben zou doen alsof hij van streek was, tegen hem en zijn verloofde Julie erover klagen, maar stiekem zou hij de nieuwe, opgewaardeerde ruimte geweldig vinden. Hij zou er graag werken met zijn vrienden, en hij zou genieten van het gezelschap.

"Dus als het lab terugkomt met dezelfde resultaten, zijn we dan in staat om het vanaf daar te beperken?"

Mr. E knikte. *Ja, maar het lab zou dat voor ons moeten kunnen doen. Zij hebben de mogelijkheid om de specifieke voorouderlijke geografie van het specimen te isoleren, ervan uitgaande dat zij overeenkomstige monsters in hun database hebben.*

"Ik begrijp het," zei Reggie. "Dus het is een afwachtend spel."

Zij wachtten op de resultaten van laboratoriumtests op een menselijke schedel die zij twee maanden geleden hadden ontdekt in de Rocky Mountains, in de buurt van Glacier National Park in Montana. De schedel was gevonden met een kaart, zilveren en gouden munten, en was opgeborgen in een kist in een grot. Het was allemaal heel opwindend, en Reggie's belangstelling voor geschiedenis en verlangen naar avontuur waren onmiddellijk gewekt.

Maar vanaf het moment dat ze de schedel naar het lab brachten, wist Reggie dat het een 'wachtspel' zou worden. Wachten tot de schedel werd opgenomen, wachten op een team om de analyse te beginnen, wachten op de resultaten. Hij zou verbaasd zijn geweest over het trage tempo van het werk als hij niet jaren in het leger had gezeten. Overheidswerk duurde *altijd* een eeuwigheid. Het lab zelf was geen overheidslab, maar het werd gefinancierd met overheidsgeld.

Hij wachtte al meer dan een maand met smart op een update, en zijn wekelijkse check-ins met meneer E waren niet genoeg geweest om hem tevreden te stellen. Nu hij hoorde dat ze zo dicht bij een antwoord waren, maar nog steeds geen definitieve richting om te onderzoeken, werd hij nog ongeduldiger.

Helaas wel,' zei meneer E. *Maar we zijn optimistisch dat het laboratorium ons in de juiste richting zal kunnen wijzen.*

Reggie schoof de stoel weg van het glazen bureau. Het was een hoekbureau, twee eenvoudige platen van gehard glas op een goedkoop aluminium frame dat hij tweedehands had gekocht, maar hij hield van de eenvoud ervan. Het stoorde niet met de rest van de kamer, het viel zachtjes op de achtergrond van de ruimte, tenzij hij het wilde zien. Behalve het bureau, de stoel en de bank was er niet veel decoratiefs in de kamer. Hij had een televisie, maar die werd momenteel gebruikt als zijn computermonitor, dus de bank stond in het midden van de woonkamer en staarde naar de lege, gebroken witte muur.

Hij stond op en rekte zich uit. Hij voelde zich hier opgesloten, in zijn tijdelijke woning. Hij kon nergens heen, en hij hield er niet van om doelloos rond te lopen op zoek naar iets te doen. Hij haatte verveling, vreesde het als de pest, en in een appartement in Anchorage zitten met niemand anders dan een computerscherm om tegen te praten begon hem uit te putten. Hij had boeken, maar die had hij al gelezen. Hij had eten, en hoewel hij graag kookte, hield hij niet van de verleiding - alles wat hij kookte zou hij opeten.

Dus hij was gefrustreerd. Hij wilde eruit, wilde iets te doen hebben. Hij wilde een missie.

"Kom op, E," zei hij, terwijl hij tegen de muur aan de overkant praatte, wetend dat de microfoon meer dan in staat was zijn stem op te vangen in de verder stille kamer. "Ik moet iets *doen*. Kan ik er niet op zijn minst een voorsprong op nemen? Een vlucht nemen naar Mexico City of ergens ten zuiden van de grens?"

Er was geen reactie. Hij wachtte. Nog steeds niets. Hij draaide zich om, verwachtend te zien dat de video tijdelijk was vastgelopen. De internetverbinding in het appartement was snel, technisch gezien binnen het bereik van wat de marketeers van de telecommunicatiebedrijven 'high-speed' noemden, maar vergeleken met wat hij gewend was, was het niet beter dan inbellen.

Mr. E was eigenaar van een telecommunicatiebedrijf, een klein bedrijf in termen van marktkapitalisatie, maar door een briljante carrière van netwerken en omgang met de menigte in DC, had hij een imperium opgebouwd met zeer weinig overheadkosten en een cash-flow die kon wedijveren met de knapste start-ups in Silicon Valley.

Hij keek nog eens naar het scherm en trok de tweedimensionale mensen erop in beeld. Meneer en mevrouw E staarden hem aan in schril contrast met elkaar. Meneer E was mager, grijzend, bijna tenger gebouwd en leunde tegen de camera aan. Mevrouw E. was breder in de schouders, langer, gebouwd als een Russische tank, en lachte een brede, onnatuurlijke grijns.

Hij lachte bijna. Hij had de vrouw wel eens zien glimlachen - ze hadden een tijdje samen doorgebracht op Antarctica en daarna nog talloze keren beleefd, maar de brede, schaapachtige grijns was *zijn* handelsmerk, niet het hare. Ze droeg hem ook niet goed - het kwam over als een vreemd, geforceerd ritme, als iets waarvan ze wist dat ze het moest doen, maar niet iets waarvan ze echt wist *hoe ze het moest* doen.

"Waarom lach je?" Vroeg Reggie. Hij was oprecht verward.

We sturen je ergens heen,' zei mevrouw E. *Dus pak je koffers.*

"Ik heb nooit de kans gehad om *uit te pakken,*" antwoordde hij.

Perfect. Je vlucht vertrekt morgenochtend, vroeg. Kun je een lift naar het vliegveld krijgen?

Hij knikte, haalde zijn mobieltje tevoorschijn en hield het voor de camera. "Kinderen gebruiken die kleine computerdingetjes voor van alles en nog wat, zoals ritjes naar het vliegveld plannen en mensen bellen."

Als Mr. E de grap begreep, was dat niet van zijn gezicht af te lezen. Hij zat, roerloos, op het scherm. Mevrouw E had een manier gevonden om haar glimlach breder te maken. Haar wangen rekte ze uit, waardoor haar gezicht er uitgemergeld uitzag, als een skelet dat door een stoomwals was gehaald.

"Oké," zei hij. "Wat is de list? Waar stuur je me heen?"

Mevrouw E wierp een blik op haar man, die niets liet merken. *Man, die vent kan acteren,* dacht hij. Mevr. E, die niets van de man die naast haar zat had opgevangen, draaide zich terug naar de camera en keek Reggie aan.

Cozumel, Mexico,' zei ze.

"Cozumel? Dat is een eiland, toch?"

Dat is zo. En je moet er morgen om 15.30 uur lokale tijd zijn.

Hij fronste zijn wenkbrauwen. "Waarom? Ik dacht dat we nog geen sluitende gegevens uit het lab hadden?"

Dat doen we niet,' zei ze. *Er heeft zich elders een ontwikkeling voorgedaan en wij zouden graag willen dat u daar gevolg aan geeft.*

"Een ontwikkeling?"

Een situatie, als je wilt.

Hij liep terug naar het televisiescherm en de computermonitor en duwde de stoel aan de kant. "Wat voor *situatie?* En wat moet ik in Cozumel doen?"

vertelde Mevr. E hem, terwijl haar man zwijgend naast haar zat.

Geen denken aan, dacht hij. *Dat kan ik echt niet doen.*

Hij zal me vermoorden.

HOOFDSTUK 3

"DR. LIN," zei de man opnieuw, zijn aandacht terugtrekkend. "Wilt u ons alstublieft uw overtreding uitleggen?"

Dr. Lin slikte. Hij was niet goed in confrontaties. Hij was een wetenschapper, een dokter, klaar om te analyseren en voor te schrijven en vol vertrouwen in zijn kunnen, maar hij had zich nooit op zijn gemak gevoeld met dit soort dingen. De raad van bestuur zat om hem heen, drie van hen in persoon en vier van hen digitaal het vullen van de schermen die gebogen rond een rand van de kamer.

Hij keek naar hun uitdrukkingen, probeerde ze te lezen. De mensen op de schermen - allemaal inbellen vanuit hun locaties over de hele wereld - waren het moeilijkst. Ze leken zijn blik te voelen en probeerden hun emoties te maskeren door recht in hun camera's te staren. Hij keek naar de man die had gesproken en slikte toen weer. *Deze man was niet in staat zijn emotie te verbergen.*

En op dit moment was de emotie van de man bijzonder gemakkelijk te lezen: hij was razend.

"*Dr. Lin,*" zei hij een derde keer. "Moet ik u herinneren aan de ernst van deze -"

"N - nee," stamelde Dr. Lin. "Het spijt me, ik - ik was net mijn gedachten aan het ordenen."

De wenkbrauw van de man ging omhoog, maar hij keek nog steeds alsof hij fronste. "Nou, ik hoop dat je ze allemaal *verzameld hebt*." Hij maakte een punt van het controleren van zijn horloge, een grote zwier van het draaien van het uit en rond zijn pols, terwijl het brengen van zijn onderarm voor zijn torso. Als Dr. Lin niet zo doodsbang was geweest, zou hij zich geërgerd hebben.

"Ja," zei hij. "Dat heb ik. Nogmaals, het spijt me. Mijn afwijking werd verholpen, en het is er een die niet herhaald zal worden, onder geen enkele omstandigheid -"

"Er mochten in *de eerste* plaats in geen geval afwijkingen zijn, Dr. Lin," zei de man. De vrouw op het scherm achter hem knikte.

"Ja, ik - dat was duidelijk, ja. Ik verontschuldig me."

De man staarde.

"Het was voor mij ook een verrassing. Ik was me niet bewust van het effect van patiënt 31-3's laatste dosis, en -"

Een van de bestuursleden die meeluisterde op een van de schermen, een man die Dr. Lin nog nooit persoonlijk had ontmoet, onderbrak hem. "Dr. Lin, wilt u zo vriendelijk zijn te spreken alsof u een groep *niet-medische* beroepsbeoefenaren toespreekt?" de stem van de man was dik met een Zuid-Amerikaans accent, en hij glimlachte een beetje terwijl hij het zei. Dr. Lin geloofde de glimlach geen moment.

"Sorry. Ja, ik bedoelde alleen dat ik me niet bewust was dat de dosering een onmiddellijk effect *had*."

"Is het jouw taak om van deze dingen op de hoogte te zijn?"

Lin slikte weer. "Ja."

"En waarom was je niet op de hoogte?"

"Ik - ik probeerde ervoor te zorgen..." hij stopte, keek naar de zuidelijke heer, ging toen verder. "Ik probeerde ervoor te zorgen dat er geen fouten werden gemaakt met de medicatie."

"Dus je keek niet naar het onderwerp."

"Dat was ik niet, nee. Maar de reactie zou me toch verrast hebben, of ik nu wel of niet naar het gezicht van de patiënt keek."

"Subject," zei de man, hem corrigerend.

"Ja."

"Dus je was verrast door de reactie *van de proefpersoon?* Waarom?"

Dr. Lin fronste zijn wenkbrauwen. *Moet ik het echt voor hen spellen?* Dit waren de mannen en vrouwen die dit bedrijf hadden *opgebouwd*. Zij hadden hier zeker geen tijd voor.

"Het zal allemaal gedetailleerd worden in mijn verslag, dat ik zal voorbereiden en -"

"Daar ben ik zeker van,' zei de man. "Maar aangezien we al een bestuursvergadering hadden en we allemaal zeer geïnteresseerd zijn in wat u ontdekt hebt, wil ik u vragen ons te verblijden."

Dr. Lin knikte. "Goed dan. Ik diende een dosis medicatie toe die we speciaal voor 31-3 hebben ontwikkeld. Het was de drieënvijftigste dosering in bijna twee jaar tijd, en het was een routineoperatie."

"Hebben we voor 'routine operaties' als deze geen laboratorium assistenten?"

"Dat doen we," antwoordde Lin. "De vrouw van dienst is onlangs verwijderd."

De man keek naar Lin's gezicht. Hij wist alles al, dus dit was een spel. Kat en muis, en Lin voelde hoe de val zich om hem sloot. "En om welke reden werd ze verwijderd?"

Hij voelde de spanning in de kamer verschuiven en oplopen. De vrouw en de man op het scherm links van hem leunden voorover naar hun computers. De man rechts van hem, die naast Dr. Lin's baas zat, de man die het verhoor afnam, keek angstig naar hem op. Ze kenden het hele verhaal niet, en Dr. Lin hoopte dat ze er op een andere manier achter waren gekomen dan nu.

Een andere manier dan deze.

"Ze - er was een afwijkend incident."

"Ook met 31-3?"

"Ook met 31-3."

"En wat was de uitkomst van dat incident?"

"Ze is van haar plicht ontheven."

"Ze werd *verwijderd*," corrigeerde de man.

"Ja."

De man keek naar beneden. Er lag een manila map op het tafelblad voor hem, maar die was gesloten. Hij legde zijn handen erop, voelde het oppervlak, trok toen zijn hoofd weer omhoog en staarde naar Dr. Lin. Zijn heldere, grote ogen boorden zich in die van Lin, en hij kon bijna de druk voelen, die hem naar achteren duwde. Deze man werd high van ontmoetingen zoals deze. Hij *verlangde* naar hen. Het kuiltje op zijn wang groeide, en verduidelijkte de gedachten van de man.

"Dr. Lin, er was een overtreding met uw laborante, en ze werd verwijderd. Een dag later diende u een dosis medicatie toe en bleek *u* een overtreding te hebben begaan. Wat, als ik vragen mag, was de aard van deze afwijking?"

Dr. Lin zuchtte. Hij wist dat het geen zin had zich er nu achter te verschuilen. Ze zouden er allemaal achter komen, dus hij kon net zo goed proberen te controleren wat er gezegd werd. Hij verschoof zich op zijn voeten.

"De man glimlachte."

"Het *onderwerp* lachte?"

Dr. Lin knikte. "Dat deed hij. Net nadat ik klaar was. Hij glimlachte, rechtstreeks naar mij."

"Je hebt hem geprovoceerd."

"Ik heb zoiets niet gedaan," zei Dr. Lin. "Ik diende de dosis toe, haalde de naald eruit, en ik zag hem glimlachen."

De vrouw op het scherm snoof en bewoog zich in haar stoel om aandacht te krijgen zonder onbeleefd over te komen. De man die Dr. Lin aansprak stopte en draaide zich afwachtend om. "Dr. Lin," zei de vrouw. "Is het niet *onmogelijk dat* deze proefpersonen kunnen ervaren wat u beschrijft?"

"We dachten dat dat het geval was, ja," zei Dr. Lin. "De dosering heeft altijd als onbedoeld neveneffect gehad dat onze proefpersonen niet meer op emotionele prikkels konden reageren. Glimlachen, zwaaien, wenkbrauwen optrekken - dat zijn allemaal onmogelijke taken."

"Toch *lachte* 31-3 naar je."

"Inderdaad."

De man nam het verhoor weer over door zijn keel te schrapen. "Dr. Lin, deze ontmoeting met u is niet bedoeld om de aard van de reactie van het subject te bespreken - dat komt later wel. We willen het eerder hebben over de aard van de afwijking zelf."

"Ik begrijp het, en ik zal ervoor zorgen dat dergelijke afwijkingen niet meer zullen -"

"Dr. Lin," zei de man. "U bent onze beste onderzoeker. Ingehuurd van een van 's werelds meest vooraanstaande gezondheidsinstellingen. We kunnen het ons niet veroorloven om een waardevolle aanwinst als uzelf te verspillen."

Dr. Lin boog zijn hoofd. "Dank u."

"Dat gezegd hebbende," vervolgde de man, "kunnen we ons *geen overtredingen meer* veroorloven. De onderwerpen provoceren, zoals u al eerder schreef, zal alleen maar leiden tot onvoorspelbare uitkomsten."

"Maar ik heb niet *geprovoceerd* -"

De man hield een hand op. "We moeten u informeren dat elke afwijking of overtreding door iemand van uw team zal resulteren in uw onmiddellijke verwijdering uit deze faciliteit."

Nu was hij boos. Hij was *nooit* 'verwijderd'. Hij was zelfs nog nooit ontslagen. Hij was de beste, degene die gevraagd werd. Hij wachtte op aanbiedingen die naar *hem* toe kwamen, niet andersom. Hoe durfden deze mensen zijn reputatie en carrière aan te tasten enkel uit vergelding voor een gebeurtenis die ze niet eens konden *begrijpen*? Hoe durfden ze aan te nemen dat iets op een bepaalde manier was gebeurd, terwijl hij hen specifiek had verteld -

"Dr. Lin? Begrijp je het?"

Lin's gezicht werd donkerder. Hij kon het niet langer helpen. Hij was een pion voor deze mensen. Een instrument om te gebruiken, misbruiken en weg te gooien. Zoals zijn assistente was geweest. Ze had een fout gemaakt, en ze kende de gevolgen. Maar hij was geen *assistent*. Hij was een gewaardeerde beoefenaar. Hij was niet iemand die fouten maakte. Hij had geen fout *gemaakt* toen hij naar de man achter het glas staarde. Hij *wist* wat hij deed, en hij *observeerde* het onderwerp. Zijn patiënt. Dat begrepen ze niet.

En dat wist hij nu. Ze *konden* dat niet begrijpen.

"Ja," zei hij. "Ik begrijp het volkomen."

HOOFDSTUK 4

07:34 AM. BBC WORLD NEWS.
VOOR ONMIDDELLIJKE VRIJLATING.
LIMA, PERU.

De eerste berichten lijken te wijzen op de ontdekking en de daaropvolgende verdwijning van een voorheen ongecontacteerde inboorlingenstam in de Peruaanse hooglanden. Op 300 kilometer ten noorden van Cusco, Peru, in de buurt van het dichte Parque Nacional Alto Purus en de dichtstbijzijnde stad Alerta, is de laatst bekende locatie van de mysterieuze stad van inboorlingen alleen bekend aan diegenen die gereisd hebben om haar te bezoeken.

Dr. Rodney Barrett, gewaardeerd archeoloog en professor emeritus in de Klassieke Archeologie aan King's College, meldde in een ongepubliceerd artikel dat "er tekenen zijn geweest van bewoning in de stad, hoewel recent onderzoek niets heeft opgeleverd. Nogal een raadselachtig geval, inderdaad.

Barrett weigerde te worden geïnterviewd, zich beroepend op zijn jetlag als gevolg van zijn recente uitstapje naar het oerwoudgebied dat grenst aan Brazilië en het Amazone Regenwoud, maar het tijdschriftartikel dat hij volgende maand wil publiceren geeft aan dat Barrett gelooft dat de stam een volgzame, gelokaliseerde groep inheemse volken is geweest.

De stad is eigenlijk veel meer een kleine groep hutten, nog steeds goed onderhouden, met een paar grotere structuren bedoeld voor de grotere behoeften van het beschaafde leven. Zo is bijvoorbeeld het bouwwerk dat wij hoofdgebouw nr. 1 noemen, gelegen in het centrale gedeelte van de 'stad', een groot, rechthoekig gebouw, gemaakt van riet en houten palen, en wij denken dat het de centrale verzamelplaats is voor rituele medische handelingen en voor maaltijdbijeenkomsten.

Hoewel dit typisch is voor veel van dergelijke nederzettingen in het Amazonegebied, zowel in het bekken als in de buurlanden, beschrijft Barrett in het artikel een gesprek met een van zijn collega's van King's College over het meest unieke kenmerk van deze vondst:

De stad zelf is verlaten, en voor zover wij weten, is dat vrij recent gebeurd. Het is echt een merkwaardig iets; de stad lijkt gewoon te zijn verdwenen. Er was rook van een eerdere brand, er waren kano's gevuld met lijnen en gereedschap en zelfs de recente vangst van de dag. In de grote zaal bleek een werkende rookplaats te zijn, gevuld met het vlees van vis en wild en ver over het punt van gaar worden.

Dr. Barrett's archeologisch team, bestaande uit acht in Peru en Brazilië geboren dragers, drie studenten van een stage en drie afgestudeerde archeologiestudenten, hebben allen Barrett's theorie bevestigd.

Een student zei over de eindbestemming van de expeditie: "Het is echt heel vreemd. Er was een stad, en alles wees erop dat deze stad - nog maar kort geleden - bewoond was geweest in de zin van een werkende stad, maar er was niemand te bekennen. Geen menselijke interactie met ons, en ook niet op onze terugreis. Inderdaad heel griezelig.

Barrett zal binnen een week een verklaring afleggen voor de departementsvoorzitter en de aanwezige gasten, maar er is nog geen specifieke datum vastgesteld; verdere informatie zal online worden geplaatst zodra zij is ontvangen.

HOOFDSTUK 5

HARVEY 'BEN' Bennett keek uit over het azuurblauwe water van de Caraïben. De punten van de golven golfden op en neer, kleine speldenprikjes van lichter blauw tegen de diepblauwe achtergrond van de oceaan. Er was geen einde aan, en toch was hij vol, vol met leven en wezens en een hele wereld die hij niet begreep.

Hij voelde zich nooit aangetrokken tot de oceaan. Hij hield er niet per se van, maar het was iets waar hij nooit een diep verlangen naar had gevoeld. Hij gaf de voorkeur aan het bos, de diepe geur van dennenbomen en aarde, de vochtige lucht en koude winters. Ben had hier lang en diep over nagedacht, over waarom iemand zich meer aangetrokken zou voelen tot het warme zeeklimaat van een parasol aan het strand dan tot een afgelegen, koude hut, maar hij was niet tot een geloofwaardige conclusie gekomen. Hij moest het maar zien als een simpel verschil in persoonlijkheid - sommige mensen prefereerden het ene, terwijl anderen juist het tegenovergestelde prefereerden.

En dit was precies het tegenovergestelde van wat hij verkoos. Nogmaals, hij had er niet per se *een hekel aan*, maar hij zou het nooit als toevluchtsoord hebben gekozen. Hij zou nooit hebben gespaard voor de multi-duizend-dollar vakantie die hij nu genoot.

Dit was allemaal Julies idee, iets waar ze hem al bijna een jaar toe aanzette. Juliette Richardson was de enige die hij ooit had ontmoet die net zo koppig was als hij, en om de een of andere ongelooflijk vervelende reden hield hij nog meer van haar. Ze accepteerde geen nee als ze een besluit had genomen, en deze vakantie was geen uitzondering.

Ze had gesmeekt, gepleit en gediscussieerd, en uiteindelijk was ze gewoon begonnen de reis in haar eentje te plannen, zich volledig bewust van de macht die ze over hem had. Zij bepaalde de data, wetende dat hij anders onbezet en volledig vrij was, en zij bepaalde het schema, wetende zijn voorkeuren, smaken en verwachtingen.

Om die reden had hij weinig te klagen. Hij keek toe hoe de oceaan van de zuidelijke Caraïben aan hem voorbij trok terwijl hij op een ligstoel zat op iets dat 'Lido Deck' werd genoemd. De reling voor hem blokkeerde het zicht op het water direct onder de bakboordzijde van het schip, maar er was genoeg water in de directe omgeving dat er genoeg te zien was, helemaal tot aan het punt waar de ondergaande zon de vlakke, horizontale lijn van de horizon ontmoette.

Hij droeg een nauwsluitend badpak dat Julie voor hem had uitgezocht. Bloemen die op geen enkele bloem leken die hij ooit in het echt had gezien, wit op een blauwe achtergrond. Het blauw was een goede kleur, maar hij had voortdurend het gevoel dat het pak te strak zat, meer onthulde dan waarvoor het ontworpen was. Zijn overhemd lag naast de stoel, en telkens als er iemand in de buurt van de stoel liep, had hij het gevoel dat hij naar beneden moest reiken om het te pakken, om zich te bedekken, en zich te verontschuldigen voor het feit dat hij zijn bovenlichaam had blootgegeven. Julie leek zich direct in zijn strijd te kunnen inleven en precies te weten wat hij doormaakte, wat ze in haar voordeel gebruikte door grappen en grollen ten koste van hem te maken.

Het ergste voor Ben was echter het schoeisel. Ze had bijpassende slippers gekocht, waarvan ze beweerde dat het een populair type sandaal was dat door veel mensen werd gedragen, maar hij had nog nooit in zijn leven van drieëndertig jaar het gevoel gehad dat hij minder aan zijn voeten had. Hij zou zich comfortabeler hebben gevoeld in sokken. Sokken bleven tenminste aan zijn voeten. Zij had hem gezegd dat hij aan slippers moest wennen, en zijn argument tegen die redenering was dat elk soort schoeisel dat "wennen" vereiste, beter in de koffer kon blijven.

De slippers hingen momenteel losjes van zijn voeten, de ruimte tussen zijn eerste en tweede teen was het enige wat ze aan zijn lichaam hield. Ze begonnen zich te vormen naar zijn voeten, en hij probeerde wanhopig om zijn gedachten te veranderen over hoe comfortabel ze waren geworden.

"Waar denk je aan?" vroeg Julie vanuit de ligstoel naast hem.

Hij keek om en nam een paar seconden de tijd om van het *andere* uitzicht te genieten. Hij had zich tot nu toe prima vermaakt op deze reis, in tegenstelling tot wat hij aanvankelijk had verwacht. Het eten was geweldig, het entertainment voldeed aan de verwachtingen, en het gevoel van ontspanning had hem op de een of andere manier overvallen, tegen zijn wil in om het weg te duwen. Maar het beste deel van de reis was toch wel het uitzicht.

Niet het uitzicht op de oceaan, maar het uitzicht op het dek.

Specifiek van zijn verloofde, en haar keuze van kleding voor deze reis.

Julie droeg op dit moment een bikini met de Australische vlag erop, de blauwe, rode en witte kleuren samen vormden een beeld dat minder aanlokkelijk was dan het beeld van de persoon die ze moest bedekken.

Hij verschoof in zijn stoel, zonder zijn ogen van haar af te wenden.

"Ben," zei ze, "ik ben hier."

Hij glimlachte, een rare grijns met open mond. "Sorry. Ik - ik vind dat zwempak echt mooi."

"Je vindt *al* mijn badpakken mooi."

Hij knikte. *Daar kan ik niets op zeggen.*

"Heb je me gehoord?" vroeg ze.

"Over jullie zwempakken?"

"Over wat je denkt," zei ze.

Hij lachte. "Ik zat te denken aan jullie zwempakken," zei hij.

Ze glimlachte terug vanachter haar grote, ovaalvormige zonnebril. "Nou, *buiten* dat. Waar denk je aan?"

Hij haalde zijn schouders op en keek nog eens naar de eindeloze blauwe vlakte. "Ik weet het niet. Niets, eigenlijk. Ik geniet gewoon van dit alles."

"Ben jij dat?"

Hij rolde op zijn zij. "Wat bedoel je? Zie ik er niet uit alsof ik het hier naar mijn zin heb?"

Julie knikte. "Dat doe je, maar je bent ook... beschouwend. Je bent meestal niet in gedachten verzonken."

Hij stopte en dacht even na. Ze had gelijk. *Maar wat denk ik?* Hij was er ook van in de war. Hij zat op het dek van een enorm cruiseschip, luxueus en uitsluitend ontworpen voor zijn comfort en vermaak, met de vrouw van zijn dromen, en hij was niet in staat om zich helemaal tevreden te voelen.

"Ik... Ik heb het gevoel dat er iets anders is."

"Iets anders?"

Hij fronste zijn wenkbrauwen. "Ik bedoel, alsof er iets ontbreekt."

Het was Julie's beurt om te lachen. "Ben, je zit midden op de oceaan in een drijvend 5-sterren hotel met gratis eten. Wat kan er anders zijn?"

"Ik weet het, ik weet het," zei hij. "Dat is het niet. Dit - dit alles - is verbazingwekkend. En jij bent hier. Het is niet de reis, denk ik."

"Wat is er?"

Hij keek naar haar. "Leven?"

"Leven?"

"Ja, ik denk het."

"Sorry Ben, ik weet niet of ik begrijp wat je bedoelt."

Hij voelde een beetje vijandigheid in haar stem - een waarschuwingsschot. Als je *zegt wat ik denk dat je zegt, krijgen we ruzie.*

Hij probeerde terug te krabbelen. "Nee, het gaat helemaal niet over jou."

Ze trok een wenkbrauw op.

"Serieus," zei hij. "Ik hou van je. Dat is niet veranderd. Maar bedenk eens waar ik twee jaar geleden was. We hadden elkaar nooit ontmoet, en ik woonde in een hut en joeg beren weg van campings."

Ben was zijn hele volwassen leven ranger geweest in Yellowstone National Park. Het paste perfect bij hem, een van nature teruggetrokken en geïsoleerd individu. Toen hij door een terroristische dreiging werd gedwongen, werden hij en Juliette Richardson samengedreven om uit te zoeken wat er was gebeurd en de rotzooi op te ruimen.

Ze waren naar elkaar toegegroeid en toen verliefd geworden, en hun avonturen samen hadden hen van Yellowstone naar het Amazone regenwoud gebracht, dan naar Antarctica en een snelle rondreis door het midwesten van de Verenigde Staten. Het was geen leven dat Ben zich ooit had kunnen voorstellen, en hoewel hij trots was op wat hij de afgelopen anderhalf jaar had bereikt, was er nog steeds... iets.

"Wil je terug naar Yellowstone? Op beren blijven jagen?"

Hij haalde zijn schouders op. "Soms lijkt het een zekere aantrekkingskracht te hebben."

"Ik snap het, Ben," zei Julie, nog steeds achterover leunend terwijl de zon over haar lichaam baadde. Haar hoofd was voorover gebogen, naar Ben toe, en hij kon de omtrek van haar grote ogen zien door de donkere ovalen van haar zonnebril. "Maar iedereen moet volwassen worden."

"Volwassen worden?" vroeg hij. Hij trok een wenkbrauw op, kneep zijn andere oog dicht. Het was een blik die ze goed zou kennen.

"Sorry," zei ze. "Ik bedoelde het niet zo. Maar toch, iedereen verandert," zei ze.

"Misschien verander ik niet."

Ze glimlachte. "Je verandert zeker minder dan iedereen die ik ooit heb ontmoet. En dat is wat ik zo leuk vind aan jou. Maar toch - ben je het er niet mee eens dat het tijd is om verder te gaan van het 'sterke stille type'?"

Hij ging rechtop zitten, keek uit over het water en wendde zich toen tot zijn verloofde. "Het spijt me," zei hij. "Wat is er mis met het 'sterke stille type' en nog belangrijker, waarom *moet* ik veranderen?"

Ze schudde haar hoofd. "Je snapt het niet. Je *hoeft niet* te veranderen, maar dat betekent niet dat je het niet *zal doen*. Iedereen doet dat, Ben, het is de natuurlijke gang van zaken."

"Nou, wat moet ik dan *veranderen*?" vroeg hij.

"Ik weet het niet, Ben. Maar je kunt niet de hele tijd blijven kniezen. We worden verondersteld te ontspannen. Ons amuseren. We gaan over twee maanden trouwen, Ben, en je hebt er nog niet eens aan gedacht om me te vragen hoe de planning van de bruiloft gaat."

Hij begon een beetje gefrustreerd te raken. Hij was tenslotte degene die erover begonnen was, en nu maakte zij hun kleine ruzie over iets heel anders. Hij vroeg niet naar de trouwplannen omdat *het hem niet kon schelen* - hij wilde alleen maar met haar trouwen, en het kon hem niet schelen hoe het allemaal gebeurde. En trouwens, ze genoot ervan. Ze hield van dit soort dingen, dus bleef hij uit haar buurt.

Hij zuchtte en greep naar zijn drankje. Het was iets met rum erin, een grote hoeveelheid van minstens twee verschillende likeuren, drie verschillende vruchtensappen, en veel ijs.

Heel *veel* ijs.

Hij staarde naar de smeltkroes van drank en vruchtensap en vooral ijs en zuchtte opnieuw. Hij voelde zijn frustratie weer groeien toen hij terugdacht aan zijn eerdere gesprek met Julie, dat had geleid tot een ruzie over geld. Zij wilde van die chique cocktails, maar hij was niet enthousiast geweest over het prijskaartje van bijna twintig dollar voor een emmer ijs met wat smaak erbij. Zij had betoogd dat ze er toch niet echt voor betaalden, dat de drankjes - net als al het andere - op de rekening van het bedrijf kwamen, en dat hij het maar moest vergeten en zich moest concentreren op gewoon ontspannen.

"Ik kan me niet ontspannen," zei hij uiteindelijk.

"Ja, dat weten we allemaal," zei ze. "Iedereen die je ooit ontmoet heeft. We weten het."

"Nou, ik wou dat ik het kon. Dat is alles," zei hij. Hij zat nog steeds rechtop, draaide nog steeds de slush rond in zijn drankje, wachtend tot een cruise-medewerker langs zou lopen en hem om een refill zou vragen.

"Ik wou dat jij dat ook kon," zei Julie. Ze ging weer op de ligstoel liggen en staarde recht omhoog in de zon. Het was net na het middaguur, en op het dek was het een drukte van belang met zo'n beetje alle passagiers op de boot. Kinderen spetterden en gilden in een van de drie zwembaden, terwijl volwassenen en tieners een plekje zochten in een van de vier bubbelbaden aan de rand van het dek.

En er waren nog twee dekken, één aan de voorkant van het schip en één bij de achtersteven, beide één niveau hoger. Hij had zich verbaasd over de grootte van het schip toen ze voor het eerst aan boord gingen, en de nieuwigheid was er nog niet af. Julie had hem meer dan eens betrapt toen hij met open mond naar de lichtarmaturen en de plafondversieringen staarde.

"Dit gaat niet over jou, is het niet?" vroeg Julie.

Hij keek naar haar. Ze keek niet terug naar hem, maar hij schudde toch zijn hoofd. "Nee, ik denk het niet."

"Je kunt maar beter bedenken wat je eraan gaat doen, Ben," zei ze. "We zitten op een boot in het midden van de oceaan. Je kunt hier niets veranderen."

Hij stond op, rekte zich uit en liet zijn verloofde in de zon liggen terwijl hij op zoek ging naar een nieuwe drank.

HOOFDSTUK 6

Hij balanceerde het drankje met één hand op de rand van de toonbank terwijl hij wachtte tot de barman hem de rekening zou geven. Het ding zat in een echte ananas, vol met rum en sap en allerlei zoete dingen. Een extra lange tandenstoker stak twee schijfjes sinaasappel, een banaan en een maraschino kers door voordat hij in de wijde, open bovenkant van de ananas stak.

Belachelijk, dacht hij.

Ben had alleen een Rum Runner gewild, een tiki drankje gemaakt met rum en banaan en meestal een soort likeur zoals braambes. Het was zoet, fruitig en zomers, en daar hield hij van. Maar het drankje dat hij nu vasthield leek meer op het pronkstuk van een tropische bruiloft dan op een drankje. Het rietje draaide zelfs een keer rond, en hij wist dat hij het schattige paarse parapluutje dat in de zijkant van het ding zat, zou weggooien lang voordat hij het drankje naar zijn mond zou brengen.

Hij tekende voor het drankje, keerde zich om naar de zijkant van het schip waar hij en Julie hadden gelegen, en stopte.

Wat de...

Julie was in gesprek met een man. Haar hoofd was achterovergebogen, haar knieën raakten elkaar terwijl ze lachte om wat de man ook gezegd had.

De man was uit het zicht, zijn hoofd geblokkeerd door de vloer van het dek recht boven hen, dus Ben nam een paar grotere passen en kwam onder het balkon vandaan. Hij voelde een steek van jaloezie toen Julie lachte en zich afvroeg wie ze in hemelsnaam was...

Nee.

Hij schudde zijn hoofd, terwijl hij nog steeds zijn ananas vasthield.

Dat kan niet waar zijn.

"Reggie?" vroeg hij.

Reggie draaide zich om en straalde. "Ben, welkom terug! Hoe gaat het met je?" Hij liep naar hem toe en stak zijn hand uit. "Lekkere ananas, trouwens."

Ben knikte. "Bedankt."

Ze schudden elkaar de hand, maar Ben probeerde zijn emoties niet te verbergen. Zijn uitdrukking was er een van verwarring en ergernis, en Reggie kon dat blijkbaar zien. Hij stak zijn handen omhoog en deed een stap achteruit. "Rustig aan, vriend," zei Reggie. "Ik ben niet gekomen om je afspraakje te verpesten. E heeft me gestuurd."

"*Dus* je kwam mijn afspraakje verpesten," zei Ben. "Reggie, waarom ben je hier?"

Reggie's glimlach groeide. "We hebben een baan."

Ben keek neer op Julie, die zich niet van de ligstoel had bewogen. Haar lach was geslonken tot een glimlach, klein en licht op haar tengere gezicht. Ze haalde haar schouders op.

"Welke baan?"

"We kunnen erover praten - "

"We kunnen er *nu* over praten, Reggie," zei Ben. "Want we zijn op *vakantie*. En we gaan niet weg voordat ik veertig van deze belachelijke ananas dingen op heb." Hij hield de cocktail omhoog en draaide hem rond in zijn hand. Hij trok Julie's aandacht toen hij oog in oog stond met zijn vriend en collega. Alleen nu, op dit moment, voelde hij zich niet vriendelijk *of* geïnteresseerd in werken.

Reggie glimlachte alleen maar, de gigantische grijns op zijn gezicht was bijna in tegenspraak met de ogen van de man. Als Ben hem niet beter kende, zou hij aangenomen hebben dat Reggie deed alsof, en de glimlach droeg omwille van hem.

"Hoe ben je hier gekomen?" vroeg Ben.

Reggie haalde zijn schouders op. "Ik ben doorgelopen. Ging gewoon door de veiligheidsmuur alsof hij er niet was."

"Echt waar?" vroeg Julie.

"Ze zijn op zoek naar drank, echt waar," zei hij. "Laten we eerlijk zijn. In het beste geval zijn het huuragenten, die voor de cruisemaatschappij werken op minimumloon. Het maakt ze niet uit wie er aan boord komt."

Ben keek met zijn ogen in het licht, recht naar Reggie. "Hoe ben je hier *echt* gekomen?"

Reggie's glimlach verslapte een paar inkepingen. "Prima. Ik heb het begrepen. Ik heb het mevrouw E laten regelen. Via het transitbureau, een paar telefoontjes naar het Mexicaans bureau voor toerisme, dat weet ik zeker. Maar toch, het was niet zo moeilijk."

"Ben je hier net?"

Reggie schudde zijn hoofd. "Nee, ik bleef in Cozumel terwijl jullie aankwamen, daarna ging ik die avond op het schip. Heb me benedendeks verschanst met een aardig bemanningslid genaamd Suarez. Spreekt niet echt Engels, althans hij was niet geïnteresseerd om met mij te praten."

"Waarom heb je gewacht om ons te vinden?" vroeg Julie.

"Jullie vermaken je. Ik wilde dat niet verpesten."

"Bedankt," zei Ben, zijn gezicht verbergt het sarcasme. "Je hebt onze vakantie zeker niet verpest."

"Wat moet ik dan doen?" vroeg Reggie. "Meneer E zei dat het dringend was."

Ben zuchtte. Hij wierp nog een blik op het water, op het wegebbende zonlicht toen de oranje bol naar beneden zweefde, zijn gloed verspreidend naar de verre uithoeken van hun wereld. Hij wilde hier blijven zitten en ernaar kijken, zoals hij elke andere avond van hun reis had gedaan, maar hij wist dat dat voorbij was. Ook al was er geen kans dat hij zou instemmen met wat Reggie en Mr E hadden bedacht, hij zou het niet uit zijn hoofd kunnen zetten. Het zou hem beïnvloeden, en Julie zou dat oppikken. Ze kon hem lezen als een boek, dus het had geen zin om zijn gevoelens te verbergen. Hij was nieuwsgierig, bezorgd, geïnteresseerd, boos. Al die dingen, allemaal tegelijk. Reggie had hun bijna perfecte vakantie verpest en er een doodvonnis aan verbonden, en daar kon hij nu niets meer aan doen.

"Oké, Reggie," zei Julie. "Ben laat het niet vallen, en ik ook niet. Wil je iets gaan drinken."

Reggie's mond groeide met nog eens twee centimeter. Zijn glimlach was aanstekelijk, maar Bens inwendige monoloog vocht tegen het charisma van zijn vriend. *Eén drankje*, zei hij tegen zichzelf. *Eén drankje, luister naar hem, en dan terug naar cruisen. Terug naar mijn vakantie.*

Hij verdiende het, en Julie verdiende het ook.
Eén drankje.

HOOFDSTUK 7

DRIE DRANKJES LATER EN BEN BEGON HET TE VOELEN. Rum, dan whisky, dan een soort cocktail waarvan Reggie had uitgelegd dat het Braziliaans was, compleet met een soort likeur genaamd cachaca, een soort Braziliaanse rum.

Reggie had een paar jaar in Brazilië gewoond, waar hij een overlevingstraining runde voor bedrijfsleiders die zich weer belangrijk wilden voelen. Hij had Ben en Julie uitgelegd dat hij genoot van de informatie, de praktijk, maar dat hij de clientèle haatte. Ze waren allemaal zwak, mentaal en fysiek. Toen Ben's en Reggie's paden zich onder onfortuinlijke omstandigheden hadden gekruist, waren ze een fantastische vriendschap aangegaan en waren sindsdien bijna onafscheidelijk.

Maar nu, in de groezelige, rokerige lounge die Reggie had uitgekozen voor hun 'ene drankje', voelde Ben zich alsof hij wenste dat hij en Reggie elkaar nooit hadden ontmoet. Hier was een man zo gefocust op zijn werk, zo op één lijn met zijn missie, dat hij zich zou verstoppen op een cruiseschip om de vakantie van zijn zogenaamde vrienden te onderbreken. Ben was gefrustreerd dat hij de tijd moest verdoen om zijn verhaal te horen, maar hij was ook gefrustreerd dat hij het *wilde* horen.

"Wat het ook is," begon Ben, "we doen het niet."

"Rustig, Ben," zei Reggie. "We hebben net onze drankjes."

Julie rolde met haar ogen. "We hebben net ons *derde* drankje gehad."

Ze hadden het laatste uur doorgebracht met bijpraten - hoewel het moeilijk was toe te geven dat Ben blij was zijn vriend te zien, *was* hij blij met hem bij te praten. Hij mocht Reggie. Hij wist alleen dat er meer aan de hand was onder de oppervlakte. Er was een *reden waarom* hij hun vakantie had verpest.

Reggie hield zijn handen omhoog als overgave. "Goed, goed. Je hebt me. Drankjes zijn van mij, trouwens."

"Dat weten we," zei Ben. "Waarom zijn jullie hier?"

Reggie keek op zijn horloge, een belachelijk groot militair ding dat Ben hem al eerder als wapen had zien gebruiken. "Op dit moment," zei Reggie, "gaan we ongeveer naar het noorden. Toch? Richting Florida?"

"Dat is waar de cruise eindigt, ja."

"Mr. E wil dat we daar beneden naar iets kijken."

"Florida?"

"Voor de kust van Florida."

"Dus de sleutels?"

Reggie schudde zijn hoofd. "Andere kant. Ten oosten van Florida."

Julie fronste haar wenkbrauwen. "Zoals de Bahamas?"

"Verder naar het noorden, eigenlijk."

"In het midden van de oceaan?" vroeg Julie. "Dat lijkt me een slechte plek om iets neer te zetten, daar waar orkanen kunnen toeslaan."

"Het is, naar mijn mening. Maar dat is waar we naartoe gaan."

"Dat is waar *je naartoe gaat*."

Reggie grijnsde. "Ik weet dat je je er niet mee wilt bemoeien, Ben," zei Reggie. "Maar we hebben je hulp nodig. Jullie *allebei*."

"We zijn op vakantie. We hebben dit al behandeld."

"Dat hebben we. Maar je hebt nog niet gehoord wat het *is*."

Ben sloeg zijn armen over elkaar. De barman, een man die er ongeveer negentig jaar oud uitzag, vatte het op als een gebaar en trok zich langzaam terug van de rand van de bar. "Je hoeft niet te weten wat het is. Ik ben hier met mijn *vrouw*, Reggie."

"Verloofde," zei Reggie. "Je hebt nog twee maanden."

Ben staarde naar de man die naast hem zat. "Maak je zaak, en doe het snel. We eten om acht uur." Reggie's ogen verwijdden zich, maar voordat hij iets kon zeggen, sprong Ben in de bres. "En *nee*, je bent niet uitgenodigd."

"Oké, oké. Hier is de deal. Mr. E wil dat we iets gaan controleren in het gebied. Zoals ik al zei, voor de kust van Florida, zo'n 40 mijl ten oosten van Palm Beach, en 20 ten noorden van de Bahamas."

"Wat voor soort dingen zijn we aan het 'controleren'?"

"Het is een park."

"Een *park*?"

"Ja, zoals een natuurpark of zoiets."

"Een *natuurpark* in het midden van de oceaan?" vroeg Julie. Ze greep naar haar glas, een wodka cranberry op basis van vanillewodka, een nieuw brouwsel dat ze pas had ontdekt.

"Een natuurpark voor de kust van Florida, ja," zei Reggie. "Ik weet er eigenlijk niet veel meer van dan dat. Maar we hebben een pas voor een week."

"Als je er niets meer van weet, waarom heeft E ons daar dan nodig?"

Reggie haalde zijn schouders op. "Ik heb het nooit gevraagd." Ben keek hem aan, zijn vriend niet gelovend.

"Als je moest raden?" vroeg Julie.

"Als ik moest raden, zou ik denken dat hij ons daar nodig heeft omdat hij onze *baas is*, en hij *het ons gezegd heeft*."

Ben bewoog om op te staan, greep de leren leuningen van de stoel vast en duwde zich omhoog. Julie's en Reggie's hoofden schoten naar hem. "Ben..." zei Julie.

"Nee. Ik ben klaar hier," zei Ben. Hij snoof. De barman keek om en Ben gaf de man een kort knikje.

Reggie stond op en greep Ben's schouder.

"Luister, vriend," zei hij. "Ik weet niet waar dit over gaat. Maar ik weet dat het niet eens op de radar zou staan tenzij Mr. E dacht dat het belangrijk was. Cruciaal, zelfs."

Ben sloeg zijn armen over zijn borst terwijl Julie opstond. "Lieg niet tegen me, Reggie."

"Ben," zei Julie opnieuw.

Ben wachtte. Keek naar Reggie's gezicht. Het verhardde, werd weer zachter, toen keek hij omlaag en grijnsde. "Oké, prima. Ik weet *een beetje* waar dit over gaat. Niet het eindspel, zelfs niet het echte 'waarom' erachter, maar ik ken het motief om ons daarheen te sturen."

"En wat is dat?" vroeg hij.

"Het beveiligingsteam van het park. Ze zijn net ingehuurd, door de arbeidsdienst van het park."

"En?"

"En het is een bedrijf genaamd Ravenshadow."

HOOFDSTUK 8

JULIE LETTE OP DE LICHAAMSTAAL VAN HAAR VERLOOFDE.
Ze was geen meester in het lezen van de subtiele aanwijzingen van beweging en gezichtsuitdrukking, maar ze was beter dan gemiddeld. Om het gemakkelijker te maken, was Ben bijna niet in staat om zijn gevoelens voor haar te verbergen. Ze ging er altijd vanuit dat hij dat expres deed, om haar binnen te laten, zodat ze hem beter zou leren kennen, maar het bleek dat ze Ben gemakkelijker kon lezen dan wie dan ook die ze ooit had ontmoet.

En het maakte hem gek.

Hij probeerde zijn emoties voor haar te verbergen, wat ze alleen maar duidelijker maakte. Als hij kwaad was, pruilde hij en fronste zijn wenkbrauwen, draaide zich dan van haar weg zodat ze zijn gezicht niet kon zien.

Nu, staande in de rokerige atmosfeer in de diepte van het cruise-schip, omringd door oude mannen die sigaren roken en hun onge-lukkige vrouwen, was zij verbaasd over wat zij zag in zijn reactie op Reggie's woorden.

Een complete ommekeer. Een ommekeer, van de aarzelende, gefrustreerde vriend naar de gretige, overenthousiaste man die stond te popelen om te gaan. Hij deed zijn best om het te verbergen, maar ze kon het overal in zijn lichaam zien: zijn armen, die zich steeds weer ontspanden en weer aanspanden, zijn handpalmen die zich dicht-knepen en weer openden en zijn voorhoofd dat rimpelde. Hij dacht na, probeerde erachter te komen hoe hij zijn gedachten voor zich kon houden, terwijl hij wist dat Julie elk woord van zijn innerlijke mono-loog las.

"Ben," zei ze een derde keer. Eindelijk keek hij haar aan. Zag haar, alsof hij haar voor het eerst die dag zag. "Ben, we zijn niet..."

"Julie," zei hij zacht. "Het is..."

"Ik weet het. Maar *nee*. We *gaan niet*. Ben, denk erover na. We zijn op *vakantie*. De eerste die we hebben sinds, verdomme, sinds we elkaar ontmoet hebben."

"We verbleven in The Broadmoor die ene keer," zei hij.

"We verbleven in The Broadmoor voordat we vertrokken *naar Antarctica*. Voor een *missie*, Ben. Het was geen vakantie."

Hij knipperde met zijn ogen naar Reggie, toen naar Julie. Stopte bij Julie. "Ik - ik wil hem vinden, Jules."

Ze knarste met haar tanden. Keek naar beneden, voelde haar gezicht blozen. *Ik wilde hier niet aan denken. Van alle dingen die we zouden doen op deze reis, was het allemaal zodat ik* hier *niet aan hoefde te denken. Aan* hem.

Over Joshua Jefferson.

Hun vriend en de feitelijke leider van hun kleine groep, de pas opgerichte Civilian Special Operations, was in Philadelphia vermoord door toedoen van een man die Julie had ontvoerd, de rest van haar team door het hele land had achtervolgd, en uiteindelijk was ontsnapt zonder verantwoording af te leggen voor zijn misdaden.

De man was de oprichter en CEO van de particuliere beveili-gingsfirma, Ravenshadow.

Hetzelfde beveiligingsbedrijf dat dit park had ingehuurd.

"We zullen hem vinden, Ben. Maar er is geen reden om..."

"Jules, we zijn *er*. We zijn al in het park. We zijn in de Caraïben, dichter dan we ooit bij hem zullen zijn. Reggie, hoe lang zal het duren..."

"Mr. E heeft een helikopter klaarstaan op het vasteland, die vertrekt morgenmiddag vanuit Miami. Het zal een uur vliegen zijn vanaf daar."

"Hoe komt het op het schip? Er is geen helikopterplatform."

Reggie knikte. "Ik heb begrepen dat meneer E een kleine rubberboot heeft geregeld waarmee we buiten het bereik van het schip komen, en dat de helikopter ons vanaf daar zal oppikken. Dat was het compromis, want de cruisemaatschappij was *erg* fel tegen dit hele gebeuren. Als ik het goed begrijp, verzorgt Mr. E's bedrijf de communicatie voor deze hele regio van het werkgebied van het schip."

Julie kon niet geloven wat ze hoorde. "Nee, Ben. Stop. Denk er eens over na. We gaan niet met een *opgeblazen boot* van een cruiseschip af en worden dan opgepikt door een *helikopter midden op de oceaan*. Het is krankzinnig."

"Het is de enige manier."

Ze voelde haar hele lichaam opwarmen. "Luister naar jezelf. Je bent al aan het plannen. Je bent al aan boord."

"Ik heb al besloten."

Reggie deed een stap terug, waarschijnlijk zonder het te beseffen. Hij krabde aan de achterkant van zijn hoofd.

Julie balde haar vuisten. "Heb je dat? Echt? Prima. Geniet van je reis, Ben."

Ze wendde zich tot Reggie en knikte een keer, het enige wat ze kon bedenken om te doen waardoor ze niet uit de lounge zou worden gezet. Ze ging toch weg, dus ze had hem moeten slaan. Dat kon het niet erger maken. Ze wilde hem slaan omdat hij hier was, omdat hij hun vakantie verpestte en hun tijd verspilde.

En ze wilde Ben *vermoorden*. Ze hield van hem om vele redenen, niet de minste daarvan was zijn constante strijd voor rechtvaardigheid. Hij was de eerste die zich in een gevaarlijke situatie stortte, en hij was de laatste die wegging. Zo hadden ze elkaar ontmoet in

Yellowstone, toen ze achter de terroristen aanzaten die een bom hadden geplaatst en laten ontploffen onder 's werelds grootste actieve vulkaan. Hij was moedig, veerkrachtig en zelfs een beetje roekeloos, en wat hij miste aan professionele training maakte hij meer dan goed met pure wilskracht en vastberadenheid.

Er was veel aan de man om van te houden, maar diezelfde eigenschappen waren makkelijk te haten. Hij zou niet opgeven, en dat wist ze. Hij had zijn zinnen gezet op het vinden van de man die Joshua Jefferson had vermoord, en hij zou dat doel onophoudelijk nastreven tot het gedaan was. Hij had er constant aan gedacht sinds ze aan deze vakantie waren begonnen, en terwijl hij zijn best had gedaan om het voor haar te verbergen en van zijn tijd weg te genieten, las ze het zo duidelijk aan hem af als wanneer hij het haar gewoon had verteld.

Ze was boos op hem, en boos op zichzelf omdat ze verrast was. Ze *wist dat* hij zo zou reageren - zodra Reggie de woorden had gezegd die ze had gekend. Hij zou geobsedeerd zijn, gefocust op niets anders. Reggie had hem verkocht met een enkel woord.

Ravenshadow.

Net als Ben, wilde ook zij de leider van de organisatie pakken. Ze wilde wraak voor de dood van hun vriend en collega, en ze wilde zeker dat gerechtigheid geschiedde. Maar ze was geen vechter - ze was handig als het nodig was, maar ze probeerde *buiten* gevechten te blijven. Ben, aan de andere kant, was roekeloos. Hij legde zijn hoofd neer en stormde naar voren, als een stier, in de puinhoop die aan de andere kant lag.

Ze bereikte de open dubbele deuren aan het eind van de lange salon met laag plafond voordat Ben haar riep. Hij had gewacht tot ze hier was, als een test. Om te zien of ze hem *echt* hier zou laten met Reggie. Ze was ziedend, de woede gierde door haar heen, ze voelde zich verraden en overrompeld en teleurgesteld en in de steek gelaten, alles tegelijk.

"Julie," zei Ben opnieuw, luider. "Julie, wacht."

Reggie zei niets - hij wist wel beter. Ben zou proberen dit te redden, om haar er goed over te laten voelen, maar hij zou niet proberen het te *veranderen*. Hij had zijn mening al klaar, en nu zou hij die van haar ook klaar proberen te krijgen.

Ze keek op haar horloge. *7:54.* Ze zou te laat komen voor het diner. Het was een formele avond, en ze had de perfecte jurk voor de gelegenheid meegenomen. Ze zou nu geen tijd hebben om zich om te kleden, en ze haatte het te laat te komen. Het was een tafel voor zes, en er waren twee andere stellen die hun plaats deelden. Ze zou zich schamen om na hun afspraak te komen opdagen, en nog meer om zonder haar date te komen.

Ze negeerde het smekende geroep van Ben en liet hem in het midden van de lounge staan. Ze marcheerde naar de liften en wachtte ongeduldig op de komst van de auto.

Laat maar, dacht ze. *Ik heb honger.*

HOOFDSTUK 9

"WELKOM BIJ *HET OCEANTECH INSTITUUT,*" zei Adrian Crawford. "En welkom in het nieuwe tijdperk van wetenschap en entertainment."

Hij forceerde zijn glimlach breder, wetende dat het grote kuiltje in zijn linkerwang het effect zou versterken. Het had meer dan één vrouw in zijn verleden in zwijm doen vallen, en sinds hij volwassen was geworden had hij zijn knappe uiterlijk als een geheim wapen ingezet, een laatste troef om uit te spelen nadat hij zijn intelligentie en zakelijk inzicht had gebruikt om de koop te sluiten.

"*OceanTech* is een innovatief nieuw bedrijf en een baanbrekend idee, gefinancierd door de besten in de durfkapitaal- en angel-business, alsmede een stevige steunbetuiging van de toonaangevende non-profit onderwijs- en wetenschappelijke organisaties over de hele wereld".

Hij grinnikte een beetje onder zijn adem, zowel onderliggend als versterkend voor zijn charisma en zijn manier van spreken, en tegelijkertijd genietend van de deftige non-spraak. Een stevige steunbetuiging' kwam er eigenlijk op neer dat verschillende organisaties het eens waren met zijn visie, en 'vooraanstaande non-profitorganisaties op het gebied van onderwijs en wetenschap' betekende eigenlijk alleen maar dat hij een positief antwoord had gekregen op de vraag: 'moet ik dit bouwen?

Het was allemaal marketing, de hele tijd. Daar kwam zijn werk op neer. Hij was gekwalificeerd, een begenadigd wetenschapper, maar deze fase van het proces was puur oppervlakkig - het binnenhalen van de rijke filantropen en zakelijke goeroes die het potentieel zagen van een eerste-op-de-markt investeringsmogelijkheid.

Hij had hun geld nodig, ook al waren ze een jaar geleden volledig gefinancierd. Maar financiering was wispelturig. Het was er wanneer je het nodig had, tot het er niet meer was. Geen enkele projectie, data-analyse of budgettering kon de realiteit van een groeiende startup met grootse plannen veranderen. Dingen veranderden, en hij moest voorbereid zijn.

Hij vond het niet erg. Hij was er tenslotte goed in. De raad van bestuur was unaniem overeengekomen om hem de leiding te geven over de fondsenwerving, wat hem nog meer macht gaf dan zijn verklaarde status van 'president en CEO' die hij al had.

De mensen in de zaal glimlachten naar hem, hun ruggen recht, terwijl ze om elkaar heen draaiden in een poging op te vallen in de zaal. Voor de mannen in de kamer was het een wedstrijd, voor de vrouwen een informatieverzamelingssessie voor latere roddels en gekonkel.

Crawford bekeek het allemaal met mild amusement. Deze mensen waren fabelachtig rijk, elk van hen in hun eigen recht, hebben alles in hun leven bereikt wat ze wensten, maar teruggebracht tot hun eenvoudigste aard waren ze niet anders dan een stel school-pleinkliekjes.

"Als u uw aandacht wilt vestigen op de schermen achter me," vervolgde hij, "we zullen zo met de presentatie beginnen. Als u nog iets wilt drinken, een van de meisjes zal in de buurt zijn om u champagne aan te bieden."

De groep liep rond, op zoek naar de schermen waar hij het over had gehad. Zijn amusement groeide terwijl hij toekeek hoe ze hun ogen dichtkneep en hun wenkbrauwen fronsten, terwijl ze probeerden te begrijpen waar hij het over had. Hij had op hun verwarring geanticipeerd, en het in zijn presentatie ingebouwd. Hij had het vier keer geoefend, vanmorgen nog, en hij wist dat het een voorstelling van wereldklasse was. Zijn opwinding groeide terwijl hij wachtte op de volgende grote onthulling.

Van achter hem lichtte de hele gewelfde achterwand van de kamer met het lage plafond op in een schitterende kleur van 4K, en de luidsprekers in de kamer kwamen tot leven met het geluid van een laag, diep gerommel. De lichten dimden automatisch, en hij hoorde hoorbare hijgen en zuchten van de groep die zich voor hem verzamelde. De zaal was elektrisch, en hij verwachtte bijna een applaus.

Dat komt later wel, wist hij. *Alles op zijn tijd.*

Hij wijdde zijn ogen en klemde zijn kaak terwijl hij naar de vrouw staarde die op de eerste rij mensen stond, een champagneglas in haar hand. Ze was de dochter van een olieman, en de vrouw van een Wall Street directeur, maar hij wist dat ze *ook* een sucker was voor een goede show. Een goede, *dure* show. Ze had ook een reputatie in welvarende kringen die hij een beetje hoopte uit te buiten, vandaar zijn eerdere uitnodiging aan haar om een rondleiding door zijn faciliteit voort te zetten in een meer *besloten* aard.

Ze grijnsde terug naar hem, haar lippen als een pruillipje opgetrokken, haar ogen vernauwd maar nog steeds glimlachend. Hij had haar, en het was slechts een kwestie van tijd voordat ze zich op hem zou storten. Hij verschoof zich, voelde de opwinding in zichzelf opkomen.

Hij schraapte zijn keel toen het diepe gerommel wegviel en werd vervangen door een aangename, zachte strijktrio, langzaam opbouwend en noot voor noot overrollend in een vloeiende golf van muziek. Het was zo geprogrammeerd dat het de kamer vanuit alle hoeken zou overspoelen met geluid, maar zijn eigen stem niet zou overstemmen.

"*Ocean Tech* begon als een klein onderzoeksbureau, waarvan ik het stichtend lid en hoofdwetenschapper was. We boekten vooruitgang met het bestuderen van de fenomenale eigenschappen van enkele van 's werelds meest mysterieuze wezens. Door het analyseren en synthetiseren van de chemische en zelfs genetische samenstelling van sommige van deze specimens, was *Ocean Tech* in staat om de wereld fantastische nieuwe behandelingen te bieden voor kwalen die de mensheid eeuwenlang zijn blijven plagen."

Het scherm achter Crawford draaide rond de kamer en toonde goed ontworpen grafische voorstellingen van alles wat hij beschreef. Een streng DNA, geëxplodeerd, rondgedraaid, en dan opgeblazen om de individuele ketens van aminozuren te zien. De aminozuren bonden zich met andere materialen en chemicaliën en veranderden dan in een gemeenschappelijke pil. Op de muur aan de overkant stond een eenvoudige grafiek met de groei- en succescijfers van *Ocean Tech's* medische producten en farmaceutica.

"Onze lijn van gerichte chemotherapie heeft bijvoorbeeld een radicale toename laten zien in de mate van herstel en remissie van leukemiepatiënten. En het geheim? We vonden het in de mitochondriale attributen van de Mako haai."

De groep klapte, een stil, onhandig geklap toen ze zich realiseerden dat ze allemaal champagneglazen vasthielden. Adrian Crawford straalde, strekte zijn armen uit in een dramatische zwaai van aandacht, en ging toen verder. "Maar we wisten dat we *zoveel meer* konden doen..."

Het gebogen scherm viel leeg, perfect getimed met Crawford's toespraak. De hele kamer verdween in duisternis, en hij wachtte. *Drie... twee... een...*

Een klein lichtpuntje groeide in een wervelende, draaiende bol in het midden van het reusachtige gebogen scherm. Hij was opzij gestapt om hun zicht niet te belemmeren, terwijl hij recht voor zich uit naar de groep staarde. Hij kon het wit van hun ogen zien, de fonkelende reflectie van de bol in hun glazen, maar verder waren ze geesten aan de andere kant van de kamer.

De bol groeide, draaide sneller en kreeg een blauwachtige tint terwijl hij zich uitbreidde tot de helft van het midden van het scherm. De muziek begon, een lage cello ostinato met een tremolo viool loopje over langzame, stijgende hele noten. Het was dramatisch, misschien wat overdreven, maar Adrian Crawford wist wat hij deed.

Verkopen.

"Wat u ziet is een dramatisering van de groei van de synthetische celstructuren waar we mee werken." Hij pauzeerde en keek rond toen de gezichten weer in beeld kwamen. "Een *dramatisering* omdat er meestal geen muziek is als het gebeurt."

Een gelach verspreidde zich door de kamer.

"Wij onderzoeken de mogelijkheden van deze synthetische cellen, nu wij over de technologie beschikken om ze te maken. Zie het als een combinatie van stamcelonderzoek en nanotechnologie - een perfect huwelijk tussen twee ultramoderne - en, als ik dat mag toevoegen, enigszins controversiële onderzoeksgebieden. Maar zoals we allemaal weten, is er een verschil tussen *politiek* gedreven controverse en *echt, tastbaar*, wetenschappelijk onderzoek."

Hij keek naar de man achteraan, een brede, pokdalige senator uit Illinois. De man grijnsde, nam de grap op de koop toe zonder dat er een teken van belediging op zijn gezicht te zien was. Deze mensen stonden allemaal aan Crawfords kant - daar had hij lang voordat hij ze uitnodigde om geld te vragen voor gezorgd - en hij wist dat een paar porren in de richting van de kant van de media hier goed ontvangen zouden worden.

De video ging verder, de cel splitste zich in een paar verblindend witte lichten die groeiden en zwollen en klopten van leven. Het was meesterlijk gedaan, en hij maakte een notitie om een fruitmand te sturen naar het bedrijf dat ze hadden ingehuurd om het in elkaar te zetten. "Deze synthetische cellen zullen de ontbrekende schakel zijn in de geneeskunde,' zei hij. "We hopen dat ze de kloof zullen overbruggen tussen de delen van het slapende DNA dat in grote hoeveelheden in de kern van menselijke cellen zit en de moderne vooruitgang in de wetenschap.

De video eindigde met celmitose, de kleine bolletjes die zich splitsten en weer splitsten, tot ze het scherm vulden en tegen elkaar drukten, waardoor een helderwit licht ontstond dat het gebogen televisiescherm volledig verteerde. Het verlichtte de kamer van achteren, en Crawford wist dat hij een silhouet was, slechts de omtrek van een man.

"Maar het mooiste van dit alles is dat we de kloof tussen *wetenschap* en *mensheid* overbruggen. Gedurende millennia is de wetenschap gedegradeerd tot het rijk van de briljanten, de genieën en de intellectueel superieuren. Het grote publiek heeft kunnen profiteren van hun inspanningen, maar het heeft niet actief kunnen *deelnemen* aan die inspanningen.

"*OceanTech Institute* is het eerste in zijn soort - een park, gericht op educatie door middel van entertainment, een concept dat al eerder is geprobeerd, maar altijd is mislukt. Het *instituut wordt* een eersteklas, state-of-the-art laboratorium, maar het zal in alle opzichten transparant zijn. Het onderzoek dat hier gebeurt, zal op elk niveau te zien zijn. Gezinnen kunnen genieten van de luxueuze sfeer en de fenomenale keuken, en deelnemen aan een aantal op wetenschap gebaseerde activiteiten die de verbeelding prikkelen, de kinderlijke verwondering aanwakkeren die we allemaal hebben gevoeld, en, het allerbelangrijkste, vragen oproepen die *moeten* worden beantwoord.

"*OceanTech* is bijna klaar, en we draaien bijna op volle capaciteit. We zijn een beetje onderbemand, maar daarom zijn jullie de komende week onze enige gasten."

Adrian Crawford stapte naar voren, in de neerwaartse verlichting van boven en de aan de zijkant verlichte nisverlichting die hem weer in beeld bracht. Zijn glimlach verdween, een geoefende uitdrukking van ernst en intensiteit. "Ik wil dat jullie je hier vermaken. Ik wil dat jullie ervaren wat we *echt* gebouwd hebben - een drijvend vijfsterren luxe resort hotel, ontworpen om jullie geesten te vangen en nieuwe ideeën te introduceren waarvan jullie dachten dat het alleen maar dromen waren.

"Nog vragen?"

De zaal barstte uit in applaus.

HOOFDSTUK 10

HET DINER WAS VERRASSEND SAAI. Julie had een bord voor zich - kreeftenstaart, lendenstuk, sjalot aioli, en gestoomde zomergroenten. Er waren twee glazen wijn, want ze wist niet zeker of ze voor wit of rood moest gaan voor het diner, maar ze had van geen van beide gedronken.

De koppels om haar heen begonnen haar te negeren, intuïtief begrijpend dat ze het moeilijk had. Het was grappig voor haar hoe mensen *nog* ongemakkelijker werden door te proberen niet ongemakkelijk te zijn. Het zou beter zijn geweest als ze gewoon hadden gedaan alsof er niets aan de hand was, haar vragen hadden gesteld over haar dag, en daarmee klaar waren geweest.

Maar *ze* kon niet doen alsof ze in orde was. Ze was boos op Ben, en ze was boos dat Reggie het verstandig had gevonden hen te vinden en hen over deze missie te benaderen. Mr. E zou het begrepen hebben, en zelfs als hij dat niet deed zou Mrs. E hem ervan overtuigd hebben dat het een slecht idee was om de vakantie van een stel op te eisen voor werkdoeleinden.

Ze begreep de druk - ze waren dicht bij Ravenshadow, en hun leider. De Havik, of Vicente Garza, was een meedogenloze crimineel die zich met succes verborg achter de façade van een privé-huurlingenmacht, die volledig binnen de grenzen van de Amerikaanse wet opereerde. Maar hij had al eerder gruwelijke daden begaan, en Reggie, die de man al lang kende voor hun ontmoeting een paar maanden geleden, had hen verteld over zijn specifieke grieven tegen de man.

Maar dat was geen excuus voor Reggie of Ben. Het was geen excuus voor Mr. en Mrs. E om hem hierheen te sturen.

En het was geen excuus om Julie te dwingen er iets om te geven.

Ze zat stil te eten, na te denken. Ze hadden haar bespeeld, allemaal, wetende dat ze bijna net zo koppig was als Ben. Ze had een maand lang zij aan zij met haar verloofde geprobeerd om The Hawk en zijn gestoorde team van moordenaars op te sporen, zonder resultaat, en ze hadden uiteindelijk besloten om het op te geven totdat ze een aanwijzing hadden. Ze waren op vakantie gegaan, probeerden het te vergeten, Joshua Jefferson en zijn brute moord, Julie's ontvoering en marteling, en hun miserabele mislukking in Philadelphia.

Maar ze gaf er nog steeds om. Ze kon het niet voor zichzelf verbergen, ook al had ze het effectief voor Ben verborgen.

Ze wist dat ze de havik wilde vinden, en ze wist dat ze Ben zou volgen waar hij ook heen zou gaan. Hij had haar nodig, ook al besefte hij dat niet. Ze hadden haar allemaal nodig, en zij had hen nodig. Ze waren nu een team, en ze was niet goed voor iemand die aan een eettafel zat in een enorm restaurant op het achterschip van een cruiseschip, met een smorgasbord van eten in het vooruitzicht.

Julie schudde haar hoofd. Glimlachte een beetje, uit wrok. Ze was er niet blij mee. Helemaal niet. Maar het was de waarheid, en ze was altijd al iemand geweest die zich concentreerde op de waarheid en wat die betekende in plaats van op het emotionele verlangen dat haar met succes voor de gek kon houden door de verkeerde beslissing te nemen. De waarheid was dat ze hem wilde vinden, ze *wilde* weer bij het team zijn, en ze *wilde* op het cruiseschip blijven en van haar vakantie genieten.

Maar dat schip was vertrokken. Geen van beiden zou van iets

kunnen genieten als ze hier bleven. Ze zouden geen van beiden dichter bij het opsporen van Ravenshadow en het berechten van The Hawk komen, en ze zouden voor altijd spijt hebben dat ze de kans niet grepen toen ze die hadden.

Verdomme, Reggie, dacht ze.

Ze schraapte haar keel. De anderen aan de tafel keken naar haar op. Een echtpaar uit Iowa aan de ene kant van haar, een soort boer en zijn vrouw, beiden dik en gespierd en in chique kleren die nauwelijks over hun bij elkaar passende borstkas pasten. Twee mannen rechts van haar, een stel op huwelijksreis uit Miami, de een een investeerder en de ander een zelfverklaard 'trofee-echtgenoot'. Ze glimlachten, de ongemakkelijke verwachting duidelijk op alle vier sets van ogen.

"S - sorry," zei ze. "Ik heb een zware dag gehad. Ik verontschuldig me dat ik niet veel deelnam aan het gesprek. Ik ben bang dat ik moet gaan."

De trofee-echtgenoot glimlachte naar haar en legde zijn hand op de hare. "Schat, het is oké. Ga jij maar die knappe man terughalen. Hij is elke..."

De man van de man gromde en onderbrak hem. "We zijn bij je, Julie. Maak je geen zorgen - ontspan en geniet van je reis. We zullen hier morgenavond zijn, zelfde tijd. Je hoeft je niet te verontschuldigen." Hij glimlachte naar haar, oprecht en rijk.

Ze glimlachte terug toen ze opstond. De boer met het gevormde borststuk stond ook op, maar was veel te laat om haar met haar stoel te helpen, dus gaf ze hem een beleefd knikje en stopte die terug onder het tafelkleed. De groep keek toe hoe ze haar tas ophaalde en het echtpaar rechts van haar zwaaide toen ze zich omdraaide om te vertrekken.

Aardige mensen, dacht ze. *Jammer dat ik er morgenavond niet bij zal zijn.*

HOOFDSTUK 11

"WE STOPPEN EERST OP DE BAHAMAS," schreeuwde Reggie in de koptelefoon. Het kloppen van de rotor vulde elke porie, trilde elk bot in zijn lichaam. "Nassau. Het ligt niet op de route, maar dat was de goedkoopste vlucht, denk ik."

"Goedkoopste vlucht voor wie?" Vroeg Ben. Hij zat in de helikopter naast Julie, naar voren gericht, recht tegenover Reggie. Gedrieën hadden ze de GPS-coördinaten bereikt nadat ze vanaf het bovendek van het cruiseschip in de opblaasbare rubberboot op de oceaan waren neergelaten. Reggie was niet bang om te vliegen, maar hij zou zijn best doen om nooit meer in een opblaasbootje een ritje te hoeven maken op een katrolsysteem van een cruiseschip.

"We hebben een afspraak met een dokter. Ze komt mee voor ondersteuning."

"Wat is haar specialiteit?"

Reggie haalde zijn schouders op. "Waarschijnlijk dokteren? Ik heb het niet opgezet, ik weet het niet zeker."

Julie glimlachte. "Dus vier van ons, totaal. Wat is de missie?"

"Recon, hoofdzakelijk. Het park heet *OceanTech Institute.* Proberen een nichemarkt te exploiteren van nerdy families geïnteresseerd in en rijk genoeg voor een luxe vakantie van leren en wetenschap. "

Ben haalde zijn neus op. "Klinkt verschrikkelijk. Net als kamperen in een kindermuseum."

"Ik verwacht ook niet veel," zei Reggie. "Maar E vertelde me dat ze een ongelooflijke hoeveelheid vroege angel-investeringen hebben gestabiliseerd, en ze hebben een paar venture capital-bedrijven klaarstaan voor een B-ronde. Bovendien heeft hun CEO en president, Adrian Crawford, het in het verleden aardig voor elkaar gekregen. Zijn bestuur bestaat ook uit de rijke elite in de wetenschappelijke en medische gemeenschap."

"Dus ze hebben geld."

"Ze hebben genoeg. Het park zelf is een semi-zwevend bouwwerk voor de kust van Florida, en de website beschrijft het als een 'all-inclusive, luxe resort met alle voorzieningen die een familie zich kan wensen'.

"Klinkt sjiek," zei Julie. Haar koptelefoon was groter dan haar hoofd, en ze had voortdurend moeite om hem tussen haar oren in balans te houden. "Misschien is het net zo mooi als het cruiseschip."

Reggie wist wat ze bedoelde. *Misschien is onze vakantie* niet *zo snel voorbij. Misschien zal deze plek net zo ontspannend zijn.*

Hij kon alleen maar hopen.

"We moeten Ravenshadow vinden, kijken of we Garza in het park kunnen vinden, en hem arresteren."

"Hem arresteren? We zijn geen politie, Reggie."

"We zijn ook niet echt burgers. Ik bedoel, dat *zijn* we *wel*, maar we hebben steun van militaire hoofden. Dus wij zijn het - we gaan naar binnen, proberen hem te vinden, en halen hem er *discreet* weer uit."

"Hoe?"

"Hoe krijgen we hem?"

"Hoe komen we er weer uit?"

Reggie knikte. "Onze helikopter komt over drie dagen terug. We krijgen een gevoel voor de lay-out, vermaken ons de eerste twee dagen, houden onze ogen open, en slaan onze slag op dag drie."

"En als we onze rit missen?"

Hij glimlachte. "Kunnen jullie twee zwemmen?"

Julie grijnsde. "Juist. Serieus, hangt ons plan af van timing? We moeten op het juiste moment bij Garza komen om hem uit te schakelen, te arresteren, en hem dan op het juiste moment bij de helikopter brengen? En zijn mannen dan? En het feit dat Garza zelf een *getrainde moordenaar is?*"

"Het is - het is niet het meest grondige plan, dat geef ik toe," zei Reggie.

Bens ogen verwijdden zich.

"Maar we kunnen het uitwerken zodra we geland zijn. Als we een idee hebben van het park, kunnen we een beter plan maken. Misschien hebben ze een minimale bemanning, weet je? Mr. E zei dat ze nog niet op volle capaciteit zitten met personeel en werknemers, en de enige andere gasten in het park zullen een handvol investeerders zijn, op een uitgebreide rondleiding."

Ben zuchtte. "Zijn er andere burgers daar? Reggie, dit is al een puinhoop."

Reggie glimlachte. "Wat hebben we ooit samen gedaan dat niet een puinhoop is geweest? Kijk, jongens, het is niet zo'n groot probleem. We proberen The Hawk te pakken, of we doen het niet. Dit is geen lange termijn plan, het is een *kans*. Mr. E wilde profiteren van onze situatie. Jullie twee waren dichtbij, ik was een vlucht verder, en we kunnen profiteren van de timing."

Ben fronste zijn wenkbrauwen. "Betekent dat dat ze niet weten dat we komen?"

Reggie schudde zijn hoofd. "Niet echt. De man die de zaak runt, Adrian Crawford, was meer dan blij ons te hebben - hij heeft zelfs een soort welkomstfeestje gepland, naar wat ik hoor. Voordelen van CSO zijn, denk ik."

Het was waar - ze hadden de laatste tijd in de meeste grote

kranten van het land gestaan, vanwege hun reizen en avonturen. De meeste berichten waren getemperd en afgezwakt om ze de geloofwaardigheid te geven die ze nodig hadden en om ervoor te zorgen dat er geen expliciete details zouden worden onthuld, maar het effect was hetzelfde. Op dit punt werden ze beschouwd als minder belangrijke beroemdheden. Het publiek hield van het idee dat 'normale mensen' zoals zij een aantal van de uitdagingen van het land op zich namen. Het leger was te groot, te gefragmenteerd en te ongeorganiseerd om zich om de kleinere zaken te bekommeren, en de lokale en regionale wetshandhavers liepen vaak tegen budgettaire beperkingen, middelen en prioriteitsconflicten aan om zich er iets van aan te trekken.

De CSO had carte blanche om zich te mengen in binnenlandse aangelegenheden, zolang het maar geen actieve militaire operatie betrof of een operatie op staatsniveau. De bestuursleden van de CSO waren afkomstig uit alle takken van het leger en keurden de operaties van het team goed of weigerden ze, waarbij ze alleen voldoende informatie gaven om hun beslissing te rechtvaardigen.

Het was een goede regeling, en Reggie twijfelde er niet aan dat de reden voor het succes tot nu toe niet in de laatste plaats te danken was aan Mr E's grote invloed en netwerk, maar ook aan de omvang van zijn portefeuille. Voor Reggie, een ex-sluipschutter van het leger, was de toegenomen vrijheid al genoeg reden om voor de groep te komen zonder zelfs maar te denken aan het fenomenale salaris.

"Maar Ravenshadow weet het niet," zei Julie. "Is dat wat je zegt?"

"Dat is wat ik denk. Ik weet niet of Crawford close is met Garza, maar ik kan me niet voorstellen dat hij zijn beveiliging de namen vertelt van iedereen die in zijn park komt."

"Waarschijnlijk niet," zei Ben. "Maar er is nog niet echt iemand *in* het park, weet je nog? Alleen een handjevol investeerders en wij. We zullen opvallen als zere duimen."

"Misschien," zei Reggie. "Maar ik durf te wedden dat Garza druk bezig zal zijn met het opzetten van zijn systemen en alles klaar te krijgen voor de soft launch van het park over een maand. We zullen onder de radar blijven omdat we gewoon toeristen zullen zijn. In en uit, hopelijk met de havik op sleeptouw."

"Hopelijk."

HOOFDSTUK 12

TOEN ZE OP HET VLIEGVELD VAN NASSAU STONDEN TE WACHTEN, realiseerde Ben zich plotseling wat er gebeurd was. De helikopter was niet neergestort, want ze waren daar alleen om te tanken en hun vierde passagier op te pikken. Hij zat met Julie tegen zijn zij geleund, slapend. Reggie zat te grijnzen over iets wat hij op zijn telefoon aan het bekijken was, wat Ben aan zijn eigen gedachten overliet, een ietwat gevaarlijk voorstel.

Het besef dat hij had, was dat hij had *besloten*. Het was een enkel woord, een simpel woord. Hij had *besloten*, en nu was hij *hier*.

Het was een soort kort verhaal van zijn leven. Hij was op zijn achttiende van huis weggelopen om ranger te worden en was uiteindelijk in Yellowstone terechtgekomen. Hij *besloot* daar te blijven, als een kluizenaar te leven en zich enigszins terug te trekken van de rest van het personeel en het team daar, tot hij Julie ontmoette. Ze was als een wervelwind zijn leven binnengestormd, had hem opgepikt en meegenomen om te helpen een misdaad op te lossen, maar hij realiseerde zich nu dat hij het had *besloten*. Het was een bewuste, actieve beslissing geweest. Iets waar hij een keuze in had, en hij had gekozen om haar te volgen.

Hij had ervoor gekozen betrokken te raken bij de CSO toen die was opgericht, en hij had ervoor gekozen de rol te aanvaarden die zij hem hadden gegeven.

Niets in zijn leven was een ongeluk geweest, als je het zo bekijkt. Zeker, er waren dingen gebeurd waar hij geen controle over had, maar elke keer als hij een keuze moest maken, had hij een *beslissing* genomen.

Het was ontnuchterend, echt. Te weten dat zijn leven van hem *was*, dat hij het bijna volledig in de hand had. Hij wist niet zeker of hij dat leuk vond of niet. Hij wist niet zeker of hij het leuk vond, omdat hij niet zeker wist wat hij echt *wilde*. Hij hield van Julie met heel zijn hart, daar was hij zeker van. Maar hij was met haar meegereden tijdens hun verkeringstijd, en had haar de leiding laten nemen bij het plannen van een huwelijk, een vakantie en zo'n beetje alle andere grote beslissingen.

Maar dat, op zichzelf, was een *beslissing*.

Hij *had besloten* om op de achterbank te gaan zitten. Hij *had besloten* om niet om die dingen te geven. En hij realiseerde het zich nu.

Wat zou er anders zijn als ik al die keren iets anders had besloten? Waar zou ik zijn?

Hij wist niets zeker, maar hij was er bijna zeker van dat hij *hier* niet in de buurt zou zijn. Hij zou niet in de buurt van de Bahama's zijn, op weg om een 'wetenschapspark' te onderzoeken, en hij zou niet bij Julie of Reggie zijn.

Hij zou geen oorlog voeren tegen een man die een jaar geleden een man doodde die hij nauwelijks kende.

Hij gaapte, voelde het gewicht van de gedachten die door zijn hoofd cirkelden en de vermoeidheid van het reizen die hem in één keer overvielen. Hij wenste even dat hij Julie was, klein genoeg om haar voeten onder zich te kunnen steken en zich tegen Bens zijde aan te kunnen krullen en zich comfortabel te voelen. Hij was daar veel te groot voor. Groot, breedgeschouderd, en - dankzij Reggie's hulp het afgelopen half jaar - in zeer goede vorm. Maar dat maakte het nog moeilijker om comfortabel te zitten. Hij kon niet op een bepaalde ledemaat rusten omdat zijn lichaamsgewicht die in enkele minuten in slaap zou sukkelen, en hij kon zich niet gewoon opkrullen en uitrusten omdat er niet veel stoelen of zetels in de wereld waren die groot genoeg waren om dat nuttig te laten zijn.

Hij keek naar het asfalt, gefocust op de golvende lijnen van hitte die van het beton omhoog kwamen. Het was warm buiten, maar binnen in de helikopter was het een kraakheldere 65 graden. Het was vochtig, waardoor het koeler aanvoelde, maar hij klaagde niet. Hij hield van het gevoel van de kou die tegen zijn huid knerpte.

Aan de zijkant van een gebouw in de buurt ging een deur open en hij zag een man naar buiten stappen, met in zijn ene hand een koffer. Het was het soort met wieltjes, maar de man moet de behoefte hebben gehad om zichzelf te bewijzen, want hij droeg hem op een manier waarbij hij bijna 45 graden naar opzij moest leunen om hem goed in evenwicht te houden.

Achter de man en de koffer stapte een vrouw over de drempel en op het bakkende asfalt. Ben voelde hoe hij zich rechtzette, en zich toen ontspande om Julie niet wakker te maken. Maar zijn ogen waren gefixeerd op de vrouw. Lang, slank, een zonverduisterde huid en krullend zwart haar, de vrouw zag eruit alsof ze haar hele leven op het eiland had doorgebracht. Ze droeg een strakke, korte korte broek, helemaal onderaan opgevouwen, wandelschoenen en lage enkelsokken, waardoor zowat al haar perfect gevormde benen te zien waren. Ze schitterden in het zonlicht, de diepbruine kleur ervan contrasteerde met het wit van het beton onder haar.

Ze gleed meer naar voren dan dat ze liep, en hij keek de hele tijd. Ook haar gezicht was lang en dun, met kleine gelaatstrekken en ogen die onder haar huid uit leken te steken.

Haar hemelsblauwe blouse was dichtgeknoopt tot het tweede knoopje, en hij kon een grote kralenketting om haar hals zien hangen. Ze droeg een bijpassend enkelbandje.

Reggie floot. "Wow," zei hij. "Het lijkt erop dat deze reis een stuk leuker is geworden."

Ben staarde naar zijn vriend. "Je bent walgelijk. Wat, ga je haar mee uit eten vragen?"

Reggie grijnsde. "We eten allemaal samen, geloof ik. Dus ja, misschien. Tenzij je haar eerst vraagt, in welk geval ik zal zien wat Julie van plan is - "

"Bewaar het, vriend," zei Ben. "Hou je ogen maar gericht op de dokter hier."

De dokter naderde de zijkant van de helikopter en legde haar hand over haar hoofd om haar haren te beschermen. De man worstelde tegen het gewicht van de koffer en zette hem uiteindelijk neer toen ze de open deur had bereikt. Reggie leunde voorover om de bagage te pakken en hij tilde hem moeiteloos omhoog en naar binnen. De man keek hem nors aan, maar Reggie grijnsde alleen maar breder.

"Reggie," schreeuwde hij naar de vrouw.

"Wat?" schreeuwde ze als antwoord.

Ze stapte op de ladder en in het ruim van de helikopter, en keek toen rond voor een zitplaats. Julie werd wakker, rekte zich uit, keek naar de vrouw, en knikte naar haar.

"Ik zei, mijn naam is Reggie!"

"Hey bud," zei Ben in zijn headset microfoon. "We kunnen je allemaal luid en duidelijk horen. Stop met mijn trommelvliezen eruit te blazen."

Hij lachte, greep toen naar de vierde koptelefoon met gehoorbescherming die achter de stoel bungelde en bood hem aan de dokter aan. Hij wachtte tot ze hem had opgezet en startte toen opnieuw. "De naam is Reggie," zei hij.

Ze glimlachte en knikte. "Aangenaam kennis te maken. Dr. Sarah Lindgren."

"Lindgren," zei Julie. "Zweeds?"

Ze knikte. "Ik ben Zweeds-Amerikaans." Ze lachte, een gemakkelijke, warme grinnik. "Ik zie er niet erg Zweeds uit, dat weet ik. Ik ben opgegroeid op de Kaaimaneilanden, maar mijn vader, Graham Lindgren, is Zweeds. Mijn moeder is Jamaicaans, en ik heb haar uiterlijk."

Julie verschoof in haar stoel om Sarah aan te spreken. *"Professor Graham Lindgren?"*

Sarah glimlachte, onder de indruk. "Ja - heb je van hem gehoord?"

"Ik heb een semester op Cambridge gezeten. Gaf hij daar geen les?"

Ze knikte. "Ja, ik geloof dat hij dat deed. Als gastprofessor voor een paar jaar. Heb je archeologie gestudeerd?"

Julie lachte. "Ik heb een master in informatica, en een bachelor in informatiesystemen. Maar ik ging uit *met* een jongen die antropologie studeerde, en hij sleepte me een keer mee naar je vaders lezing. Zijn idee van een afspraakje."

Ben keek geamuseerd toe, terwijl hij Julies gezichtsuitdrukkingen las terwijl ze dit deel van haar verleden uitlegde. Een deel, merkte hij op, dat ze nooit aan *hem* had uitgelegd.

"En wie was die ridder op het witte paard?" vroeg Ben.

Julie leek even verbaasd, alsof ze vergeten was dat iedereen in de helikopter haar gesprek met de nieuwkomer kon horen, maar Sarah Lindgren leunde gemakkelijk naar voren en stak haar hand uit. "Jij moet Ben zijn," zei ze.

Hij knikte. "Aangenaam."

"Helemaal van mij," zei ze. Ze keken elkaar even aan, toen draaide ze zich weer om naar Julie. "En ja," zei ze. "Ik wil ook alles horen over deze 'ridder op het witte paard'."

Julie bloosde. "Nou, hij was een flirt. Misschien maar een jaar. Het punt is dat ik me de lezing van je vader *veel beter herinner* dan de jongen met wie ik ging."

"Oh?"

"Hij gaf een fenomenale presentatie. Alles over het idee dat er een 'meesterras' kan zijn geweest dat verschillende gebieden van de wereld heeft uitgezaaid nadat een cataclysmische gebeurtenis hun beschaving van de kaart heeft geslagen."

Sarah's hoofd viel achterover terwijl ze grijnsde. "Ah, ja. De oude 'oude aliens' theorie. Daar heb ik veel van meegekregen toen ik opgroeide. Hij sleepte ons over de hele wereld mee, om bewijs te vinden."

"Aliens?" Vroeg Reggie.

"Nou, dat geloofde hij niet, per se. Maar dat was de gangbare kritiek van zijn gelijken. Iedereen scheen te denken dat de mensen op een dag gewoon opstonden en begonnen te lopen, om uiteindelijk tot in alle uithoeken van de wereld te geraken. Hoewel niemand echt weet *wat* er precies is gebeurd, is het een vrij algemeen geloof dat ze zich *eerst verspreidden* en zich *daarna* ontwikkelden in kleine groepjes beschaving."

"En je vader geloofde dat er een beschaving was *voor dat* alles, toch?" vroeg Julie.

"Precies. Hij keek naar overeenkomsten tussen oude samenlevingen, en naar scheppingsmythen van over de hele wereld, en analyseerde overeenkomsten. Uiteindelijk geloofde hij dat er een ras van mensen was dat zich verspreidde nadat hun thuis was vernietigd, deze primitieve samenlevingen bereikte en hen dingen leerde als landbouw, geneeskunde en architectuur."

De helikopter begon te stijgen, en Ben greep onwillekeurig de veiligheidsgordel strakker aan. Hun piloot was een professional, en hij voelde nauwelijks de schokken van het opstijgen, maar het was de versnelling, tegen de richting van de zwaartekracht in, die hem schokte. Hij haatte vliegen. Altijd al gehad, al wist hij nooit zeker wanneer hij die fobie had ontwikkeld.

Reggie en Julie plaagden hem er graag mee, vooral omdat ze veel van hun tijd in de CSO doorbrachten met vliegen naar de een of andere plaats. Reggie was een getraind piloot, heel bekwaam, en op uitstapjes van de hut naar Anchorage in de kleine Cessna die de CSO bezat, nam hij vaak de gelegenheid te baat om Ben een huiveringwekkende ervaring te bezorgen door hem in een snelle duikvlucht te gooien of het vliegtuig een kant op te gooien in een scherpe draai. Een vogel ontwijken', zei hij dan. Ben lachte nooit.

De helikopter bleef stijgen en hij deed zijn best om te luisteren naar de rest van Sarah's gesprek met Julie. Ze was een interessante vrouw, opgegroeid met de archeologische wijsheid van haar vaders obsessie, en ongetwijfeld heel wat wetenswaardigheden opgepikt langs de weg. Maar haar eigen carrière was ook indrukwekkend: een bachelor in Evolutionaire Biologie en een doctoraat in Archeologie en Sociale Antropologie aan de Universiteit van Edinburgh, en een doctoraat in Antropologie aan de Australian National University.

Bovendien was ze bescheiden. Charismatisch, vriendelijk, en snel om een antwoord op hun vragen te volgen met een vraag van haarzelf, Ben nam onmiddellijk een sympathie voor haar.

Hij merkte dat Reggie dat ook deed.

Zijn vriend was zover in de stoel van de helikopter geschoven als zijn riem toeliet, en zijn arm was dicht bij haar hand. Hij zat vastgenageld aan haar gezicht, keek en nam elk woord in zich op dat ze sprak alsof ze een profeet was. Als ze het merkte, liet ze het niet merken.

Ben was geamuseerd, wetende dat het gedrag typisch was voor Reggie. Hij was gescheiden, momenteel alleenstaand, en had een hoge dunk van zichzelf. Hij zag er goed uit, was lang, fit en droeg zichzelf zoals een legerman dat zou doen, met sterke, brede schouders en een gebeitelde kaak die niet zou misstaan hebben op een GI Joespeelgoed.

Maar Sarah leek veel meer geïnteresseerd in een praatje met Julie. Het gesprek ging van haar achtergrond naar die van Julie, dan naar hoe ze Ben had ontmoet, en uiteindelijk was het overgegaan in meidenpraat, het bespreken van de nieuwste realityshows waar ze geen van beiden tijd voor hadden.

Ben en Reggie staarden naar hen terwijl ze praatten, wachtend op een onderbreking in het gesprek, maar die kwam er niet. Een uur ging snel voorbij, en Ben begon net in slaap te vallen tegen de zoemende en trillende romp van de helikopter toen de stem van de piloot zijn koptelefoon binnendrong.

"We zijn er," zei hij. "Nog twee minuten, maar je zou de buitenste ring van het park uit je raam moeten kunnen zien, Ben."

Ben keek uit over het water, de weerkaatsing van de zon was fel en trok zijn ogen aan. Het duurde even voor zijn ogen gewend waren, maar toen zag hij het, aan de horizon.

HOOFDSTUK 13

ZOALS DE PILOOT HAD GEZEGD, was het eerste wat Ben zag een cirkel, die zich van oost naar west uitstrekte, bijna zo ver als hij kon zien. Eerst leek het niet meer dan een lijn aan de horizon, als een witachtige steiger die uit de kustlijn stak, maar er was nergens een kustlijn te zien.

Toen ze dichterbij kwamen in de helikopter kon hij de randen zien, hoe ze om zichzelf heen bogen om de 'ring' te vormen die de piloot had beschreven. Als hij moest gokken, zou hij zeggen dat het park een kilometer in doorsnee was, maar er was weinig anders om op af te gaan dan zijn intuïtie. De oceaan strekte zich aan alle kanten uit, domineerde het landschap en deed het park in de schaduw staan.

De lijn die in beeld kwam, maakte uiteindelijk plaats voor zijn ware vorm: een 'buitenste ring,' in die zin dat er meer ringen in zaten die hij kon zien, concentrische cirkels op elkaar gestapeld, drie in totaal. Ze leken op het wateroppervlak te drijven, hoewel hij wist dat ze op de een of andere manier aan de oceaanbodem verankerd moesten zijn. Hij wist weinig van booreilanden, maar de structuur die nu voor hen lag leek ontworpen met een booreiland in gedachten. Half afzinkbaar, rond in plaats van vierkant, en ongeveer tien keer zo groot.

De cirkel die de middelste ring vormde, ondersteunde een gebouw dat zich naar boven uitstrekte, waarschijnlijk vijf of acht verdiepingen hoog, afgerond om overeen te komen met de omtrek van de ring waarop het stond. De andere, grotere ringen hadden kleinere gebouwen die uit de oppervlakte sprongen, de meeste slechts twee of drie verdiepingen hoog.

De tweede ring was de dunste, met slechts een paar gebouwen in de omtrek. Ze waren kort, kraaknet en onopvallend, en de meeste leken op strandhuisjes, compleet met daken van palmbladeren en houten zijkanten. De buitenste, grootste ring had meer gebouwen, allemaal in dezelfde cabana-stijl en van verschillende hoogten, maar Ben kon zien dat deze ring was ontworpen om een strand na te bootsen. De binnenomtrek van de ring was gevuld met zand, waardoor het water tussen de eerste en de tweede ring groener en lichter leek. De helikopter vloog over de zuidelijke rand en draaide naar het oosten, in de richting van het helikopterplatform aan de andere kant van de grootste ring, en Ben kreeg een blik op het kunstmatige 'strand' dat het park bezat.

Stippen werden individuele ligstoelen, net als die welke hij zojuist op het cruiseschip had achtergelaten, en felle kleurspatten werden parasols en de kleinere cirkels van dranktafels. De cabana-achtige huisjes kwamen dichterbij, en hij kon zien dat veel van hen in feite driehoekige structuren waren met barbladen geïnstalleerd, barstoelen verzonken in het zand eronder.

"Het lijkt wel het bovendek van het cruiseschip," zei Julie in haar koptelefoon.

Ben knikte. "Ja, maar ze hebben het zand geïmporteerd om het effect compleet te maken."

De piloot viel in. "Het park heeft een hoop geld uitgegeven aan deze plek. Ze hopen dat er genoeg mensen geïnteresseerd zijn in een all-inclusive 'wetenschap' vakantie."

"Denk je dat die er zijn?" vroeg Dr. Lindgren.

"Geen idee. Niet echt mijn ding, maar ik heb een kleinzoon die er misschien een kick van krijgt. Ik ben niet zeker van het hele 'leren plus ontspanning' idee. Het lijken twee dingen die elkaar uitsluiten, als je het mij vraagt."

Ben knikte mee, hoewel hij niet zeker wist of hij het ermee eens was. Iets aan de plek intrigeerde hem. Het was prachtig, gelegen in een geïsoleerd gebied van de oceaan in de buurt van de Bahamas en de kust van Florida, maar in tegenstelling tot de themaparken die hij als kind had bezocht en de natuurbewaarplaatsen waar hij als volwassene had gewerkt, probeerde deze plek de voordelen van beide werelden te combineren. Leren over de natuur en wilde dieren terwijl je geniet van een all-inclusive vakantie leek hem een goede deal.

Het lijkt precies wat ik miste op de cruise, dacht hij.

De cruise - althans de paar dagen die ze hadden meegemaakt - was meer een soort van 'achterover leunen en genieten van de rit'. Een rondreis die eindigde waar ze waren begonnen, sprak hem niet zo aan, zelfs niet als je het gratis eten in aanmerking nam. Hij beschouwde zichzelf niet als een intellectueel, maar hij hield wel van leren, studeren, ontdekken. Hij had moeite met stilzitten, iets waar zijn vriend Reggie zich in kon vinden.

Julie, aan de andere kant, was een *fenomenale* relaxer. Ze was een van de hardste werkers die hij ooit had ontmoet, ze wist het binnenste van computers en hun programma's te manipuleren en naar haar hand te zetten, maar als het tijd was om zich los te maken en te ontspannen, was ze *klaar*. Zij kon een hele Netflix-serie in een avond bekijken, terwijl Ben al na één aflevering koorts kreeg.

De cruise was een compromis - Julie had hem overtuigd om mee te gaan door hem te laten zien hoe groot het schip was, alle voorzieningen, waaronder een fitnessruimte en trainingsfaciliteit, en een voorbeeld van het menu. Het idee dat hij op elk uur van de dag kon eten wat hij wilde beviel hem wel, maar wat de zaak voor hem bezegelde was toen ze hem een voorbeeld van haar badpakkenmenu had laten zien.

Hij was akkoord gegaan, en ze waren minder dan een week

geleden van boord gegaan in de haven van Miami. Hij had genoten van de ervaring, maar hij vond het ook moeilijk om uit zijn eigen hoofd te zetten waarom ze hier waren.

Het was niet zozeer een *vakantie* als wel een *manier om te vergeten*. Joshua Jefferson, hun vriend en collega, was op brute wijze vermoord. Ze zouden over twee maanden gaan trouwen, maar het enige waar hij tijdens hun cruise aan kon denken was hun eerdere missie in Philadelphia en hun falen om de leider van de Ravenshadow beveiligingsorganisatie op te pakken.

Het probleem was dat zijn gedachten niet bezig waren met een cruise - het was alleen maar drinken, eten en... plezier - niets om hem een uitdaging te geven, niets om hem te laten nadenken over de oplossing van een probleem.

En dat *was* zijn probleem - hij moest voortdurend nadenken over het antwoord op een of ander probleem, proberen de oplossing te vinden voor een probleem dat hij had. Een cruise bood genoeg tijd om na te denken, maar zonder een specifiek probleem om over na te denken, was het gewoon constante, gedachteloze leegte.

Een plaats als deze, een 'wetenschapspark', waar het beste op het gebied van amusement en onderwijs - wat dat ook moge betekenen - samenkomt, leek hem een briljant idee. Het zou ontspannend zijn op de beste manier. Alle eten en drinken inbegrepen, gecombineerd met een levensgrote encyclopedie om doorheen te lopen voor inspiratie.

De helikopter maakte een bocht en vloog over het helikopterplatform op de grootste van de drie cirkels en maakte zich klaar om te landen. Ze zweefden in de lucht terwijl de piloot het toestel recht zette, toen hij gas teruggaf en Ben de helikopter naar beneden voelde glijden. Hun piloot voerde een perfecte landing uit, de glijders veegden de grond af en stuiterden slechts één keer voor ze uiteindelijk op het asfalt neerkwamen, en Ben keek naar Julie.

Ze moest hard lachen. Er stond spanning in haar ogen, maar ze was niet meer zo kwaad op hem als toen ze weggingen. Ze was ook niet echt *tevreden* met hem. "Hier gaat niets," zei ze.

Hij knikte. "Ik hoop echt dat het niets is," zei hij.

HOOFDSTUK 14

DE MAN DIE HEN BIJ HET HELIKOPTERPLATFORM KWAM BEGROETEN, had voor een politicus door kunnen gaan. Perfect gekapt haar, donker maar niet te zwart, de aanzet van wat gezouten kleuring aan de zijkanten, net boven de oren. Hij droeg een bril die duidelijk meer voor de show was dan iets anders, een zwart montuur met dikke randen. Hij had een kuiltje in zijn linkerwang, en het leek wel of hij wist hoe hij het moest gebruiken.

Reggie bekeek hem aandachtig en beoordeelde de man toen hij de open deur van de helikopter naderde. Reggie was de eerste die naar buiten kwam, en hij stak een hand uit. De man greep hem tussen zijn beide handen, kneep er precies de juiste hoeveelheid in maar bleef Reggie aankijken.

"Welkom, vriend," zei de man. "Ik ben Adrian Crawford."

"CEO en President van *OceanTech,*" zei Reggie.

Als Reggie zich niet vergiste, leek het hem alsof Crawfords glimlach schaapachtig was, alsof hij de rol speelde van de nederige geprezene.

"Nou, ja," antwoordde Crawford, zijn verklaring wegwuivend. "Maar *wat* belangrijker is, ik zal uw persoonlijke conciërge en vertegenwoordiger zijn tijdens uw verblijf."

Reggie grijnsde als antwoord. "Een eer, in dat geval. En met welk prestige zijn wij begiftigd dat ons deze erkenning geeft?"

Crawford deinsde niet eens terug. "Je bent hier als de Civilian Special Operations. Je eigen reputatie geeft je die eer."

Reggie knikte. "Een paar nieuwsberichten en redactionele artikelen, niets om over naar huis te schrijven."

"En toch heeft de *werkelijke* waarheid van uw prestaties nog een manier gevonden om mijn oren te bereiken."

Oké, dan, dacht Reggie. *We werken hier met een professional.* De man was een politicus, daar twijfelde hij niet aan. De vraag was nu welke kant deze man speelde, en wat die kanten waren. *Ik zal je kraken,* dacht hij.

"Toch," vervolgde Reggie, "zijn we dankbaar dat we zo laat nog mochten langskomen."

Crawford wuifde de verklaring weer weg. "Echt, het is niets. We hebben ruimte genoeg, en afgezien van een groep onuitstaanbare investeerders en adviseurs, zullen jullie de enigen in het park zijn. Onze staf is weliswaar nog dun, maar heeft genoeg marge om nog een paar gasten aan te nemen."

Hij draaide zich opzij en opende de dialoog voor de anderen die zojuist uit de heli waren gestapt. "Trouwens," zei hij, "ik sta te popelen om ons stukje paradijs hier te laten zien. Ik geloof dat we met iets spectaculairs bezig zijn."

Reggie knikte. "En in dat opzicht gaat *uw* reputatie u voor. We kijken uit naar ons verblijf."

Ben verscheen naast Reggie. Hij wachtte tot Crawford hem opmerkte, een hand uitstak en hem in de ogen keek voordat hij een hand gaf. "Ben Bennett," zei Ben.

"*Harvey* Bennett, neem ik aan?" vroeg Crawford. Hij schudde met twee handen en maakte oogcontact met Ben, maar Ben leek totaal onaangedaan door de charme van de man.

"Ja," zei Ben. "Graag gedaan."

Crawford wendde zich tot de twee vrouwen in hun groep. "En

jullie zijn Dr. Sarah Lindgren - een grote fan van je vader - en Juliette Richardson. Binnenkort Juliette *Bennett*, als ik me niet vergis?"

Julie glimlachte. "Ja, dat klopt. Twee maanden, tenzij hij me zo de wereld blijft rondslepen."

Crawford gooide zijn hoofd achterover en lachte. "Ik begrijp het sentiment, maar ik verwacht dat u de accommodaties hier *nogal luxueus zult* vinden. Ik ben er trots op dat *OceanTech's* eerste uitstapje in de wereld van entertainment en onderzoeksattracties is geprezen als een van de meest ambitieuze horecaprojecten van deze eeuw."

Reggie liet hem uitpraten en genoot van de opwinding van de man. "Nou, we zijn zeker opgewonden om de plaats te zien, meneer Crawford. En persoonlijk, ik ben enthousiast om de *bar te* zien. "

Crawford glimlachte schuin en stak zijn kuiltje uit naar de groep die nu om hem heen was verzameld. "Welke?"

"*Dat* is een antwoord dat een vijf-sterren recensie waard is, vriend," zei Reggie.

Crawford straalde, de lof in zich opnemend, en de anderen schoven ongemakkelijk aan Reggie's zijde.

"Laten we dan maar opschieten, zullen we?" Zei Crawford en wuifde hen naar zich toe terwijl hij van de helikopter wegliep. Ze hadden bijna tegen elkaar geschreeuwd om over het geluid van de rotors heen te kunnen horen, en Reggie was dankbaar voor de opluchting. "De eerste bar die we passeren is aan je rechterkant," legde Crawford uit, en Reggie kon het cabana huis zien liggen bij de buitenste rand van de ring waar ze op liepen, naar binnen gericht. "Het is open, maar ik zal een barman voor je moeten halen, wat een paar minuten kan duren. Ik raad u echter aan te wachten tot we bij het hoofdhotel zijn. Ik heb voor ieder van jullie wat specialiteiten laten komen en ik denk dat ze allemaal in de smaak zullen vallen. Als u echter iets anders wilt, aarzel dan niet om het aan een van mijn medewerkers te laten weten."

Reggie wisselde een blik met Ben. *Lijkt een beetje te mooi om waar te zijn,* dacht hij.

Ben knikte, en Reggie kon zich zijn antwoord voorstellen. *Ja, dat is zo.*

Reggie glimlachte, de grote, gezichtsbrede grijns op zijn gezicht geplakt. De grijns die zichzelf verborg voor de wereld. Hij had hem jaren lang goed gedragen. Leerde hoe het te gebruiken.

Crawford was een aardige man, geoefend en geperfectioneerd. Hij was een verkoper, en op zich was dat prima voor Reggie.

Het hing allemaal af van *wat* deze man precies verkocht.

HOOFDSTUK 15

"BEN," zei ze, "Kan je deze plek geloven?"

Julie was nog steeds boos op haar verloofde, maar ze kon het niet helpen haar koude schouder tijdelijk te breken omwille van de kamer waarin ze zich bevond.

"Serieus," zei hij. "Ik denk dat deze plek nog mooier is dan het schip."

De kamer waar Crawford hen naartoe had gebracht was een van de 'diamanten' suites, onderdeel van een vleugel met kamers die de 'Great Reef Wing' werd genoemd. Ze zaten alle vier in deze vleugel, verdeeld over drie kamers in totaal: één voor Ben en Julie, één voor Reggie, en één voor Dr. Lindgren.

En het label 'diamant' bleek zeker een passende omschrijving te zijn. De kamer had het zachtste, fijnste tapijt dat Julie ooit had betreden, donker kastanjebruin en versierd met een geborduurd bloemenpatroon dat subtiel was maar tegelijkertijd opviel. Het tapijt ging mooi over in een lichte hardhouten vloer die de directe omgeving omsloot naast een grote glazen wand die uitkeek over het water. Het hotel lag in de centrale ring van eilanden, en ze kon de buitenste twee zien, verlicht door de felle middagzon, de briljante groenblauwe oceaan rustend tussen elk van de cirkels, en zich uitstrekkend naar de horizon.

De glazen wand was gebogen en omlijnde de rand van het hotel zelf. De beide zijwanden in de kamer strekten zich vanuit de hoofdingang diagonaal uit naar de langere, naar de oceaan gerichte rand, waardoor de hele kamer een enigszins driehoekige vorm kreeg.

Het bed stond op het tapijt tegen de linkermuur, een badkamer sloot er vlakbij af, en een grote flatscreen televisie stond op een entertainment center aan de tegenoverliggende muur. Twee fauteuils stonden aan weerszijden van de televisie, en een andere stak onder een bureau in de hoek van de kamer uit.

"Ja," zei ze. "Ik denk dat deze plek een *beetje* mooier is dan het schip."

Het middelpunt van de kamer bevond zich tussen het hoofdeinde van het kingsize bed en de televisie. Een ovaalvormig stuk dik glas, ongeveer 1,80 m lang en 1,80 m breed, rustte op de vloer en bood rechtstreeks zicht op de oceaan onder de kamer. Een paar schijnwerpers schoten recht naar beneden vanaf hun bevestigingen onder de kamer, en verlichtten het hele ovaal - en weerkaatsten op de muren en het plafond van de kamer - in een prachtig scala van blauwgroene kleuren.

"Het is verbazingwekkend," zei Ben. "Ze hebben zelfs automatische gordijnen. Moet je dit zien."

Julie keek toe hoe Ben een afstandsbediening pakte op het tafeltje naast het bed, op een knop drukte en de gordijnen over de gebogen glazen wand begon te schuiven. De gordijnen waren mahoniebruin en pasten perfect bij het tapijt en de lichtere houten vloer. De hele ruimte was tot in de puntjes verzorgd, en Julie kon niet anders dan zich verbazen over de genialiteit van dit alles. Het was ontworpen als een compleet pakket - elk onderdeel paste in het geheel nog voordat het was gebouwd.

De kamer viel in duisternis, het enige licht kwam van de oranje gloed van de twee schijnwerpers onder het glazen ovaal op de vloer.

De schaduwen die ze omhoog en de kamer in wierpen waren zacht, slechts vage lijnen en golven, die overeenkwamen met de glinsterende lijnen van de oceaan zelf onder hen.

"Ben," fluisterde ze. "Het is ongelooflijk." Ze keek op en zag dat haar verloofde zich vasthield aan de bovenkant van een van de gesloten gordijnen, zijn lichaam lichtjes wiegend. Plotseling besefte ze wat hij had gedaan.

Ze lachte. "Ben..."

"Ik zag er altijd beter uit in zacht licht," zei hij, nog steeds wiegend.

"Je was nooit iemand die danste," antwoordde ze. "Ga je een kleine show voor me opvoeren?"

Hij liet het gordijn los en liep naar het bed, onderweg zijn schoenen uittrekkend. "Takes two to tango, my dear," zei hij.

"Goeie God," antwoordde Julie. "Je zou op zijn minst origineel kunnen zijn."

Ze schoof ook dichter naar het bed toe, tegenover Ben. Haar blote voeten waren koud op de vloerbedekking, maar ze was verbaasd hoe zacht die was. *Deze plek is niet alleen voor het uiterlijk*, dacht ze. Dit is *het echte werk*.

Ben was al bezig de ongeveer twintig kussens die op het bed lagen lukraak in alle richtingen te gooien. Het was alsof je een dier een karkas zag verscheuren. Ze schudde haar hoofd, nog steeds lachend.

"Iemand zal dat allemaal moeten opruimen," zei ze.

Hij keek op, niet ophoudend. "Daar hebben ze *zeker* iemand voor."

Ben had de bodem van de stapel bereikt en vond eindelijk de twee kussens aan zijn kant die bedoeld waren om in te slapen, en hij rukte ze omhoog en weg van het dekbed, dat hij tot halverwege omlaag trok.

Julie zat aan haar oorbellen te frunniken, kleine diamanten oorstekers die Ben voor haar had gekocht voor de reis, toen er op de deur werd geklopt.

Ze keek naar Ben, met een lichte frons op haar gezicht.

Hij kreunde. "We waren net van plan om..."

"Ik pak het wel," zei ze. Julie liep naar de deur en draaide aan de klink. Ze opende hem en keek naar buiten, de gebogen gang in.

Een man, gekleed in een zwart overhemd en een lange zwarte broek, met glimmende zwarte schoenen, groette haar. "Uw koffers, juffrouw..." zei de man, de zin eindigend met een opwaartse slinger.

"Richardson."

"Miss Richardson, inderdaad. Welkom." De man glimlachte en trok een wenkbrauw op, wat impliceerde dat hij de koffers naar binnen wilde dragen. Ze opende de deur verder en hij rolde hun koffers naar binnen en liet ze langs de muur bij de kast staan. Hij keek niet naar Ben.

De man schuifelde terug naar buiten en knikte naar Julie. "Als je iets nodig hebt, ik ben nummer 4 op jullie telefoons."

"Dank u," zei ze. De man knikte opnieuw en draaide zich om en begon door de hal te lopen. Zij sloot de deur.

Ben wachtte, zonder shirt, naast het bed.

"Wow," zei ze. "Je voelt echt deze plek, hè?"

Hij grijnsde en haalde toen zijn schouders op. "Het heeft zeker de juiste stemming, zou je niet zeggen?"

Ze liep naar het bed en begon weer aan haar oorbellen te werken. Ze wist dat er meer was om met Ben over te praten, maar ze wist ook dat hij meer *geneigd zou zijn om te* praten als ze eerst wat tijd hadden doorgebracht om weer met elkaar in contact te komen.

Trouwens, als de grijns op zijn gezicht haar iets vertelde, dan was het wel dat hij niet bereid was *iets* te doen voordat ze 'weer verbonden' waren.

Ze wilde net haar kant van de lakens naar beneden trekken toen er weer op de deur werd geklopt.

Ben kreunde weer, deze keer rende hij bijna naar de deur. "Deze keer *zal ik* het krijgen," zei hij.

Ze liep naar de gang en ging naast de badkamer staan om mee te luisteren. Hij opende de deur, zwaaide hem snel open, en legde een hand op zijn middel.

Het was Reggie. "Hé daar, maat," zei hij, lachend. "Bedankt dat je je shirt voor me hebt uitgetrokken, maar ik ben bang dat we geen tijd hebben.

"Waar heb je het over?" vroeg Ben.

"Crawford wil ons voor het diner, stat."

"Nou Crawford kan wachten, Reg-"

"Het is een zeevruchten special vanavond," zei Reggie. "All-you-can-eat *alles,* van kreeft tot krab poten tot sint-jakobsschelpen, van wat ik hoorde."

Ben pauzeerde. Julie rolde met haar ogen. *Ongelooflijk.* Als er iets was waar de man zich meer tot aangetrokken voelde dan tot haar, dan was het voedsel.

Als op het juiste moment gromde haar maag. Ze reikte omhoog en begon de oorbel terug te doen op zijn aangewezen plek in haar oor, en liep naar de plek waar ze haar schoenen op het tapijt had gelegd.

"Hoor je dat, Julie?" vroeg hij. "Ik zou graag blijven, maar Reggie zegt dat we nu moeten vertrekken om op tijd te zijn."

"Ja, ik heb het gehoord. Je buik is groter dan je..."

"We komen er zo aan," zei Ben tegen Reggie, haar onderbrekend. "Sorry. Wacht u even?"

Ze hoorde Reggie bevestigen, toen hij de dikke deur hoorde dichtslaan.

HOOFDSTUK 16

ALLES IS BELASTEND, zei hij tegen zichzelf. *Elk stukje data. Elk bestand. Elk ding dat ik heb* aangeraakt *in deze vervloekte -*

Dr. Lin stopte, nadenkend. *Stop ermee,* dacht hij. *Je bent slimmer dan dit. Daarom ben je hier in de eerste plaats. Je bent slimmer dan zij allemaal.*

Hij dwong zichzelf te vertragen, te denken. Hij gebruikte een truc die een collega hem ooit geleerd had. Hij haalde een paar keer diep adem en concentreerde zich op de muren, de vloer en de tafel voor hem. Lette op de koelte van het metalen oppervlak, de gebroken witte kleur van de verf op de muren. Snoof, noteerde de muffe klinische geur, bijna zoals in een ziekenhuis. Door zich te concentreren op de fysieke kenmerken in zijn directe omgeving, dwong hij zijn geest te ontspannen en zich alleen zorgen te maken over het heden. Er *kan niets goeds komen van iemand die zich zorgen maakt over de toekomst,* dacht hij. Een oud gezegde dat zijn vader altijd herhaalde. *Er kan niets goeds komen...*

Het was een goedkope truc, maar het werkte. Hij was een dokter, dus hij haatte zulke 'trucs' die niet gebaseerd waren op wetenschap. Het voelde aan als iets dat een psychiater zou gebruiken op een patiënt voor baanzekerheid.

Maar nogmaals, het werkte. Dat had het altijd gedaan. Dr. Lin worstelde met angstgevoelens als hij zijn gedachten in de toekomst liet racen en een probleem tot de ergst mogelijke conclusie liet extrapoleren. Hij ging vaak naar bed dromend over een oplossing voor een bepaald probleem, om midden in de nacht zwetend wakker te worden, angstig over de plotselinge vertienvoudiging van datzelfde probleem.

Hij haalde nog een paar keer diep adem, liet het eruit. Kalmeerde zichzelf zo goed als hij kon. Hij probeerde zich te concentreren op het positieve: dit was slechts een tijdelijke tegenslag, dit probleem, zoals alle problemen, had een oplossing.

Maar hij kende de waarheid. In tegenstelling tot zijn irrationele geest in het midden van de nacht, die een onbelangrijk probleem veranderde in een levensgrote terreurbeet, was dit probleem *echt*. Dit probleem *was levensgroot*.

Letterlijk.

En, het ergste van alles, Crawford wist ervan.

Daar kon je niet omheen. Dr. Lin had gekozen voor eerlijkheid tijdens de bestuursvergadering, en hij twijfelde nu aan die beslissing.

Wat heeft het voor zin dat ik de waarheid vertel? Hij vroeg het zich af.

Hij raapte zijn afgeplatte handpalm op van de bovenkant van de metalen tafel en schoof er omheen naar de andere kant. De computer die hij had geïnstalleerd en ingesteld stond daar, het lege scherm wachtend. Hij schudde met de muis en het bureaublad - zonder pictogrammen of rommel - staarde hem onmiddellijk aan.

Het is allemaal belastend.

Hij wist het antwoord.

Er was hier onderzoek dat hij niet kon vernietigen. Onderzoek dat *buiten* het bereik lag van wat de harde schijf van een computer kon oproepen. Onderzoek dat niet gebaseerd was op de 1's en 0's van binaire computertaal, maar op de biologische binaire van DNA, moleculen en aminozuren.

Levend, echt bewijs.

Hij kon er niets aan doen. Hij *wilde er niets aan doen.*

Maar hij kon zich ontdoen van het bewijs dat voor hem lag.

Hij opende een shell prompt en typte een paar commando's. Op Unix gebaseerd, zoals hij verkoos, en zijn vingers vlogen over het toetsenbord met de consistentie en vertrouwdheid van een professionele programmeur. Zijn genialiteit reikte verder dan zijn hoofdtaak en dagtaak en strekte zich uit tot alle gebieden van wetenschap en wiskunde, waardoor Lin op veel gebieden die niets met geneeskunde te maken hadden, onderzoek kon doen en succes kon boeken. Computers waren slechts een van de vele 'talen' die hij grondig had veroverd.

Het dialoogvenster staarde hem aan, en hij las het snel, drie keer, om zeker te zijn.

In geval van twijfel, is er geen twijfel.

Hij had dat ergens in een boek gelezen, lang geleden. Hij had nooit echt geweten wat het betekende - het leek alsof als er twijfel was, er... twijfel *was.* De uitspraak riekte naar niet geteste veronderstellingen, het soort onzin dat hij voorschreef aan het soort mensen dat dacht dat holistische en homeopathische geneeskunde echte geneeskunde was.

Maar nu, starend naar de prompt, begreep hij het.

De vraag die hij zichzelf had gesteld, zonder aanleiding, was simpel: *moet ik op de toets drukken?*

En het antwoord, als hij eerlijk was, was gevuld met twijfel.

In geval van twijfel, is er geen twijfel.

Hij twijfelde aan zichzelf, wat een zeldzame gebeurtenis was voor Dr. Lin. Was het zijn arrogantie? Was dit voor het nageslacht, zijn verstand dat semi-rationele argumenten tegen zijn betere aard inbracht om er op lange termijn beter van te worden? *Was* er een manier waarop hij hier voordeel uit kon halen?

Nee, hij wist het. *Ik heb verloren. Het is gedaan.*

Hij drukte op de toets, en de prompt liet onmiddellijk een kleine zandloper zien, gevolgd door een lege horizontale balk, die langzaam werd ingevuld naarmate de taak werd voltooid.

Wat nu? Dacht hij. *Is er nog iets anders?*

Zijn assistente was al 'verwijderd', dus hij wist dat ze geen probleem zou zijn. Als ze haar nodig hadden om te praten, zou ze gepraat hebben. Aan haar was niets te doen. Hij stapte weg van de computer en keek naar de reeks monitors op een andere tafel, tegen de muur aan de andere kant van de kamer.

Ze gaven allemaal alleen maar informatie weer die was verzameld en gefilterd van de server, die beneden in Sublevel 3 stond. De computer die hij zojuist had gebruikt was de controlerende CPU voor de hele kamer, dus er was niets meer dat hij van hieruit kon doen. De monitoren begonnen langzaam foutmeldingen en "niet gevonden" meldingen weer te geven, terwijl de gegevens uit de opslagsystemen werden verwijderd.

De back-ups.

Hij realiseerde het zich toen, terwijl hij naar de monitoren staarde. Er waren back-ups na back-ups, een meerdelig redundant gegevensopslagsysteem waarover hij advies had ingewonnen voordat hij zijn baan in het laboratorium aanvaardde. De back-ups waren alleen toegankelijk door fysiek de ruimte in te lopen en ze aan te raken, op geen enkele manier op afstand.

Hij had zelfs geadviseerd om een *externe* backup-faciliteit *op te zetten*, die alleen fysiek toegankelijk was, om er zeker van te zijn dat als er hier in hun faciliteiten een catastrofale storing zou plaatsvinden, zij tenminste een terughaalbare backup zouden hebben.

Oké, dat is het plan, dacht hij. Hij was begonnen met de eerste fase van het proces - het verwijderen van de lokale bestanden en de eerste stapel gegevens. Dat zou een beetje paniek veroorzaken aan de top, maar het bestuur en Crawford zouden snel reageren en werken aan het online brengen van de back-ups. Dus de tweede fase van het plan was het verwijderen van de back-ups die lokaal bestonden, op

Sublevel 3, en dan het vinden en neerhalen van de laatste verdedigingslinie, de externe back-ups.

Een grote opdracht, vooral voor één man. Er zouden firewalls en zware beveiliging zijn, en hij voelde een angstig gevoel toen hij aan dit alles dacht. Hij greep de tafel vast, keek nog eens naar de muur, het plafond en de vloer, en haalde een paar keer diep adem.

Je bent in orde, dacht hij. *Niets dat je niet aankunt.*

Het was waar. Het was niets dat hij niet aankon. Niets wat hij nog niet eerder had gedaan, technisch gezien. Geen taak te groot voor een man met zijn denkvermogen. Het zou moeilijk worden, en het zou wat geluk vergen om op de juiste plaatsen te komen, maar hij begon al een plan van aanpak te formuleren.

Hij hield van plannen. Ze gaven hem moed, en ze bestreden de angst voor hem.

Hij keek weg van de monitoren, die al begonnen te gloeien met de lijnen van fouten waarvan hij wist dat ze uiteindelijk de schermen zouden vullen, en liep naar het einde van de kamer.

Naar de glazen kooien.

Naar het *levende* bewijs. Het bewijs dat hij niet kon - wilde - verwijderen.

Ze zouden nog steeds hier zijn. Ze hadden geen back-ups, maar die hadden ze ook niet nodig. *Zij* waren de gegevens.

Hij zuchtte zwaar, voelde zich vermoeid.

HOOFDSTUK 17

BEN'S TELEURSTELLING DUURDE MAAR EEN PAAR MINUTEN. Hij had zich verheugd op wat tijd alleen met Julie, wetende dat er veel was waar ze over moesten praten. Ze hadden hun cruise met een wankele verstandhouding verlaten, en een beetje tijd voor zichzelf en een kussen was welverdiend geweest.

Maar zodra hij de gang weer inliep en Reggie begon te volgen, ging zijn stemming omhoog. De gang was nogal eenvoudig, niet veel verwijzend naar de fantastische kamers die zich achter elke deur bevonden, maar het was eenvoudig op een doordachte manier. Afbeeldingen van de kustlijn van de Bahama's strekten zich uit over prachtige landschappen, subtiel ingekaderd tussen dunne metalen frames, geen glas. Het tapijt in de gang, in tegenstelling tot het zachte, luxueuze spul in hun kamer, was harder en dunner, ongetwijfeld de industriële, gemakkelijk schoon te maken versie van een mooie stijl. Het had een geborduurd patroon op de randen, gouden linten op een kastanjebruine achtergrond, en het hele stuk tapijt boog af naar links, de vorm volgend van het gebouw waar ze zich bevonden.

"Waar is de eetzaal?" vroeg Ben.

Reggie wierp hem een blik toe. "Welke?" vroeg hij als antwoord. "Er zijn drie restaurants, waarvan er één tegen het einde van het jaar de viersterrenstatus verwacht, een buffetcafetaria, en twee brunch-exclusieve restaurants."

Julie floot aan Bens zijde. "Naar welke gaan we?" vroeg ze.

"Geen van hen. We zitten aan de *chef's tafel*, blijkbaar verbonden aan het vier-sterren restaurant, maar technisch gezien geen *deel* ervan. We zullen Crawford en zijn chef daar ontmoeten, maar het menu is speciaal voor deze avond."

"Klinkt alsof *we speciaal zijn* voor de nacht."

Reggie knikte. "Daar lijkt het wel op, nietwaar? Hij zal zich wel vervelen, hier niemand anders te vermaken hebben dan de investeerders. Blijkbaar zijn ze allemaal boven in een van de kleinere kamers, genieten van de open bar. "

Bens wenkbrauwen sprongen op. "Daar zou ik ook wel van willen genieten," zei hij.

Reggie lachte. "Het zou me niet verbazen als we na het eten naar boven worden gebracht. Crawford heeft blijkbaar een behoorlijke smaak voor whisky."

Julie pakte Reggie's arm. "Tussen haakjes, *vriend*," zei ze. "Hoe weet jij dit allemaal? Ik kan me niet herinneren dat er een 'welkomstpakket' op ons bed lag."

Reggie glimlachte. "Ik, uh, heb mijn tassenvrouw een beetje leren kennen," zei hij.

"Je *tas dame?*" vroeg ze. "Ben je gek?"

"Nou, hoe ze ook heet. Maak je geen zorgen, Jules - ik heb haar een fooi gegeven."

Hij knipoogde naar Ben. Ben rolde met zijn ogen. Julie maakte een walgend geluid.

"Daar is ze nu," zei Reggie, terwijl hij sneller liep langs de liften en in de richting van de deuren aan de andere kant van de hal liep. "Dit is Dr. Lindgren's kamer."

Een vrouw verliet de kamer, draaide zich om en glimlachte naar

Reggie. Ze droeg dezelfde zwarte outfit als de man die Bens en Julies bagage had gebracht, een blouse in plaats van een overhemd. Ze zwaaide even. "Nogmaals hallo, Mr. Red."

Gareth Red, of 'Reggie,' zoals zijn eenheid hem had genoemd, bloosde. Ben was er niet zeker van dat hij de man ooit zoiets had zien doen, maar hij begreep waarom zodra hij dicht genoeg bij de open deur kwam.

Dr. Sarah Lindgren stapte uit de kamer, in een prachtige diner-jurk. Zeeblauw, strak, en kort. Haar schoenen pasten erbij, korte hakken die veel van de bovenkant van haar voet lieten zien. Ze had ook haar haar veranderd, haar krullen in een piekerige bos die van haar achterhoofd afhing en een paar lokken over haar nek liet drui-pen. Haar lippenstift was meer glans dan kleur, en haar make-up was subtiel aangebracht.

"H - hey, Dr," zei Reggie.

"Alsjeblieft," antwoordde ze. "Noem me Sarah. Jullie allemaal." Ze keek naar ieder van hen en knikte. Ze klopte de vrouw die als eerste uit de kamer was gekomen op de schouder, maar richtte zich tot Reggie. "Elia hier vertelde me dat jullie al kennis hebben kunnen maken."

Reggie's blos kwam terug met een wraak, zijn hele gezicht werd donkerder. "Ik - uh, ja... we hebben elkaar ontmoet."

Sarah glimlachte vanachter berekenende ogen. "Nou, dan neem ik aan dat je onze plannen voor het diner al kent?"

Reggie knikte. "Ik ben ingelicht, bedankt."

"Dat hebben *we niet*," zei Julie. "Niemand heeft de moeite genomen ons te laten weten dat dit een formele aangelegenheid was." Ze staarde naar Sarah, die onschuldig in haar jurk stond, terwijl ze dat zei, en Ben voelde de warmte in de lucht stijgen.

"Mijn excuses," zei Elia, schaapachtig. "Uw piccolo had u moeten inlichten. We zijn echter onderbemand, dus het kan zijn dat hij het gewoon vergeten is -"

"Het is goed," zei Julie. "We moeten het maar doen met wat we aanhebben."

Ben keek naar zichzelf en Julie. Hij droeg slippers en een boardshort met een groen t-shirt dat besmeurd was met ketchup van de lunch van twee dagen geleden. Julie, aan de andere kant, zag er nog altijd even fantastisch uit. Ze droeg een katoenen gewaad over haar badpak, dezelfde platte schoenen die ze vanaf het schip had gedragen, en een bijpassend enkelbandje en kettinkje. Haar haar was opgestoken in een snelle knot, haar donkerbruine zwarte haar 'per ongeluk' perfect.

"Nou," zei Reggie, terwijl hij in zijn handen klapte. "We hebben elkaar allemaal ontmoet, even tijd gehad om bij elkaar te komen, en we hebben vast honger." Hij wendde zich tot de vrouwelijke piccolo en strekte zijn arm uit. "Wil jij ons de weg wijzen, Elia?"

Ze knikte en begon weg te lopen, een beetje te snel. Ben haastte zich om haar bij te houden. Ze bereikte de lift en drukte op de knop 'omhoog'. De deur ging meteen open, en ze stapte in, hield de deur voor de rest van hen open.

Ben volgde Julie naar binnen en nam plaats bij de spiegelende zijwand van de lift. Hij draaide zich langzaam om en realiseerde zich dat er maar aan *drie* wanden van de liftkooi spiegels waren.

De vierde wand, tegenover de deur, was van glas. Rond, naar buiten borrelend, met een metalen leuning die rondboog op taillehoogte. Ze bevonden zich in wezen op zeeniveau, het water strekte zich uit van de buitenkant van de lift tot aan de tegenoverliggende oeverlijn van de tweede, grotere eilandring. Het water was dieper dan het water tussen de tweede en derde ring, te oordelen naar de donkerder blauwe kleur.

Hij pakte Julies arm en trok haar dicht tegen zich aan toen ze begonnen te stijgen, zodat ze uitzicht had op de drie cirkelvormige ringen die het park vormden. Ze stegen naar de top, de vijfde verdieping, en het uitzicht werd alleen maar verbazingwekkender naarmate ze hoger kwamen.

De oceaan omringde het park aan alle kanten voor zover hij kon zien, waardoor Ben de indruk kreeg dat het park veel kleiner was dan het in werkelijkheid was. Maar hij kon zien dat de grootste ring enorm was - uitgestrekt in een wijde boog rond de twee binnenste ringen, het kunstmatige strand lag ertussen en het tweede deel. De kleine puntjes van loungestoelen en tafels die hij vanuit de helikopter had gezien toen ze overvlogen waren nu kleiner, maar vanuit deze hoek kon hij zien dat de cabana-stijl bars volledig gevuld waren, drie oplopende rijen met whisky en rum en andere sterke dranken die hij niet kon wachten om te proberen.

Het team had nooit gesproken over een officieel 'drinken op het werk' beleid, maar aangezien Mr. E geen drinker was en de anderen er verantwoordelijk mee omgingen, ging Ben ervan uit dat het geen probleem was, tenzij een situatie een probleem werd. Hij en Reggie hadden al vaak whisky gedronken tijdens het werk, omdat de grens tussen betaald en vrij van werk vaag was.

Hij hoopte alleen dat deze reis hen wat ontspanning zou geven. Hij begon zich steeds meer op te winden voor het diner, zijn verwachtingen waren hoog gespannen over de kwaliteit van het eten dat ze voorgeschoteld zouden krijgen. Als de rest van het park een indicatie was, zou dit park een geweldige faciliteit zijn en het heel goed doen voor zichzelf.

De lift tikte en de deuren schoven open. Ben draaide zich om en keek hoe de deuren opengingen. Het eerste wat hem opviel was de grootte van deze verdieping. Het was klein, en hij kon de andere kant van de kamer zien. De wanden waren van glas, gebogen zoals de rest van het gebouw, en ze boden een 360-graden uitzicht in vogelvlucht over het hele park. In het midden van de kamer stond een ronde tafel, met in het midden een verlichte kandelaar van kokosnoten en palm-bladeren.

"Welkom, alweer!" Crawfords enthousiaste stem bereikte Bens oren voor hij de man zag.

Adrian Crawford stond tegen de muur, bij een kar die vol stond met klaargemaakte gerechten.

"Kom binnen," zei hij, terwijl hij ze allemaal naar zich toe wenkte. "De eerste gang is klaar. En ik kan niet *wachten* om jullie over het park te vertellen! Kom zitten!"

HOOFDSTUK 18

HET ETEN WAS BETER DAN WAT HIJ ZICH HAD VOORGESTELD. Perfect gegaarde coquilles, gewikkeld in spek en geserveerd onder een laagje witte wijn knoflook-basilicum reductie, op een bedje van rucola. En dat was nog maar *één* van de hoofdgerechten. Bergen verse koningskrab, gestapeld in een torenhoog assortiment van ringen rond een grote kom knoflookboter, en een stapel zeebaarsfilets met een rozemarijn-citroenpesto.

De groenten zagen er net zo smakelijk uit. Broccoli en bloemkool, gestoomd, en wortelen en bieten in de buurt.

Het was echt schokkend. Al het eten leek gewoon voor hen te verschijnen, ook al had Ben de hele tijd naar de obers en de serveerster gekeken. Het eten kwam tevoorschijn uit de zilveren serveerschalen en bolvormige deksels, die op precieze plaatsen rond het midden van de tafel waren geplaatst.

"Ik hoop dat jullie allemaal van zeevruchten houden," zei Crawford en nam plaats aan het hoofd van de tafel. "Maar als dat niet zo is, laat het dan alstublieft aan een van onze servers weten. Over een half uur komt er nog een groep gasten bij ons dineren, en hun maaltijd zal bestaan uit meer *aardse* gerechten. Biefstuk, kip, lam. Alles gekookt in een zuidelijk-Caribische stijl."

Reggie had zijn mond geopend om te reageren, maar Ben was hem voor. "Uh, wow. Dat klinkt allemaal geweldig."

Julie gaf hem een knietje onder de tafel.

"Sorry, dit - *hier* - dit is allemaal geweldig," zei Ben. "Ik wilde niet suggereren..."

"Onzin!" Zei Crawford. Zijn enthousiasme groeide. "Shannon," zei hij, terwijl hij zachtjes de elleboog vastpakte van de vrouw die ijswater in zijn glas aan het gieten was. "Zou je een voorproefje willen brengen van het diner dat we op 2 serveren?"

Ze knikte, was klaar met inschenken, gaf de kan aan haar partner en verliet de kamer.

"Laten we beginnen, zullen we?" Zei Crawford.

Ben knikte, opgewonden om aan het eten te beginnen dat voor hem uitgesteld lag.

"*OceanTech* was al heel jong een droom van me,' begon Crawford.

Oh, dacht Ben. *Het is een toespraak. Ik dacht dat we met het eten zouden beginnen.* Hij liet het deel van de krabbenpoten los dat hij had opgepikt.

"Ik wilde de spanning van het onderwijs combineren met de opwinding en het mysterie van de zee," zei hij. "Toegegeven, ik was een beetje een *nerd*, maar ik realiseerde me toen iets waar ik mijn carrière op heb gebouwd: mensen houden ervan om te leren. Het probleem is alleen dat ze niet weten *hoe*, of *wat* ze zouden willen leren. *OceanTech,* en deze plek, het Instituut, is het product van die redenering.

"Door de wonderen van de diepte te combineren met een ontspannende, intrigerende en *leuke* omgeving, zal *het OceanTech Institute* hopelijk de vonk in ons allemaal weer doen overslaan. De vonk van *kennis.*"

Ben wilde met zijn ogen rollen. Natuurlijk was het hier geweldig, en het eten zag er geweldig uit - hij wachtte nog steeds ongeduldig op het moment dat hij kon beginnen - maar hij was nooit zo'n *leergierig type geweest*. School was niet zijn beste vak.

Reggie daarentegen genoot met volle teugen van Crawfords monoloog, terwijl hij op het puntje van zijn stoel zat, met zijn ellebogen op tafel. Dr. Lindgren zat naast hem en leunde achterover om om hem heen te kunnen kijken. Julie zat aan de andere kant van de tafel, naast Ben, en ook zij leek betrokken.

Heeft niemand anders honger? vroeg hij zich af. *Waar wachten we nog op?*

Het eten lonkte. Zijn maag gromde. Julie kneep hem weer onder de tafel.

"Genoeg voor nu," zei Crawford. "Ik heb een beetje het prestatievirus in me. Ik verontschuldig me - laten we eten."

Hij zwaaide met zijn handen in het rond en de twee overgebleven obers kwamen aan weerszijden van de tafel binnengesneld en begonnen de items op ieders bord te serveren. Crawford stopte echter niet met zijn presentatie.

"Toen ik begon met het onderzoek voor deze plek, wilde ik een plek bouwen die onafhankelijk van zijn gecombineerde idee kon bestaan. Ik wilde een vijfsterrenresort op zich, maar ook een soort museum. En ik wilde dat beide op zichzelf konden staan als de beste in de wereld in hun soort."

"En door ze te combineren is het het beste van twee werelden," zei Reggie.

"Precies," zei Crawford. "Het instituut is perfect voor iedereen - kom om te studeren, te leren en te groeien, of kom om te ontspannen en verwend te worden. Of, natuurlijk, allebei."

"Waarom hier?" vroeg Julie. "Deze locatie - het is... vreemd. Het lijkt alsof je hier meer orkaangevoelig bent dan aan de andere kant van de staat, ergens in de Golf. Of in ieder geval ten noorden van de Bahamas in plaats van ten noordwesten."

Crawford onderzocht Julie een ogenblik voor ze antwoordde.

"Een intrigerende vraag, juffrouw Richardson. Het antwoord is vrij simpel, maar het is er een die je misschien niet verwacht."

Ben luisterde aandachtig, plotseling geïnteresseerd.

"Laat me dat beantwoorden door u een kort overzicht te geven van de technologie die we hier hebben geïnstalleerd. Ik geef toe dat ik best trots ben op deze plek, maar ik heb ook de praktijk nodig - ik beschouw deze week als een *soft* soft launch, zo je wilt." Hij glimlachte, het kuiltje in zijn wang overdreef en leek Ben rechtstreeks aan te staren.

"Ben je bekend met booreilanden?" vroeg Crawford. Reggie en Julie knikten, Ben en Sarah staarden. "Nou, er zijn nogal wat verschillende methoden om een booreiland te bouwen. De meeste olieplatforms waarmee we vertrouwd zijn, zijn vaste platforms, die types die aan de oceaanbodem zijn vastgemaakt, of half-afzinkbare, die, zoals de naam al zegt, op het water drijven maar genoeg gewicht in hun midden hebben om ze rechtop te houden."

Ben nam zijn eerste hap van de krabpoot nadat hij hem in het kleine schaaltje knoflookboter had gedoopt dat de serveerster had ingeschonken. Hij sloot zijn ogen, verbaasd over de smaak, en miste het begin van Crawfords volgende zin.

"...een ander type platform, een zogenaamde trekpootconstructie, die een soort verankering is - hij wordt strak aan de zeebodem getrokken, waardoor de meeste beweging wordt geëlimineerd. Onze buitenste twee ringen zijn op deze manier bevestigd, hun bases zijn gemaakt van drijvers met kunstmatig terrein erop geïnstalleerd. De middelste toren, waar we nu in zitten, is direct bevestigd, ingebouwd in de zeebodem zelf.

"Er zijn ook twee speciale onderwatervoertuigen die op kabels lopen, een soort skiliften of gondels onder water, die we hebben ontworpen en waarvoor we octrooi proberen te krijgen. Ze rijden onder water van de ene kant van de grootste ring naar de andere, en maken telkens een tussenstop bij de binnenste cirkel en deze toren. Er zijn natuurlijk bruggen en veerboten die we voor onze gasten gebruiken, maar met de Subshuttles kan ons personeel van de ene kant van het park naar de andere zonder dat de gasten het zien."

Ben fronste zijn wenkbrauwen. *Interessante keuze.* "Dat lijkt me duur," zei hij.

Crawford lachte. "We hebben hier *geen* kosten gespaard, Mr Bennett. Vandaar het luxueuze diner dat we vanavond voor onze gasten hebben bereid. Heb ik al gezegd dat de gasten beneden enkele van onze investeerders zijn? Ze zijn hier op een soortgelijke tour, maar die van hen zal in een andere dag eindigen. Daarna hebben jullie de plaats voor jullie zelf."

"Maak maar een goede indruk op ze, denk ik,' zei Ben.

"Inderdaad." Crawford nam een slok van zijn water. "Hoe dan ook, de twee structuren - de centrale vaste toren en de twee drijvende buitenringen - werken samen om elkaar te stabiliseren. Het bespaart op energiekosten, en het was eigenlijk *goedkoper* om op die manier te bouwen."

"Maar waarom niet gewoon beide delen - de toren en de ringen - laten zweven?" vroeg Reggie.

"Ja," zei Sarah Lindgren, "het lijkt me dat je er baat bij zou hebben als je het hele park als een reusachtig cruiseschip zou verplaatsen. Breng je museumpark overal ter wereld."

Crawford knikte mee. "Ja, ja, dat hebben we overwogen. Het zou ook een hele prestatie zijn, en - zoals je zei - het zou ons ten goede komen wat mobiliteit betreft. We zouden ons in een bepaalde hoek van de wereld kunnen vestigen tijdens het kalme seizoen daar, zodat we eventuele catastrofale weersomstandigheden kunnen ontwijken. Of we zouden verschillende ervaringspakketten kunnen aanbieden, vergelijkbaar met cruises. Winter in de Caraïben, zomer in Alaska of Antarctica.

"Maar we hadden geen keus. De wetenschappelijke tak van *OceanTech* moest hier zijn. Het instituut is gebouwd op een ondiep stuk land voor de kust van de Bahama's, doelbewust verankerd op zijn plaats."

Ben keek naar Reggie, keek hoe zijn vriend het probeerde te begrijpen. Ondiep stuk land, verankerd op zijn plaats, de 'toren' waarin ze zaten strekte zich zowel boven *als* onder het water uit. In het midden van een door storm geteisterd deel van de Atlantische Oceaan.

Ze waren hier omdat *Ocean Tech deze* locatie nodig had.

"Wat is er?" Vroeg Ben. "Waar zitten we op?"

Crawfords kuiltje groeide en kromp terwijl de man meerdere glimlachen uitprobeerde, en uiteindelijk een vleiende kreeg die Ben bijna geloofde. "*Dat*, mijn vriend, is de *perfecte* vraag."

"*Ocean Tech Institute* is ontworpen en gebouwd op deze precieze locatie vanwege wat er op de oceaanbodem direct onder ons ligt. We hebben deze plek onderzocht en gevonden, en precies deze plek."

"Omdat het ondiep is?"

"Omdat het de plek is van een oud scheepswrak. We zitten nu op de wrakke boot, tien verdiepingen erboven."

HOOFDSTUK 19

"DAT WAS VERMAKELIJK," zei Julie, zwaar zuchtend terwijl ze zich op het zachte bed liet vallen. Ze had nog geen tijd gehad om de matras te testen, om de kamer te voelen, dus ze was opgelucht dat het net zo luxueus was als hun diner en de rest van de kamer.

"Crawford is een karakter," zei Ben. "Dat is zeker. Maar ik mag hem wel."

"Ik ook," zei Julie. "Lijkt me aardig, en zeker gepassioneerd over zijn park."

"Wetenschapspark," corrigeerde Ben en glimlachte naar haar. Hij trok zijn schoenen en sokken uit, en ze wist dat het hemd daarna zou komen. Hij had kleine gewoontes zoals deze die ze had geleerd. Schoenen, sokken, overhemd. Rechter voet, linker voet, overhemd. Zijn broek of korte broek bleef aan of ging uit, afhankelijk van hoe koel de kamer aanvoelde. Ze nam aan dat hij hier, in een hotelkamer met klimaatbeheersing, uit zou gaan.

Ze had het niet verkeerd. Ben kleedde zich uit tot op zijn ondergoed en plofte neer op zijn kant van het bed. Voor een luxe matras was het niet goed om de klap te spreiden, en Julie voelde hoe ze een paar centimeter de lucht in werd geslingerd voordat ze weer neerkwam.

"Dat diner was *geweldig*," zei Ben.

"Ik kon zien dat je het lekker vond. Je ruikt nog steeds naar krab."

Hij grijnsde, terwijl hij zijn tanden ophaalde.

"En biefstuk. En vis. En kip."

"Sorry," zei hij. "Het was allemaal goed."

"De groenten waren ook goed. Daar had je wel een paar hapjes van kunnen nemen."

"Waarom?" schoot hij terug. "Ze nemen alleen maar ruimte in waar meer *vlees* zou passen."

Julie schudde haar hoofd en keek naar rechts, op zoek naar de afstandsbediening van de televisie. Ze was niet echt geïnteresseerd in tv-kijken, maar ze wist dat het een rituele manier was om 's avonds tot rust te komen. Ben zou over een paar minuten weg zijn, en zij zou zich in slaap laten wiegen door het geluid van het kanaal waar ze op viel.

"We moeten praten," zei ze plotseling.

Ben kreunde. "Ik dacht dat we..."

"*Je* dacht dat we er overheen waren. Ben, kom op. Je stond op het punt me achter te laten op dat schip."

"Ik zou je *nooit* verlaten hebben, Jules. Dat weet je."

"Dat is het *punt*, Ben. Je *wist dat* ik mee zou gaan, ook al was het niet wat ik wilde doen.

Ben ging op een elleboog staan en keek over het bed naar haar. "Zeg je dat je hier niet wilt zijn?"

Ze rolde met haar ogen.

"Nee, serieus. Deze plek is *geweldig*, Julie. *Veel* beter dan het cruiseschip. Mooiere - grotere - kamers, minder mensen. En mijn God, het eten."

"Ik zeg niet dat het niet leuk is, Ben."

"Je zegt alleen dat het niet is wat je wilde doen. Ik snap het.

Zij slaakte een zucht en voelde de woede en wrok weer opkomen alsof die de afgelopen uren niet tijdelijk tot bedaren waren gebracht.

"Wat?" Vroeg Ben. "Je zei dat je wilde praten, dus laten we -"

"Vergeet het maar, Ben. Het is het niet waard."

"Jules, ik..."

"Nee. Vergeet het. Weet je wat, Ben? Je zit zo verstrikt in je eigen persoonlijke gevechten dat je vergeet dat er *andere mensen* om je heen zijn die om je geven."

Hij fronste zijn wenkbrauwen, maar zij hield voet bij stuk. *Ik heb gelijk,* dacht ze. *En hij weet het.*

"Wat heeft dat te betekenen?"

"Precies wat ik zei," zei ze. "Het kan je niet schelen dat we er allemaal zijn, je doet wat je wilt en hoopt dat we meegaan."

"Reggie heeft *ons uitgenodigd,* weet je nog?"

"Reggie heeft ons niet uitgenodigd, Ben. Hij vertelde ons dat het een *missie* was. Maar daar gaat het niet om. Jij *kwam,* en je *zou komen* of ik het deed of niet. Je stopte niet eens om me te vragen..."

Iemand klopte op hun deur. Licht, snel getik.

"Kom *op,*" zei Julie, terwijl ze haar benen over de rand van het bed naar de grond zwaaide. "Kan hij ons niet gewoon met rust laten?"

Ze bereikte de deur en deed hem van het slot, zonder door het kijkgaatje te kijken. Ze zwaaide hem open, liet hem tegen de muur naast haar slaan, de kleine rubberen stop dreunde door de klap.

"Julie?" vroeg Ben. "Wie is het?"

Ze staarde. "Ik - ik weet het niet." Ze deed een stapje achteruit, waardoor de man bij de deur naar voren kon stappen. "Het spijt me," zei ze. "Kan ik u helpen?"

De man was Aziatisch, kort maar fit. Hij keek op naar Julie en knikte. "Ik hoop het." Zijn accent was perfect Amerikaans. "Ik hoop het echt. Maar er is niet veel tijd."

Julie fronste haar wenkbrauwen. *Moet ik hem uitnodigen? Ze* schudde haar hoofd, praatte zichzelf er van af. *Moet ik naar de hal gaan? Wat als hij me aanvalt? Is er iets dat ik als wapen kan gebruiken, of -*

"Ik wil dat je me helpt," zei de man. "Nu meteen. *Alstublieft*. Ik moet uit het park zien te komen. We kunnen de Subshuttle naar de overkant nemen, en dan naar het helikopterplatform, als u uw piloot wilt bellen en..."

"Het spijt me," zei Julie opnieuw. "Ik weet het niet... Ik weet het niet zeker -"

"*Alsjeblieft*," zei de man, het woord deze keer meer benadrukkend. "Er is niet veel tijd. Ze kunnen hier elk moment zijn, en jij was de dichtstbijzijnde bezette kamer..."

"Wie is het?" riep Ben weer.

"Wacht even!" schreeuwde Julie. *Dat was dom*, dacht ze. *Ik had hem moeten vragen om hier te komen.*

Maar dat hoefde ze niet. Ze hoorde Ben weer kreunen en naar de deur lopen.

De man zwaaide verwoed met zijn hoofd naar links en rechts en tuurde in beide richtingen door de gang. Of hij iets hoorde, kon Julie niet zeggen. Hij slikte en keek toen weer naar haar op. Even hadden ze dezelfde uitdrukkingen, allebei verwoed, bang. Toen veranderde Julie weer in verwarring, de man in frustratie. Hij keek nog eens in beide richtingen en stopte met gebogen hoofd om naar links te kijken.

"Te laat," fluisterde hij. "Te laat. Ze zijn hier."

De man veranderde van houding. Hij haalde iets uit zijn zak en gaf het aan Julie.

Het was een smartphone. Het scherm lichtte op toen hij het voorwerp in haar hand legde, en ging toen weer uit.

"Wat?" vroeg ze. "Wie is hier? En wat moet ik hiermee doen?" vroeg ze.

Hij schudde zijn hoofd. "Luister naar me. Luister je? Luister. Niet genoeg tijd, maar je moet..." hij keek nog eens naar links, toen weer naar Julie. "Je hebt het nummer nodig. *0-4-0-3-0-2*. Heb je het?"

Ze begon het te herhalen net toen Ben de deur bereikte. "Wat is er?" vroeg hij. Hij zag de man, maar de man had zich al omgedraaid en liep door de hal, rechts van hem. Julie keek een ogenblik naar hem. Ze kon zijn ademhaling horen, luid en onregelmatig. Toen versnelde de man zijn pas en begon te rennen.

Verwoed.

HOOFDSTUK 20

REGGIE OPENDE DE DEUR VAN ZIJN HOTELKAMER MET EEN HOORBARE ZUCHT. *Net nu ik een glas wijn wilde inschenken,* dacht hij. Hij liet de deur openzwaaien en ging opzij om Julie en Ben door te laten.

Hij was niet zo'n wijndrinker, maar hij had een fles rode wijn gevonden in de minikoelkast, verborgen achter een kastdeurtje bij de kast. Na het eten was hij in een ongewone wijnstemming gekomen.

Ben knikte een snelle groet, maar Julie ging regelrecht naar de glazen wand achter in de kamer, en richtte zich op de leunstoel daar.

"Kom binnen, denk ik," zei Reggie. "Niet... eerst bellen of zo."

Ben negeerde de opmerking, maar Julie was al aan het praten. "De man was Aziatisch, maar klonk Amerikaans. Waarschijnlijk opgegroeid in de Verenigde Staten..."

Ze stopte toen ze besefte dat Reggie niet de enige andere persoon in de kamer was.

"H - hallo," zei de vrouw. Reggie liep terug de kamer in net toen Ben de vrouw ook opmerkte.

"Dr. Lindgren?" vroeg Julie.

"Sorry, Reggie en ik stonden op het punt..."

"Geniet van deze fles fijne Californische rode, een merlot en cabernet mix," zei Reggie.

"We wilden net gaan *praten*," verduidelijkte Sarah.

Julie wierp een blik op Ben, maar Ben keek alleen maar naar de vrouw, die languit op Reggie's bed lag. Ze was volledig gekleed, maar ze had zich omgekleed en droeg nu een spijkerbroek en een grijs sweatshirt met 'Jamaica' in meerkleurige letters op de voorkant.

Reggie schraapte zijn keel. "Natuurlijk. Zij en ik waren in de hal aan het kletsen, maar ik wist dat er hier in de kamer meer te drinken was. En het was comfortabeler."

"Wat... waar had je het over?" vroeg Julie.

"De missie, eigenlijk," antwoordde Sarah abrupt. "Ik vroeg naar de CSO en hoe jullie bij elkaar zijn gekomen, en naar jullie vorige missies."

Ben liep naar de andere leunstoel en ging zitten, Reggie achterlatend om door de kamer te ijsberen. Het einde van het bed was open, maar hij wist dat er al een beetje een stigma in de lucht hing, en hij wilde geen verdere vragen van zijn teamgenoten uitlokken.

"En ze heeft me ook verteld hoe ze bij deze missie betrokken is geraakt," zei Reggie. Hij liep terug naar de fles wijn die hij net had geopend en die nog steeds op het aanrecht stond.

"Vind je het erg als je wat herhaalt voor ons?" vroeg Ben. "Ik weet niet of we de details kennen."

Julie viel in. "Nou, eigenlijk, denk ik dat dat moet wachten, toch Ben?"

Het stel keek elkaar aan, en Ben knikte. "Juist. Uh, dus er was..."

"Een incident," eindigde Julie.

"Een *incident*?" vroeg Sarah.

Reggie liep naar het bed en reikte Sarah een van de twee glazen wijn aan. "Willen jullie iets?"

Julie schudde haar hoofd. "Zit daar whisky in?" vroeg Ben.

Reggie liep erheen om het te controleren terwijl Julie hun verhaal vervolgde. "Deze man, de Aziatische man, hij was helemaal opgefokt en bang. Enorm gehaast. Ik weet niet zeker waarom hij op onze deur klopte, maar ik deed open en hij zei dat hij niet veel tijd meer had en dat we het nummer nodig hadden.

"Het nummer?"

"0-4-0-3-0-2," zeiden Julie en Ben tegelijk."

"Interessant," zei Reggie.

"Vreemd," voegde Sarah eraan toe.

"Waar is dat nummer voor?" vroeg Reggie.

"Dit, waarschijnlijk." Julie pakte de telefoon van de man uit haar zak en hield hem omhoog. "Ik heb het niet geprobeerd, maar het is waarschijnlijk de combinatie van het slotscherm."

Iedereen stopte en dacht een moment na. Reggie liep naar Ben en gaf hem wat hij in de koelkast had gevonden. Twee vliegtuiggrote flessen Wild Turkey bourbon. *Niet slecht, niet geweldig.* Ben bedankte hem en draaide de dop van de eerste fles.

"Laat eens zien," zei Reggie. "Maak maar open, Jules."

Reggie keek even toe hoe Julie met de extra grote telefoon rommelde en hem rondzwaaide tot hij lekker in haar handpalm lag. Ze stak haar duim omhoog, klaar om de combinatie in te toetsen.

Een licht getik kwam van de deur. Reggie liep erheen en keek door het gat. "Crawford," zei hij.

Hij opende de deur en hield hem vast, de opening net breed genoeg zodat hij de man niet naar binnen kon laten kijken. "Crawford, goed je weer te zien. Ik zou je binnen willen uitnodigen, maar -"

Crawford onderbrak hem door een hand op te houden. "Dank u, meneer Red, maar dat zal niet nodig zijn. Ik heb eigenlijk een beetje haast, en ik wilde alleen even met jullie vieren over iets praten. Dr. Lindgren was echter niet in haar kamer, dus ik...

"Ze gingen allemaal een wandeling maken, geloof ik. Of op zijn minst een ritje met de lift. Ik weet het niet zeker, maar ik denk dat ze gewoon een wandelingetje maakten om het terrein te bekijken."

"Fijn, fijn. Goed dan. Ik zal ze in de gaten houden, en als je ze ziet, geef dit dan door."

"Natuurlijk. Waar kan ik u mee helpen?"

"Ik vraag me af of je een man hebt gezien, Aziatisch uitziend, iets korter dan ik?"

Reggie schudde zijn hoofd. "Nee, ik verontschuldig me. Ik ben in mijn kamer sinds het avondeten."

"Juist. Nou, het is van het grootste belang dat we hem opsporen."

Reggie fronste zijn wenkbrauwen. "Waarom? Is hij gevaarlijk?"

"Oh, nee, nee,' zei Crawford. "Hij is heel onschuldig, hij is gewoon... nou, we zijn bang dat hij misschien... je weet wel, het is echt niets. Ik wil u vragen het me onmiddellijk te laten weten als u hem tegenkomt.

Reggie knikte. "Absoluut. Je hebt mijn woord. Als ik hem zie, zal ik het zeker melden. En ik zal het mijn groep ook laten weten, als ik ze eerst zie."

Crawford keek plechtig. "Dank u, meneer Red. Ik hoop dat u geniet van uw verblijf tot nu toe?"

"Het is verbazingwekkend. Goed gedaan, Crawford. Deze plek is werkelijk adembenemend."

Crawfords glimlach kwam terug, het kuiltje drukte in Reggie's gezichtsveld alsof het een kuiltje was met een gezicht eraan in plaats van andersom. "Goed, goed. Dank u voor uw tijd, en het spijt me u weer te storen."

Reggie bedankte hem en sloot de deur. Hij liep terug naar het midden van de kamer.

"Oké, mensen," zei hij, zich richtend tot de drie mensen die op het bed en de stoelen zaten. "Tijd om de koppen bij elkaar te steken. Het lijkt erop dat we hier een mysterie hebben."

HOOFDSTUK 21

"MAAR WAAROM ZOU HIJ NAAR ONS KOMEN?" vroeg Julie. Ze zat op haar voeten in de leunstoel, opgekruld in haar kleren. Ze had het om de een of andere reden koud, ook al hield Reggie zijn eigen kamer een paar graden warmer dan de hunne. Ben zat naast haar, languit met zijn benen wijd, zijn rechterknie bijna tegen haar linkerknie.

Sarah Lindgren lag nog steeds op het bed, maar zij had haar blote benen opgetrokken en ze onder zich geschoven, zodat Reggie op de onderste helft van het bed kon zitten.

"Ja," zei Sarah. "Waarom ga je niet naar de politie, of wat ze hier ook hebben?"

Ben en Reggie wisselden een blik. "We hebben reden om aan te nemen dat dat geen slimme zet zou zijn geweest," zei Reggie. "De, uh, beveiliging hier is niet echt... boven alle peil."

"Bovenboord?"

"Betrouwbaar."

"Ik weet wat je bedoelt, maar waarom? Heb je ervaring met ze?"

Ben snoof, Reggie keek de kamer rond. Julie besloot in te springen. "Ja, dat doen we," zei ze zacht. "De groep die het park beschermt heet Ravenshadow. Zij waren de groep die ons achtervolgden over het Lewis en Clark pad, en in Philadelphia."

"Zij hebben je vriend vermoord," zei Sarah. Het was niet zozeer een vraag als wel een vaststelling van de feiten.

"Ja," zei Reggie. "Joshua Jefferson. Ze hebben hem in koelen bloede vermoord, en ze zouden ons allemaal vermoord hebben. Ze ontsnapten, maar onze directeur, Mr. E, spoorde ze hier op. We kwamen om hun leider te vinden, Vicente Garza."

Sarah keek half geschokt en half verbaasd. "Oké, dat klinkt logisch, denk ik. Ik heb ook contact opgenomen met je directeur, maar zoals ik al eerder zei, ik ben hier alleen om wat onderzoek te doen."

Ben schoof op zijn stoel en leunde naar voren. "We doen het veel beter samen als alle informatie op tafel ligt. Ik hoop dat je het niet erg vindt om jezelf te herhalen voor ons."

"Nee, helemaal niet. Reggie en ik waren toch net begonnen. Hij vertelde me iets over de groep die je hier probeerde te vinden, maar ik wist niet dat het de gecontracteerde veiligheidsdienst was. En ik vertelde hem dat ik een spoor volgde dat ik vond in een online artikel."

"Een online artikel?" vroeg Julie. "Iets op een blog, of Wikipedia?"

"Nee, een tijdschrift, eigenlijk. Peer-reviewed, meestal. Het soort dingen dat meestal de ronde doet op universiteiten, die dingen publiceren waar de meerderheid van het publiek niets om geeft."

"Dus een beetje meer betrouwbaar dan alleen een blog," zei Ben.

"Precies. Het artikel is er wel uitgehaald. Ongeveer een uur nadat het was gepubliceerd."

"Een *uur*? Dat lijkt snel. Hoe heb je het opgelopen?"

"Ik heb een RSS feed die scant op trefwoorden en alles naar beneden haalt wat gerelateerd is aan mijn zoekopdrachten."

Ben knikte alsof hij begreep waar ze het over had. Julie knikte omdat ze *inderdaad* wist waar ze het over had.

"Helaas hield ik geen downloads van de artikelen bij, en kan ik nergens online cache-resultaten vinden met de inhoud."

"Dus het is weg," zei Ben.

"Zoiets," antwoordde Sarah. "Ik heb een soort van eidetisch geheugen. Het is nuttig geweest in mijn leven, maar ik kan niet controleren wat mijn geest besluit te behouden."

Reggie keek naar Dr. Lindgren met een hernieuwde interesse. "Ik neem aan dat dit artikel niet een van die dingen was die je besloot opgeborgen te houden?"

Ze schudde haar hoofd. "Nee, niet alles. Alleen de eerste pagina, die ik je zou kunnen voorlezen. Maar het was zeer beperkt in detail, en terwijl ik me een beetje herinner over de tweede en derde pagina van de publicatie, herinner ik me de details niet."

"Wat is de essentie, Dr. - Sarah -" Ben zei, "waarom ben je meegekomen?"

"Daarom kwam ik na het eten met Reggie praten. Ik zou eerst naar jullie twee gekomen zijn, maar..."

"Ik was dichterbij," zei Reggie. "Toch?"

Sarah glimlachte. "Juist."

"Ga door," zei Julie, niet een klein beetje gespannen in haar stem.

"Juist, sorry. Ik heb contact opgenomen met Mr E en gevraagd of hij informatie had over dit park. Hij nam meteen contact met me op en zei dat hij een team van drie man stuurde, en dat ik welkom was om mee te gaan, alle kosten betaald."

"Interessant."

"Dat dacht ik ook. Maar ik begrijp waarom je nu hier bent, en ik kan je verzekeren dat ik niets weet over Ravenshadow of de man die je teamgenoot heeft vermoord."

"Dat is prima, Sarah. Je hoeft je niet te verontschuldigen," zei Reggie. Julie verwachtte half dat de man zijn hand zou uitsteken en op haar been zou leggen.

"Het artikel gaf me wat aanwijzingen, maar ik ben hier om de rest uit te zoeken, als dat mogelijk is. Het artikel ging over een scheepswrak."

Julies ogen verwijdden zich. "Zoals Crawford zei. Dit park ligt op de top van een scheepswrak.

"Juist," zei Sarah. "Het werd bovenop het wrak gebouwd, eigenlijk. En als we het artikel mogen geloven, zijn ze begonnen het wrak uit te baggeren en het water eruit te laten lopen."

"Whoa," zei Reggie. "Dat is uitgebreid. En overkill, zeker voor een parkattractie."

"Ik denk niet dat het de bedoeling is dat het een *attractie is*," zei Sarah. "Tenminste niet helemaal. Ze zullen het waarschijnlijk openstellen voor bezichtiging, achter glas of zo, maar ik denk dat ze het wrak op de een of andere manier bestuderen."

Julie stond op en liep naar Reggie's minikoelkast. "Vind je het erg?" vroeg ze, terwijl ze de vraag over haar schouder naar de man op het bed gooide.

"Helemaal niet."

Ze opende het en vond een tweeschots fles Canadian Club. *Dat moet genoeg zijn*, dacht ze. Ze draaide hem open terwijl ze terugliep naar haar stoel. "Sarah - en ik bedoel dit echt niet beledigend - jij bent antropologe, juist?"

Sarah glimlachte. "Geen probleem. Ja, je hebt gelijk. En ik weet wat jullie allemaal denken - waarom zou een *antropologe* zich zorgen maken over een scheepswrak? Dat zou mijn vaders terrein zijn. Oude mysteries, gezonken onder de zee, al die jazz, niet?

Julie knikte.

"In het artikel stond dat ze dingen in het schip hadden *gevonden*. Niet alleen artefacten, zoals goud en zilver, die ze vonden, maar ook andere dingen."

"Dingen... zoals wat?" Vroeg Ben.

"Nou, zoals mensen."

"Mensen?"

"Skeletten. Overblijfselen van botten. Structurele monsters die erop lijken te wijzen dat de mensen op het schip van Spaanse afkomst waren."

"Meestal?"

"Grotendeels," zei ze, knikkend. "En de rest stond op de andere pagina's van het artikel, dus ik kan me de details niet goed herinneren, hoe ze de tests deden, dat soort dingen, maar ik herinner me wel dat de *andere* belangrijke afstammingslijn Incaans leek te zijn."

"Inca," zei Reggie. "Hmm."

"Ja," zei ze. "Mijn werkhypothese is dat dit schip deel uitmaakte van een schatvloot, op weg terug naar Spanje, toen het in een storm terechtkwam en zonk. Er was zeker een schat aan boord, te oordelen naar de munten en artefacten die ze vonden, maar ik geloof dat de *echte* schat - de *echte* reden dat dit schip terug naar het moederland voer - was vanwege de *menselijke* lading. De skeletten."

HOOFDSTUK 22

MENSELIJKE LADING. Ben wist niet zeker waarom menselijke lading belangrijk was voor de Spanjaarden, tenzij ze van plan waren de mensen als slaven te gebruiken, maar hij wist dat ze het hele verhaal nog niet kenden. Ze hadden echt *geen idee* wat hier aan de hand was, maar Ben kreeg de indruk dat ze daar zo achter zouden komen.

"Julie, je moet de telefoon controleren," zei hij.

Julie keek hem even vreemd aan, toen lichtten haar ogen op. "Dat was ik bijna vergeten! Ja, laten we die kerel zijn telefoon eens bekijken."

Ze hield de telefoon omhoog en wachtte tot het vergrendelscherm de prompt liet knipperen, wachtend op de combinatie van cijfers. Ze tikte de code in die de man haar had gegeven, *0-4-0-3-0-2,* en keek toe.

Het vergrendelscherm veranderde in een beginscherm, met een rij mappen en pictogrammen verspreid over de bovenste drie rijen. Er waren de standaard apps, zoals *Instellingen* en *Agenda,* maar ook enkele die ze niet begreep, en ze nam aan dat ze bedoeld waren voor het werk van de man.

"Enig idee wat we eerst moeten controleren?" vroeg Julie.

"Gebruikersinformatie?" Vroeg Reggie. "Misschien een naam?"

Ze knikte en bladerde al door de mappen om de *Contacten* app te vinden. Ze tikte erop, opende het eerste item met het label '*Mijn kaart*' en begon hardop voor te lezen. "Dr. Joseph Lin. Werkzaam bij *OceanTech*. Heeft een telefoonnummer en emailadres."

"Oké, Dr. Lin," zei Reggie, die nu door de kamer slenterde. "Welke geheimen heb je voor ons in petto?"

Ze bleef lezen, maar geen van de informatie was direct bruikbaar. "Nog andere ideeën?"

"Foto's," zei Ben. "Zoek de foto's."

Ben keek naar Julies gezicht terwijl ze door de mappen en schermen van de telefoon navigeerde. Ze vond de app, en hij keek naar het kleine stukje van het scherm dat hij kon zien toen ze het eerste album in de app opende.

Julie bevroor, en Ben zag de haren in haar nek recht overeind staan. Ze hijgde, en slikte toen. Ze legde de telefoon neer op haar knie alsof hij ineens heet was, en wilde hem niet aanraken. Maar ze keek niet weg.

Ben leunde voorover om te kijken, terwijl Reggie naar hen toe rende. Sarah kwam ook van het bed af en kwam naar hen toe.

Ben deed een hand voor zijn mond. *God, dat is walgelijk*. Hij hield zijn hand daar, niet spreken.

Het beeld op het scherm voor Julie was van een arm. Een menselijke arm, liggend op een lege, metalen tafel. Er zat geen lichaam aan de arm, maar het was duidelijk dat de arm onlangs was *losgemaakt*.

Duidelijk, want de plaats waar de arm de schouder zou hebben ontmoet, was losgerukt, huid en open spierweefsel bloedden en lagen ellendig over de hele open wond. Een snee in het vlees toonde het uitstekende uiteinde van het bot, de kop van het opperarmbeen. Ben wist niet zeker wat te denken. Het was één ding om een afbeelding van een ledemaat te zien op televisie, of in een leerboek, of zelfs in een online artikel. Maar op iemands *telefoon*, een foto die die persoon persoonlijk nam... dat was iets heel anders.

"Wat is dat in godsnaam?" Vroeg Reggie. "Is het echt?"

"Daar lijkt het op," zei Sarah. "En te oordelen naar de wond, is het niet chirurgisch verwijderd."

"Niet tenzij 'chirurgie' voor jou betekent 'bruut uit elkaar gerukt'."

"Wow," zei Julie. "Ik kan niet... Ik kan niet..."

"Jules, ga naar de volgende foto," zei Ben. Hij kon zien dat er kleine icoontjes onderaan het scherm van de telefoon stonden, die meer beelden uit de serie weergaven, hoewel hij niet kon zien wat het waren.

Dat deed ze wel. De volgende foto was van dezelfde arm, vanuit een andere hoek. Deze foto toonde meer kneuzingen, de paars-zwarte littekens net onder de huid van de bovenarm. Voor Ben leek het alsof een massief wezen de arm van de persoon had gegrepen en hem van het bot had gerukt.

Maar iets op de foto trok Ben's aandacht.

"Ga naar de volgende foto," zei hij. De anderen stonden rond Julies stoel en keken neer op de telefoon.

Ze swipete naar rechts en het volgende beeld vulde het scherm. Bens vermoedens werden bevestigd: dit beeld was van het gebied vlak naast de arm, die in het laatste beeld nauwelijks zichtbaar was, maar in dit beeld scherp op het scherm staat.

Het was het lichaam waar de arm bij hoorde.

"Jakkes," zei Reggie. "Ik haat het om dode lichamen te zien."

"Heb je er veel gezien?" vroeg Sarah.

Hij wierp haar een blik toe. "Een paar maar."

Het lichaam was wit, koud en stijf. Het was een foto van de torso, vanuit de hoek net boven de afgehakte arm, kijkend naar de linkerkant van het lichaam waar de arm vanaf was gekomen. Er was een wond op de plaats waar de arm was verwijderd, maar de wond leek te zijn schoongemaakt en gehecht, in tegenstelling tot de open bloederige wonde van de arm. De schouder op de romp leek vanuit deze hoek vergroot, breder en hoger dan de tegenoverliggende schouder, en kleine botknobbels drukten zich naar buiten onder de helende huid van de wond.

"Ik ben het met Reggie eens," zei Ben. "Yuck."

"Waar kijken we hier naar, dokter?" vroeg Reggie.

Dr. Lindgren schudde haar hoofd, maar bleef naar de telefoon in Julie's hand kijken. "Jullie gok is net zo goed als de mijne, jongens. Het is een lichaam, en het is een arm. Ze zijn van elkaar verwijderd."

"Een *nieuwsgierige* observatie, dokter," zei Reggie. Niemand lachte.

"Serieus," voegde ze eraan toe. "Ik ben antropoloog. Ik kijk meestal naar niet veel meer dan oude botten. Mijn lessen anatomie en begrafeniskunde waren alleen maar hoofdvakken, dus ik kan niet echt zeggen wat hier aan de hand is, behalve wat voor de hand ligt."

"Als je moest raden?" vroeg Julie.

"Als ik moest raden," antwoordde Sarah, "zou ik zeggen dat de arm van de persoon met geweld is verwijderd. Je kunt zien waar de botten uit elkaar zijn gebarsten, en de pezen en de spierstructuur impliceren dat er ernstig trauma was tijdens de operatie."

Ben knikte. "Dus die Lin is een moordenaar."

"Dat weten we niet," zei Reggie. "Hij was betrokken bij iets hier, dat is zeker, anders zou hij niet door de hal zijn komen rennen, op zoek naar hulp. En er is een grote kans dat hij zijn naam probeerde te zuiveren - hij gaf je tenslotte zijn telefoon en wachtwoord."

"Juist," zei Ben, "maar waarom? Als hij bij dit alles betrokken was, waarom kwam hij dan naar ons?"

"Waren wij de eerste mensen die hij zag?" vroeg Sarah.

"Misschien. Maar zijn er geen andere mensen zoals hij in de buurt? Personeel, werknemers, zoiets?"

"Waarschijnlijk. Het kan zijn dat hij hier was, in het hotel, in plaats van het lab om een of andere reden. Zei Crawford niet dat het hotel de centrale ring was en de tweede voor de labs en het personeel?"

Ben knikte. "Nog andere foto's?" vroeg hij.

Julie bladerde naar de volgende afbeelding. Deze was van een andere man, zittend, met zijn rug tegen een muur.

"Ik denk dat hij nog leeft," zei Sarah. "Zijn hoofd is naar beneden, maar het lijkt alsof hij slaapt."

Ben besefte dat ze gelijk had. Hij kon niet zeggen waarom, maar de man leek in een diepe slaap, maar niet dood. Hij was donker van huid, naakt, zijn rechterarm langs zijn zijde. Zijn rechterzijde was naar de camera gericht, dus Ben kon het niet met zekerheid zeggen, maar het leek alsof -

"Hij mist een arm," zei Reggie. "Zijn linkerarm is weg."

"Kun je dat zien vanuit die hoek?" vroeg Julie. "Ik kan het niet zien." Ze kneep in het scherm en trok haar vingers uit elkaar, waardoor ze het beeld vergrootte. De kwaliteit was goed, en het beeld vergrootte met weinig pixelvorming. Toch was het moeilijk te zien.

"Ik denk," zei Reggie. "Ga naar de volgende."

Julie scrolde naar de volgende afbeelding, en deze keer wist Ben het zeker. De foto was van een vrouw in eenzelfde soort ruimte - drie muren in het zicht met een heel laag plafond. Een vreemd kleine kamer, en de foto was genomen van onder de vrouw, omhoog kijkend naar haar. Alsof de cameraman op de grond had gelegen voor de opname.

"Ik denk dat dat je vraag beantwoord," zei Sarah.

De vrouw was niet slapend of dood, maar klaarwakker en keek naar de camera vanuit haar positie langs de achterwand. Er was een lege uitdrukking op haar gezicht terwijl ze naar voren staarde. Ook zij had een donkere huidskleur, haar lange zwarte haar viel rond haar schouders, onbehandeld en glanzend van de olie, maar nog steeds krassend van slijtage en weinig aandacht. Het haar was lang genoeg om haar nek te bedekken maar niet lang genoeg om haar naakte borsten te bedekken.

En ze miste een been.

Julie's hoofd viel een beetje achterover. Ben staarde voor zich uit en probeerde te begrijpen wat hij zag. De vrouw leek niet van streek, maar ze was ook niet blij. Haar emotie was iets heel anders - het leek niet te bestaan. Gewoon een leeg omhulsel van een vrouw. Ze probeerde zich niet te bedekken, noch leek het haar iets uit te maken dat ze gefotografeerd werd. Ze *was...* gewoon.

"Vreemd," zei Ben.

"*Heel* vreemd. Zij mist een been, die kerel miste waarschijnlijk een arm..."

"En de eerste man miste een arm *en* zijn leven."

"Wat is dit allemaal in godsnaam?" vroeg Julie. "Denk je dat dit *hier* gebeurt?"

Reggie haalde zijn schouders op en wierp een blik op zijn horloge. "Geen idee. Ik hoop van niet. Maar het wordt al laat, en niemand heeft ooit een mysterie opgelost als ze moe waren. Laten we wat gaan slapen. We kunnen morgenochtend meteen met Mr E praten, hem laten weten wat er aan de hand is."

Hij keek om zich heen. Ben had geen moeite met Reggie's beslissing, hoewel het knagende gevoel te willen begrijpen waar die Dr. Joseph Lin zich mee had ingelaten, steeds sterker werd.

Het zal moeten wachten, dacht hij. *Ik kan wel wat slaap gebruiken. Dat kunnen we allemaal.*

Julie gaapte naast hem en zette het scherm van de telefoon uit. Ze keek naar hem.

"Goed," zei Ben. "Laten we een beetje ontspannen, wat slapen. Morgen is een nieuwe dag. We kunnen vroeg opstaan, bij Mr. E inchecken, een goed ontbijt nemen en dan zien wat het hier *echt inhoudt.*"

HOOFDSTUK 23

DE OCHTEND KWAM SNEL. Ben verwachtte half dat hij wakker zou worden en zou beseffen dat hij nog steeds in een droom leefde. Hij had het gevoel dat hij helemaal niet geslapen had, en de hele nacht had liggen woelen en draaien tot de zon zo fel scheen door de open gordijnen.

Hij kreunde en ging rechtop zitten. *Die moet ik dichtdoen voor ik vanavond naar bed ga,* dacht hij. Hij zette zijn voeten op de grond en wachtte, terwijl hij zijn rug en nek rekte. Hij was midden dertig, maar soms voelde het alsof hij de zestig naderde. Zijn lichaam was in de beste conditie van zijn leven dankzij een onderdrukkend trainingsregime dat Reggie had ontworpen en dat hij de afgelopen zes maanden had gevolgd, maar hij realiseerde zich dat hoe ouder hij werd, hoe harder hij moest werken om alles te laten werken zoals het hoorde.

Julie snurkte even, rolde zich toen om, sloeg haar arm over zijn kussen en spreidde zich uit over het midden van het bed. Ze was een egoïstische slaper, die meer dan haar deel van de ruimte in beslag nam. Ben vond het schattig, maar dat had hij haar nooit verteld. Hij keek even naar haar en glimlachte. Hij had het gevoel dat ze nog steeds op het cruiseschip zaten, wakker geworden na een luie dag in de zon en geen haast om weer helemaal opnieuw te beginnen.

Maar ze *waren niet* op een cruise schip, noch was dit een vakantie. Hij zou zijn best doen om van zijn tijd hier met haar te genieten, maar hij wilde *werken*. Hij wilde De Havik vinden - Vicente Garza - en de rest van zijn Ravenshadow knokploegen, en hij wilde ze voor het gerecht brengen. Of het zelf afhandelen.

Het was een vergezochte gok, maar de CSO was opgericht voor dit soort werk. Antwoorden vinden op dringende problemen waar de Amerikaanse regering zich niet mee kon, wilde of mocht bemoeien. Dingen die meer zorg nodig hadden dan een ongetrainde burger kon bieden, maar waarvoor niet per se een special forces team nodig was.

Ben, Reggie, en Julie - en voorheen Joshua Jefferson - vormden de ruggengraat van de organisatie, en werden een soort samensmelting van schattenjagers, detectives, en burger agenten. Mr. E en zijn vrouw zorgden voor de top-level ondersteuning, inclusief financiering en communicatie logistiek, terwijl de drie overgebleven leden van het team de on-the-ground task force werden.

Ben was er dus niet helemaal zeker van wat ze hier precies zouden doen, maar de missie, zoals die hen door hun leider was uitgelegd, was eenvoudig: uitzoeken wat *OceanTech* hier in hun nieuwe instituut deed, kijken of ze Ravenshadow en de man die verantwoordelijk was voor de dood van vele mensen konden vinden, en dan... verslag uitbrengen.

Het was het laatste deel waar Ben moeite mee had. Hij kende zichzelf goed. Hij was niet onbezonnen of roekeloos, maar hij wist niet of hij het heft in eigen handen kon nemen als ze Vicente Garza zouden tegenkomen. Erger nog, hij wist niet zeker of *Julie zich* kon inhouden.

Hij stond op en ging door met rekken, en dwong die gedachten naar het achterste van zijn hoofd. Hij had nu belangrijkere dingen aan zijn hoofd, en hij moest eerst zijn zaken regelen. Hij liep het toilet binnen en begon de deur te sluiten.

"Ben je wakker?" hoorde hij Julie zeggen.

Hij opende de deur weer. "Yeah. Waarom?"

"Ik heb honger," zei ze.

Hij glimlachte weer. "Niet verwonderlijk. Je bent een dikkerdje in de ochtend."

"Hé," zei ze. De vermoeidheid verpestte elke geveinsde woede die ze probeerde op te brengen.

"Ik bel voor roomservice," zei Ben. "Ik zag een menu op het bureau. Het lijkt erop dat er geen limiet is aan wat we kunnen bestellen."

Julie lachte, haar stem diep en vol slaap. "Nou, in dat geval, wil ik pannenkoeken *en* wafels. Dat kun je nooit bestellen, weet je? Het is altijd het een of het ander."

"Ja," zei hij. "Ik heb de toespraak gehoord."

"Ik zeg het alleen maar."

Hij sloot de badkamerdeur en besloot nu roomservice te bellen met de telefoon in de badkamer, zodat het klaar zou zijn tegen de tijd dat hij uit de douche zou komen.

Hij zette het water aan, voelde het, en zag dat de stralen zowel op de muur *als* op het plafond zaten, een hele vooruitgang vergeleken met het druppeltje dat ze hadden gehad in het toilet op het cruise-schip. Hij zuchtte, wetende dat wat vandaag of morgen ook zou brengen, deze douche een vorm van respijt voor hem zou zijn. Hij was een eenvoudig man, en een gloeiend hete douche was meestal genoeg om zijn zenuwen te kalmeren.

Maar voordat hij naar binnen kon stappen, hoorde hij geklop op de deur. Hij draaide zich om en pakte de badjas van een van de haken bij de deur, trok hem aan en liep naar de voordeur van de hotelkamer.

"Hallo?" zei hij toen hij antwoordde.

De man begroette hem met een veel te vrolijke glimlach voor deze tijd van de dag. "Roomservice, meneer," zei de man.

"Nu al?" Vroeg Ben. "Ik wilde net gaan douchen."

Het gezicht van de man veranderde in een uitdrukking van ernstige teleurstelling, en Ben was er zeker van dat hij dezelfde blik op zijn gezicht zou hebben gehad als hij zijn hond had geschopt. "Mijn excuses, meneer. Ik kan over een paar minuten terugkomen.

"Nee," zei Ben. "Dat is prima. Geweldig, eigenlijk. Mijn wi - verloofde heeft honger. Kom binnen."

De man deed wat hem gezegd werd en kwam binnen, een kar vol zilveren schalen en deksels achter zich aan slepend. Hij trok het de kamer in en stopte net voor de badkamer. Hij wilde niet in de rest van de slaapkamer kijken, en Ben nam aan dat dat was om de andere gast niet in verlegenheid te brengen.

Hij glimlachte, de man draaide zich om en maakte een snelle buiging, waarna hij de kamer verliet.

Ben keek omlaag naar de schalen. Er waren er vijf in totaal, en hij begon de deksels van elke schaal te verwijderen om te zien hoe het ontbijt hier zich verhield tot dat op het cruiseschip. Hij was niet teleurgesteld. De eerste twee, de grootste, bevatten de pannenkoeken en wafels, een toren van elk. De derde en vierde waren fruit en granen, tropische selecties en wat hij dacht dat verschillende granen waren die op de Caribische eilanden verkrijgbaar waren. Op de vijfde schaal lag een bord met gerookte zalm, roze en geurend naar eikenhout. Een opgevouwen brief lag naast het bord.

Beste Harvey, het briefje begon. *Ik herinner me dat je zei hoe lekker je zeevruchten vond gisteravond. Ik hoop dat je de kleine verwennerij niet erg vindt - ik had wat zalm ingevlogen gisteravond laat voor mijn eigen eetkamer accommodaties, en ik dacht aan jou. Geniet ervan. - Adrian.*

"Wat is dat?" vroeg Julie.

"Zalm," zei Ben. "En ook een monster buffet van pannenkoeken en wafels."

"Je hebt gerookte zalm besteld?"

Hij schudde zijn hoofd. "Nee. Crawford stuurde het naar beneden, denk ik."

"Wow," zei Julie, terwijl ze de schok op haar gezicht niet kon verbergen. "Hij probeert echt indruk op ons te maken." Ze liep de badkamer in en pakte haar eigen badjas, trok die aan en liep weer naar buiten en begon aan de pannenkoeken te prikken zonder een bord te pakken.

"Ja, dat doet hij," zei Ben. "En het werkt." Hij pakte een stuk zalm, inspecteerde het en stak het toen in zijn mond. Het smolt en veranderde in een conglomeratie van smaken: vis, rook, boter. Perfect in elk opzicht. Hij had vis nooit als ontbijt gegeten, hoewel hij wist dat vis voor de andere Alaska's een manier van leven was. Hij sloot zijn ogen, kauwde, slikte door. *Verbazingwekkend.*

Julie groef opnieuw in de pannenkoeken en schoof deze keer drie van de schijven op een bord. "Lekker?" vroeg ze.

Ben sprak zelfs niet. Hij kauwde, maakte wat geluidjes, en hield zijn ogen gesloten.

"Oké," zei Julie. "Ik snap het."

"En wat staat er vandaag op de agenda?" vroeg Julie.

Ben opende eindelijk zijn ogen, maar hij ging door met eten in zijn mond te scheppen. Eerst nog een zalmfilet, toen een halve pannenkoek, toen een hele wafel. Julie keek toe en wachtte, ongeduldig te oordelen naar de blik op haar gezicht.

"Nou," zei hij, terwijl hij tegelijk probeerde te kauwen en te praten. "Ik denk dat we moeten proberen om deze vakantie te redden, toch?"

Julie fronste haar wenkbrauwen. "Werkelijk? Na wat er gebeurd is?"

"Wat is er gebeurd?"

"Dr. Lin," zei Julie. "We kunnen het niet zomaar negeren. Die man was... hectisch."

"We negeren niets, Jules. Ik zeg alleen dat we er de tijd voor moeten nemen, gebruik maken van onze *verlengde* vakantie."

"Is dat wat dit nu is?" vroeg ze. Haar stem was een paar tonen gestegen en begon schril te klinken.

"Wat?"

"Jij - jij dwong ons hierheen, Reggie achterna, blijkbaar zodat jij kon blijven werken, ook al werden we verondersteld -"

"Ben op vakantie," zei Ben. "Ik weet het. Ik heb er over nagedacht, en ik denk dat het het beste is om het rustig aan te doen. Ontspan een beetje en geniet van het landschap."

Julie schudde haar hoofd, haar vuisten naast haar gebald. Geen van beiden was van het karretje afgeweken. Beiden aten van borden die ze op de rand van de rollende etensbak hadden gezet, terwijl ze tussen twee woorden door hapjes namen.

"Wat is het probleem?" Vroeg Ben. Zijn eigen stem begon te klinken.

"Het *probleem*? Ben, je neemt me in de maling, toch? Niemand is zo *dom*."

"Dicht? Het spijt me, ik weet niet zeker waar je het over hebt."

"Ben, kom op. Jij en ik zouden een leuke week vakantie hebben. Alleen ik. En jij. *Niet* Reggie."

"Ik heb hem niet gedwongen te komen opdagen!" schreeuwde Ben.

"Nee, natuurlijk deed je dat niet. Maar je hebt hem ook niet echt van de boot geschopt."

"Oh, wat? Moest ik hem gewoon over de rand gooien?"

"Nee," antwoordde Julie, "je had hem 'nee' moeten zeggen. Dat we op vakantie waren. Dat we gewoon *aan het relaxen* waren, net zoals je zei dat we hier aan het doen waren."

"En waarom *kunnen* we hier niet ontspannen? Waarom moet het op een cruiseschip zijn?"

"Waarom *kunnen* we dat niet? *Waarom?* Omdat, Ben, dit nu een werkreis is. Jij en ik weten allebei dat er hier iets aan de hand is, en Mr. E en Reggie wilden ons speciaal hier hebben zodat we konden uitzoeken *wat* dat precies was. We zijn hier omdat *jij* Reggie zei dat we het zouden doen. Ik volgde je, zoals ik altijd doe, en..."

"Zoals je *altijd doet?*"schreeuwde Ben. "Waar heb je het over?"

"Sinds onze ontmoeting in Yellowstone."

"Pardon?" vroeg Ben. "*Je* dwong *me* om met je mee te gaan."

"En je zou *gestorven* zijn als je het niet gedaan had, Ben. Ontken het maar niet."

"Maar dat betekent niet dat ik het wilde."

Julie sloeg haar armen over elkaar, negeerde het eten en richtte haar aandacht op de man met wie ze had afgesproken de rest van haar leven door te brengen. "Ja. Daar was ik me toen van bewust, en dat ben ik nu ook. Bedankt dat je me eraan herinnert, Ben."

Ben fronste en nam nog een plakje zalm van de schaal.

"Je bent een stuk vreten, weet je dat?"

"Wat betekent dat eigenlijk?" vroeg Ben, met zijn mond vol eten.

"Het betekent dat je een eikel bent. En ik weet niet zeker of het *me wat kan schelen* wat het plan voor vandaag is, eerlijk gezegd. Ik ga Sarah zoeken."

"Goed," zei Ben. "Heb een beetje 'meisjestijd', wat mij betreft. Reggie en ik kwamen hier om *te werken*, om uit te zoeken wat hier aan de hand is. Maar vermaak jezelf."

Julie had nu tranen in haar ogen, en Ben probeerde zo hard hij kon ze niet te zien. Maar hij wist dat ze er waren, en hij wist dat hij verloren had. Zijn koppigheid daargelaten, wist hij dat hij degene zou moeten zijn die zich later zou moeten verontschuldigen, of dat nu later vandaag was of ergens vanavond. Ze kon zich verstoppen, maar niet voor altijd. Hij kon haar gevoelens negeren, maar niet voor altijd.

Verdomme.

Vrouwen waren lastig. Voor Julie had hij nog nooit een relatie gehad, laat staan een langdurige, serieuze. Julie was de liefde van zijn leven, maar hij werd er voortdurend aan herinnerd dat liefde moeite kost, en een flinke dosis trots.

Hij sloeg de laatste rechthoek van zalm dicht, negeerde de rest van de hopen voedsel die voor hen lagen, en opende de deur.

Hij liep de gang op en sloeg rechtsaf, in de richting van Reggie's kamer.

Hij liet de deur dichtslaan op zijn weg naar buiten.

HOOFDSTUK 24

"PROBLEMEN IN HET PARADIJS?" vroeg Reggie, zodra hij de deur had geopend. Bens melancholieke gezicht staarde hem aan en Reggie liet hem binnen.

"Ja," zei Ben. "Op zijn zachtst gezegd."

"Sorry dat te horen, maat," zei Reggie. "Wil je wat eten?"

Reggie had een bijna even indrukwekkend broodbeleg als dat van Ben en Julie - bergen roereieren, vers fruit, reepjes spek en worstjes. Reggie was een 'proteïne fanaat', die alles at, maar het liefst zijn dag begon met een gezonde dosis dierlijke vetten en vlees. Hij had die gewoonte in het leger ontwikkeld, toen hij ontdekte dat zijn lichaam beter reageerde op een koolhydraatarm dieet met veel eiwitten en vetten, en hij was er nooit meer vanaf gekomen.

En als man die bijna 1,80 meter lang was en bijna 240 pond aan voornamelijk spieren woog, had hij een uitgehongerde eetlust. Zo fit als Reggie was, zo tegenstrijdig was zijn vermogen om meer voedsel te verorberen dan een normale man zou moeten kunnen verorberen.

Ben schudde zijn hoofd en stapte de kamer binnen. "Ik - ik snap het gewoon niet."

"Pak *het* of pak *haar*?" vroeg Reggie.

"Ja."

Reggie gooide zijn hoofd achterover en lachte. "Maak je geen zorgen, mijn vriend. Vrouwen zijn niet geschapen om begrepen te worden. Dat is de reden dat ik weet dat welke grotere entiteit daarboven ook bestaat, een *sterk* gevoel voor humor heeft."

"Of een verdraaide."

"Kin omhoog, vriend," zei Reggie. "Je bent in het paradijs, weet je nog?"

"Voelt als het vagevuur."

Reggie lachte weer. "Onzin. We zijn hier om een klus te klaren, maar het is een eenvoudige klus. We vinden The Hawk, we brengen hem binnen, en we zullen ons amuseren terwijl we het doen."

Ben maakte een geluid. "Echt? Geloof je dat? We zijn *nog nooit* op een missie gestuurd die eindigde met ons allemaal ontspannen en op ons gemak. Denk je dat het nu anders zal zijn?"

Reggie zuchtte. "Nee, ik denk het niet. Als Vicente Garza hier is, zal hij niet stilletjes binnenkomen. En hij zal waarschijnlijk meer dan een paar van zijn sukkels om hem heen hebben, om hem te beschermen. Dus we zijn op onze hoede tot we klaar zijn."

"Geweldig. Julie gaat flippen als ik haar dat vertel."

"Vriend, dat *weet* ze al. Ze is niet dom, en je dacht toch niet dat ze je hierheen volgde omdat ze dacht dat het een verlenging van haar vakantie zou zijn?"

Ben schudde zijn hoofd, terwijl hij de bovenste laag eieren op het bord wegveegde. Hij gebruikte geen vork of bord, schepte er gewoon een paar in zijn mond en kauwde ze langzaam naar binnen. Reggie keek even toe, pakte toen een plakje spek en volgde zijn voorbeeld.

"Ik denk het niet," zei Ben. "Maar - maar ze deed er zo *raar* over. Alsof ik de reden ben dat we hier zijn. *Jij* was degene die op ons cruiseschip kwam en ons vertelde over de..."

Reggie hield een hand op. "Ja, maar ik heb jullie niet *laten* komen. Ben, ze is gewoon *bezorgd*. Ze houdt van je. Verdomme, ze gaat *met* je trouwen voor een stomme reden. Dat betekent dat ze om je geeft, en ze wil er zeker van zijn dat je doet wat goed is voor jullie beiden."

"Reggie, waarom zei je dat we hier moesten komen als je het niet eens een goed idee vond?

Reggie deed een stap terug, verder zijn kamer in. "Whoa, maatje. Ik zeg niet dat het een slecht idee was om te komen. Het is onze *taak* om te komen, weet je nog? We hebben ons hiervoor opgegeven."

"Wat zeg je dan?"

"Ik zeg alleen dat ze gelijk heeft over jou - weet je? Ze heeft je door, man, en dat is niet zo moeilijk om te doen. Jij bent het soort jongen dat het niet loslaat totdat je het hebt uitgezocht. Wat 'het' ook is. Je laat het niet vallen, zelfs niet als dat betekent dat je regelrecht het gevaar in rent. Het is je grootste troef, maar ook je grootste zwakte."

Ben keek hem aan alsof hij op het punt stond hem op te jagen. Reggie zette zich schrap, niet zeker of Ben hem zou proberen te tackelen of in tranen zou uitbarsten.

"Bedankt. Ik waardeer de motie van vertrouwen."

Reggie glimlachte. "Kijk, kerel, ik probeer je niet kwaad te maken. Ik vertel je gewoon de waarheid. Ze is boos omdat ze je kent, en ze wist wat je ging doen zelfs voordat je het deed. Ik neem het haar niet kwalijk, en dat zou jij ook niet moeten doen."

"Nou, wat dan ook. Is het te vroeg om te drinken?"

Reggie lachte. "Nooit. Maar we hebben iets anders gepland. Ik dacht dat jij en ik naar Crawfords kantoor konden gaan en hem wat vragen stellen over het park, zijn achtergrond, enzovoort. Sarah en Julie gaan het personeel bekijken, kijken naar die Dr. Lin."

Ben fronste zijn wenkbrauwen. "Had je dat allemaal al geregeld? Julie heeft niets gezegd."

Reggie grijnsde, een sluwe glimlach groeide op zijn gezicht. "Julie heeft nog niets van de plannen gehoord, maar Sarah en ik hebben ze vanmorgen gemaakt, nadat -"

"Stop," zei Ben. "Stop gewoon. Ik snap het. Jullie zagen eruit alsof jullie snel vrienden waren geworden."

"Wat? Er is niets gebeurd. Gewoon twee nerdy collega's, kletsend over de missie. We dachten dat het het beste zou zijn om een voorsprong op de dag te krijgen, misschien geeft ons wat tijd om rond te hangen en te ontspannen deze middag. "

"Goed," zei Ben. "Prima. Nou, laten we dan ter zake komen. Waar is Crawford's kantoor?"

Reggie's grijns groeide, de enorme glimlach die hem was gaan definiëren verspreidde zich over zijn gezicht. "Dat is het beste deel."

HOOFDSTUK 25

"IK MAAK ME ZORGEN OM BEN," zei Sarah toen ze door de gang naar de liften liepen. "Hij lijkt zo gefocust op de missie, zo vastbesloten om die vent, Vicente Garza, te vinden."

Julie wachtte even, dacht na. "Nou, Garza heeft zijn vriend vermoord."

"*Jouw* vriend ook, toch? En Reggie's?"

"Ja."

"Dus waarom is Ben degene die zo..."

"Luister, *Dr. Lindgren*," zei Julie, haar woorden vlogen uit haar mond. "Ik ken u niet, en ik weet dat u mijn verloofde niet kent. Het gaat *goed met* hem. Zo is hij nu eenmaal, oké?"

Sarah leek lichamelijk gewond te zijn. Ze vertraagde. "Ik - het spijt me. Ik bedoelde er niets mee."

Julie zuchtte. "Ik weet het. Hij is gewoon... het is ingewikkeld. Hij is een interessante kerel."

"Nee," zei Sarah. "Het is mijn schuld. Ik had niet moeten aandringen. Ik weet hoe het is."

"Is dat zo?" vroeg Julie.

Sarah knikte terwijl ze op de knop van de lift drukte. Ze waren op weg naar de benedenverdiepingen van het hotel, waar ze volgens de kaart in de kamer het laboratorium en de wetenschappelijke onder-zoeksafdeling van *OceanTech* zouden vinden. Hun plan was eenvou-dig: Reggie en Ben zouden naar Crawfords kantoor gaan om zelf wat onderzoek te doen, terwijl Sarah en Julie de personeelsruimten zouden doorzoeken om te zien of ze iemand konden vinden die Dr. Lin kende.

Julie was geschokt door de onthulling van gisteravond op Dr. Lin's telefoon, maar het was nog te vroeg om te zeggen wat er precies gebeurde, of wat het betekende. Ze hadden weinig informatie om een gefundeerde gok te doen over wat ze hier precies waren tegengeko-men, maar Julie voelde een griezelig gevoel van angst rond dit alles. Dr. Lin's gezicht was in haar gedachten gegrift. Zijn angst, zijn verwoed gemompel, zijn flikkerende ogen, die alles en niets tegelijk zagen.

Het was angstaanjagend, en Julie kon het gevoel niet van zich afschudden dat er iets mis was met deze plek.

Niemand anders leek haar mening te delen, althans nog niet - maar hoe konden ze? Ze waren er niet, ze zagen het niet. Ze wisten het niet. Dat *konden ze niet*. Ze had geprobeerd het uit te leggen aan Ben, maar hij ging ervan uit dat de man gewoon in de war was door iets wat *hij had* gezien.

De waarheid, wat Julie zonder twijfel wist, was dat de man - Dr. Joseph Lin - niet zomaar een *toeschouwer* was. Hij maakte er *deel* van uit. Hij had er een rol in.

Ze wilde weten wat die rol was, en nog belangrijker, ze wilde weten waarom. *Wat is deze plaats?* Die vraag bleef in haar hoofd rondspoken lang nadat ze was gaan slapen, bleef in haar onderbe-wustzijn hangen en veroorzaakte allerlei vreemde dromen. Niet echt nachtmerries, maar het soort dromen dat eindigde in koud zweet en wakker worden met het vreemde gevoel iemand anders te zijn voor een kort moment.

Ze dacht terug aan haar tijd in het Amazone regenwoud, op de vlucht voor dezelfde man die Vicente Garza had gedood. Ze bestudeerden toen dromen, probeerden een abnormaal verband te begrijpen tussen een oude stam van mensen en hun nakomelingen met behulp van droomopnametechnologie.

Had ik die technologie maar hier, dacht ze. *Misschien zou ik dit allemaal kunnen begrijpen.*

Maar ze wist ook dat haar dromen niet de oorzaak van het probleem waren. Ze waren gewoon een weerspiegeling van haar gedachten, de reactiemachine die haar biologische computer had gebouwd om met vreemde en onbekende omstandigheden om te gaan.

"Juliette," zei Sarah. "Gaat het?"

Julie kwam uit haar eigen gedachten en keek Sarah aan. Ze stonden nu in de lift, die naar beneden ging, en Julie kon de zachte trilling van de liftkooi voelen terwijl hij langs de bekabeling naar beneden gleed. "Het spijt me," zei ze. "Ik was even weg. Wat zei je?"

Sarah glimlachte. "Maak je daar maar geen zorgen over. Ik zei gewoon, 'ja, ik weet hoe het is. Ik had ook een vriendje. We waren bijna getrouwd, als hij ooit een aanzoek had gedaan."

"Wat is er gebeurd?" vroeg Julie.

"Hij... deed het niet. Gewoon weggegaan."

"Echt?"

"Echt waar. Het was hartverscheurend. Ik bedoel, ik ben een vrij zelfverzekerde vrouw, maar ik heb mijn deel van het zelfbeeld problemen. "

"*Jij?*" vroeg Julie. "Ik bedoel - sorry. Het was niet mijn bedoeling dat het zo onbeleefd klonk. Het is gewoon... je bent... Sarah, je bent een knaller."

Sarah keek naar de vloer van de lift. "Dank je. Ik... ja, ik denk dat ik nooit problemen heb gehad om de jongens aan te trekken. Het is hen *ervan overtuigen dat* ik het op de lange termijn waard ben, dat schijnt het probleem te zijn."

"Je bent briljant. Je bent mooi. Je kent waarschijnlijk kung-fu of zoiets. Dat is het triumviraat, Sarah. Elke man die je ooit hebt ontmoet is geïntimideerd door jou."

Sarah lachte. "Zou ik willen! Nee, ik kan absoluut geen kung-fu."

"Toch," zei Julie. "Dat is hoe het werkt. Jongens willen dat we allemaal zwakke prinsesjes zijn die gered moeten worden. Jij lijkt me niet het 'schattige Barbie'-type."

"Nou, bedankt. Dat ben ik niet. Hoe dan ook, deze man leek in sommige opzichten op Ben." Ze bevroor, haar ogen verwijdden. "Niet dat Ben zoiets zou doen. Alleen zijn persoonlijkheid is vergelijkbaar. Zo geconcentreerd, zo intens. Weet je?"

Julie glimlachte. "Ik weet het. Wat is er gebeurd met je ridder op het witte paard?"

Sarah worstelde met de woorden en keek de liftcabine rond terwijl hij langzaam naar beneden gleed langs 'Sub-1' en toen 'Sub-2' naderde. "Hij ging er vandoor met een ander meisje."

"Het spijt me zo. Kende u haar?"

Sarah knikte. "Mijn klasgenoot en toen collega. We waren beste vriendinnen."

Julie sloeg haar hand voor haar mond. "God, dat is verschrikkelijk."

"Voelde als het einde van de wereld."

"Wat heb je gedaan?"

Sarah haalde haar schouders op. "Wat elke nijdige academicus zou doen, denk ik. Ik stortte me op mijn werk, publiceerde meer artikelen dan een verstandige vrouw zou doen, en begon een reputatie voor mezelf op te bouwen."

"Dat klinkt niet zo slecht."

"Ik viel 15 pond af en werd bijna opgenomen omdat ik weigerde te eten."

"Oh."

"Geen probleem - ik kwam er overheen, bleef werken, en werd uiteindelijk meer erkend dan haar in ons vakgebied."

"Dat moet lekker voelen," zei Julie.

"Niet echt, eigenlijk," zei Sarah. "Dat was de grootste verrassing. Ik dacht dat ik haar kon 'verslaan' door beter te zijn dan zij in ons vak. Maar het was van korte duur, het gevoel van overwinning. Ik voelde me nog steeds beroofd, alsof mijn leven van me gestolen was. Ik hield niet eens meer van hem, maar het was nog steeds... klote."

"Dat geloof ik graag."

De lift tikte. Ze hadden het laagste niveau bereikt, 'Sub-3,' en de deuren begonnen open te gaan.

Julie keek naar Sarah. "Hé," zei ze. "Ik wil gewoon dat je weet - het spijt me. Ik had een slechte houding, en jij bent nieuw in de groep. Ik denk dat ik me ook geïntimideerd voelde. Ik vind je leuk, en ik kijk er echt naar uit om je beter te leren kennen."

Sarah glimlachte, een oprechte grijns die Julie onvermijdelijk beantwoordde. "Ik ook, Juliette. Ik ben opgewonden voor deze reis, en ik kan niet wachten om uit te vinden wat deze plek allemaal inhoudt."

Julie zuchtte toen ze Sarah volgde over de drempel en naar Sublevel 3. *Ik wou dat ik daar ook opgewonden over kon zijn,* dacht ze. *Maar ik heb het gevoel dat het niets goeds zal zijn.*

HOOFDSTUK 26

DE MAN ZAT VOOROVER IN ZIJN LANGE, leren stoel. Hij zat bijna op het puntje van zijn stoel en draaide langzaam heen en weer, net genoeg om te merken dat hij bewoog, maar niet genoeg om onge-interesseerd te lijken. Er stond een kalme glimlach op zijn gezicht. Het kuiltje was onderdrukt, nog steeds aanwezig maar niet over-duidelijk.

Ben liep verder het privé-kantoor van Adrian Crawford binnen, Reggie vlak achter hem. "Goedemorgen," bood Ben aan.

Crawfords glimlach groeide. "Welkom, jullie beiden! Bedankt dat jullie de tijd hebben genomen om mij hier te bezoeken."

Meent hij dat? Ben dacht na. *Wij zijn degene die op vakantie zijn.*

"We weten dat u het druk heeft, Mr Craw-"

"Noem me Adrian." Er was geen 'alsjeblieft', geen wenk van beleefdheid, gewoon een veronderstelling tussen oude vrienden. "Ik haat het als mensen formeel willen zijn. We zijn allemaal gelijken hier, zou je niet zeggen?"

Helemaal niet, dacht Ben.

Reggie glimlachte terug. "Natuurlijk, dank je, Adrian." Hij liep naar voren en nam plaats in een van de stoelen voor Crawfords bureau. Nog een bruine lederen rugleuning, maar deze draaide niet en had een lage rugleuning. Ben volgde zijn voorbeeld en ging in de stoel naast Reggie zitten.

"Ik ben blij dat je dit geregeld hebt," zei Adrian. "Ik verontschuldig me dat ik er zelf niet aan gedacht heb. Het zal een *perfecte* gelegenheid zijn om van man tot man te praten."

Reggie knikte.

"Ik zou echter willen dat uw verloofde en dr. Lindgren zich bij ons konden voegen,' zei Crawford.

Ben opende zijn mond om uit te leggen waar ze heen waren, maar Reggie was hem voor. "Ze maken een rondje over de buitenste ring," zei hij snel. "Zonnen, zwemmen, en waarschijnlijk genieten van het ochtend drank menu."

Crawford lachte. "Natuurlijk zijn ze dat. En het is nogal een menu. Zoals ik gisteravond al zei, zijn we momenteel onderbemand, maar *zeker* niet onderbevoorraad. Jij en de groep investeerders die hier verblijft, hebben zo'n beetje vrij spel in onze fantastische bars, hoewel - tussen jou en mij - ik niet erg onder de indruk was van de drinkkeuzes van de investeerders. Het gaat allemaal om elkaar te overtroeven met dure flessen wijn." Hij trok een gezicht. "Ik ben meer een whisky man, mezelf."

Reggie's grijns werd breder, en hij ging achterover in de stoel zitten, zich comfortabeler makend. "Nou, daar kan ik achter staan, Adrian."

Ben knikte.

"Geweldig, laten we beginnen. Reggie, je zei dat je een paar vragen voor me had?"

Reggie ging weer rechtop zitten. "Ja, ik - dat doen we. Zoals je weet, zijn we hier namens de CSO."

"De Civilian Special Operations. Een prachtige groep - jullie zijn schattenjagers, niet?"

Reggie's hoofd kantelde een beetje. Ben fronste bijna zijn wenkbrauwen, maar vermande zich. Ze waren geen 'schatzoekers', maar ze waren wel tegengekomen wat in het verleden als 'schat' had kunnen worden beschouwd. Biologische en genetische ontdekkingen, nieuwe medicijnen, en niet weinig echt geld, in de vorm van goud en zilver. Maar de belangrijkste richtlijn van de CSO was het zoeken en vinden van de daders van misdaden tegen het Amerikaanse volk, in eigen land of daarbuiten, die buiten de jurisdictie - of het rijk van de plausibele ontkenbaarheid - van de regering vielen.

Zij waren als een particuliere veiligheidsdienst, met minder nadruk op het oplossen van misdaadzaken en meer op zaken van historisch belang. Ze werden geleid door een filantropische miljardair, en elk van hen was bestuurslid, samen met een lid van elk van de gewapende diensten.

"Zoiets," zei Reggie. "Maar de schat die we meestal zoeken is niet echt wat mensen zouden beschouwen als 'schat'. Meer als 'geschiedenisjagers'."

"Ik begrijp het," zei Adrian. "En ik ben geïntrigeerd. Dat is een deel van de reden waarom ik jullie zo graag wilde ontvangen: ik ben zelf een beetje een geschiedenisliefhebber, hoewel mijn achtergrond in de toegepaste wetenschappen ligt. Ik heb jullie carrières gevolgd sinds Antarctica, en ik moet zeggen - jullie werkresultaten en reputatie gaan jullie voor."

Man, deze vent is goed, dacht Ben. Hij begreep nu hoe Crawford deze baan had gekregen. Hij had misschien een achtergrond in de wetenschap, maar hij was een geweldige verkoper. De man kon waarschijnlijk ijs verkopen aan een Eskimo.

"Dank u," zei Reggie. "En we zijn opgewonden om hier te zijn. Deze plek is - nou ... het is geweldig. Dat weet je al, maar serieus. Goed gedaan."

"Dank *u*," zei Crawford. "Ik ben heel trots op ons werk hier bij *OceanTech*, en ik hoop dat *Paradisum* slechts een van de vele parken is die we in de nabije toekomst openen."

"Ik ook." Reggie schoof op zijn stoel, een duidelijk teken dat hij op het punt stond het gesprek te verdiepen. "Je zei gisteravond dat deze hele plek bovenop een scheepswrak ligt."

Adrian Crawford keek naar Reggie's gezicht terwijl hij sprak, niets aanbiedend.

"...Welk wrak is het?"

Eindelijk sprak hij. "We weten het niet, eigenlijk. Spaans, daar zijn we zeker van. Waarschijnlijk van een van de schatvloten die uit Zuid-Amerika kwamen, maar we hebben nog geen definitieve overeenkomst. Er is niet veel meer van over dan een schelp en wat lijstwerk."

"Waarom daar bouwen? Is het een tentoonstelling?"

"Ja en nee," zei Adrian. "Het is een tentoonstelling, maar het is *ook* een echte, levende wetenschappelijke expeditie. We willen alles weten over dit schip, en we hebben teams die beginnen met het bergen en opruimen van het wrak, terwijl de integriteit van de locatie behouden blijft. We hopen dat het als achtergrond kan dienen voor het publieke onderzoek dat we hier bij *OceanTech* doen. Het grote publiek heeft geen idee hoe dit soort expedities eruit zien, en onze droom hier in het park is om dat te veranderen. Als het publiek een beter beeld zou hebben van wat 'verkennend duiken' of 'antropologisch onderzees onderzoek' betekent, zouden veel meer jonge mannen en vrouwen een loopbaan in deze vakgebieden kiezen. En er zou meer publiciteit zijn, en meer financiering."

Ben knikte. Hij was het helemaal met Crawford eens. In Yellowstone hadden hij en de andere parkstaf vaak geklaagd over het gebrek aan jonge mensen die geïnteresseerd waren in de openluchtprogramma's die zij verzorgden en over het dalende aantal mensen dat geïnteresseerd was in een loopbaan in nationale of staatsparken. Ze waren het er meestal over eens dat onderwijs het belangrijkste probleem was: als kinderen van jongs af aan op een tastbare, praktische manier over het buitenleven leerden, zouden ze die belangstelling en kennis als volwassenen met zich meedragen.

"Dus je bent van plan om het wrak *te laten zien*?"

Crawfords ogen glinsterden, en Ben voelde zijn opwinding stijgen. "Waarom, ja. Dat is precies wat we van plan zijn." Hij glimlachte naar elk van hen, en ging toen verder. "Helaas is de kijkkamer nog niet klaar - we willen eerst het wrak opruimen en de kamer leegpompen."

"Dat is prima," zei Reggie. "Ik weet zeker dat het indrukwekkend zal zijn. Crawford - Adrian, sorry - we zijn hier eigenlijk voor een andere reden, zoals je waarschijnlijk wel weet."

Crawford knikte. "Ik weet dat je hier om een andere reden bent, maar je weldoener wilde me niet vertellen wat die reden was."

"Hij neigt een beetje... gereserveerd te zijn."

"Inderdaad. Nou, als ik moest raden, gebaseerd op uw eerdere afspraken die ik heb gevolgd, zou ik zeggen dat u hier bent om onze veiligheidsprotocollen te onderzoeken."

Ben keek rond bij de muur achter Crawford. Hij zag de obligate geloofsbrieven, de ingelijste diploma's van ten minste drie instellingen die rond het enorme raam hingen. Hij zag krantenknipsels en tijdschriftartikelen, waarin kennelijk iets prijzenswaardigs werd verkondigd dat Crawford had gedaan of waar hij deel van had uitgemaakt. Er hingen geen foto's aan de muur, maar Bens ogen vielen op het bureau.

Er stond één foto op het bureau van de man, naar Adrian's stoel gericht, maar onder een hoek, diagonaal genoeg zodat Ben er een deel van kon zien. Een man, een jongere versie van Adrian Crawford, stond naast een jongen in een rolstoel. De jongen glimlachte, maar Crawfords gezicht was een emotieloos masker.

"Geen onderzoek," antwoordde Reggie. "Uw zaken zijn uw zaken. We proberen alleen een man op te sporen waarvan we denken dat de regering hem wil spreken."

"En welke man is dit?" vroeg Crawford.

"Hij is het hoofd van je beveiligingsteam hier," antwoordde Ben. "Vicente Garza."

Crawford sloot zijn ogen en leunde met zijn hoofd achterover. "Ja, meneer Garza. Ex-militair, een beetje een sterke arm."

"Een beetje."

"En welk belang heeft de CSO in Mr. Garza?"

"De regering. Niet de CSO. Maar - en ik weet zeker dat je dit kunt begrijpen - de 'regering', althans in naam, zou niet bereid zijn om de reis naar hier te maken. Dat zou niet in hun belang zijn, of in het uwe."

"Ik denk het niet," zei Crawford. "Maar vertel me eens, meneer Red, wat moet ik in deze situatie doen? Meneer Garza aan jullie twee overdragen? Hem weg laten halen van zijn post hier op het eiland?"

Reggie schudde zijn hoofd. "We willen alleen een ontmoeting."

"Natuurlijk."

"Natuurlijk?"

"Ja, natuurlijk doe je dat. En wat zal ik hem vertellen over de aard van deze ontmoeting?"

Ben fronste zijn wenkbrauwen. "Zeg... zeg hem dat we hier zijn om hem te zien."

Crawford keek Ben achterdochtig aan. "Hier om hem te zien. Juist."

Reggie leunde meer voorover op zijn stoel, en Ben voelde de spanning in de kamer toenemen. Ben wierp een blik op Reggie, wachtend op een hint, maar die kreeg hij niet en hij ging alleen verder. "Luister, meneer - Adrian - we proberen een man te vinden van wie we denken dat hij betrokken was bij een aantal minder-dan-betrouwbare zaken in Philadelphia. We zijn dankbaar voor uw bereidheid om ons hier te ontvangen voor uw zachte opening, en - geloof me als ik u dit vertel - we hebben nog nooit zoiets gezien als deze plek. Maar we zijn hier voor zaken. En *onze* zaak is Vicente Garza."

Crawford staarde hem aan.

"Kunnen we hem ontmoeten?"

"Natuurlijk."

"Echt?"

Reggie stak zijn hand uit naar Ben en legde hem het zwijgen op. "Adrian, dank je. Zeg ons waar en wanneer en we zullen er zijn."

Crawford glimlachte naar hen beiden, de spanning viel plotseling weg en verliet de kamer volledig. Het kuiltje was terug, en zelfs Ben voelde zich op zijn gemak. "Inderdaad. Heren, dank u. We zijn al onderbemand hier, maar er zijn niet erg veel gasten. We maken ons klaar voor onze grote lancering en meneer Garza zal alle tijd nodig hebben om zijn team voor te bereiden, maar ik weet zeker dat ik een uurtje voor u kan vrijmaken."

"Ik denk echt dat we maar een halve nodig hebben -"

"We runnen de dingen strak hier," zei Crawford, onderbreken. "Een uur geeft hem tijd om de Subshuttle terug naar de centrale toren te nemen. Het is een traag beest, maar het is efficiënt. Heb je hem al gezien?

Ben en Reggie schudden hun hoofd.

"Nou, ik beveel een reis ten zeerste aan. Het is prachtig - een combinatie van techniek en kunst, perfect in balans. Langzaam, zoals ik al zei, maar het geeft je de tijd om te genieten van het onderwater-landschap."

"Dat zullen we zeker doen," zei Reggie, opstaand van de stoel. "Wanneer kunnen we deze vergadering verwachten?"

Crawford wierp een blik naar beneden alsof hij een onzichtbare kalender bestudeerde. Hij keek even, trok toen zijn hoofd weer omhoog en richtte zich tot hen beiden. "Ik zal nu bellen. Ik geloof dat hij over een uur pauzeert voor de lunch; is dat goed?"

Reggie keek naar Ben maar knikte al. "Dat - dat is geweldig, dank je."

Ben stond op om te vertrekken, en begon toen naar de deur te lopen. Hij hoorde Reggie over zijn schouder.

"Waar moeten we hem ontmoeten?"

"Je neemt de Subshuttle naar de tweede ring. Loop gewoon naar de liften, neem die naar het eerste sublevel, en je vindt de ingang van de Subshuttle daar aan je linkerhand. Er hangt een plattegrond op de muur buiten de liftdeuren op elke verdieping, voor het geval je verdwaalt. Je hebt geen ID of escorte nodig om in de shuttle te komen, ik heb het veiligheidsprotocol al uitgeschakeld. Als je bij de tweede ring komt, vind je daar een eetzaal die alleen voor personeel is. Buffet-stijl. Een beetje weinig in vergelijking met het feestmaal van gisteren, maar ik hoop dat je het ermee eens bent."

"Dat zal geweldig werken, Adrian. Nogmaals, dank u."

Ben was bij de deur, maar hij stopte en wachtte tot Reggie hem inhaalde. Hij wierp een blik op Crawford, die nog steeds achter zijn bureau zat. De man glimlachte, maar zijn hoofd was naar beneden gericht, weer eens de onzichtbare kalender bestuderend.

Reggie trok een gezicht naar Ben toen ze de kamer uitliepen. Ben wachtte tot ze weg waren, wachtte tot de deur helemaal dicht was. "Wat?" vroeg hij uiteindelijk.

"Dat was makkelijk," zei Reggie.

"Te makkelijk?"

"Misschien. We zullen zien."

"Wat is het plan?" Vroeg Ben. "Ik dacht dat we hem over drie dagen zouden pakken, als de helikopter terugkomt."

"We hebben nu geen keus. We hebben een afspraak met Garza, Ben. Misschien komt hij, misschien ook niet. Als hij wel komt..."

Ben keek hem aan. "Reggie, je bent niet eerlijk tegen me geweest."

Reggie wierp een blik links en rechts, op en neer door de gebogen gang. Ze stonden nu voor de liften, wachtend tot die naar hun verdieping zou gaan. "Ik weet..." begon hij. "Ik ben er niet geweest."

Ben klemde zijn kaak.

"Kijk, Ben. Mr. E wilde dat we Garza oppakten, om hem binnen te brengen. Hij wilde hem overdragen aan de autoriteiten; zei dat hij en Mrs. E werken aan een zaak tegen hem met bewijs uit Philly."

"Dat is... goed, toch?" Vroeg Ben. Hij was in de war, en Reggie hielp niet echt.

"Nee, Ben. Dat is het niet. Niet goed *genoeg*, in ieder geval. Ik wil hem net zo graag aangeven als jij."

Ben wachtte.

"Dat betekent dat ik hem niet wil aangeven. Ik wil niet dat hij vrijuit gaat voor wat hij gedaan heeft."

Ben voelde de woede terugkeren, dezelfde die hij had gevoeld toen hij Vicente Garza - De Havik - hem had zien neerstaren terwijl hij hun vriend, Joshua Jefferson, doodschoot. Hij balde zijn vuisten, zijn kaak en zijn handen in een wedstrijd van kracht. "Wat is je *punt*, Reggie?" vroeg hij. Hij kon de emotie in zijn stem niet verbergen, en dat probeerde hij ook niet. Reggie wist dat hij niet boos op hem was.

"Dat *is* mijn punt, Ben," zei Reggie, zijn stem nu slechts een fluistering. "Ik heb *er geen belang* bij om die klootzak aan de autoriteiten uit te leveren, zodat hij in een cel kan wegrotten tot een of andere advocaat met veel geld een manier vindt om hem vrij te krijgen.

Ben's hoofd boog naar beneden en opzij. "Je zegt..."

"Ik zeg dat ik Garza niet ontmoet om hem te overmeesteren. Ik ontmoet hem zodat ik hem kan doden."

HOOFDSTUK 27

ER WAREN TWEE SUBSHUTTLES - EEN OP SUBLEVEL 3 EN EEN OP SUBLEVEL 1. Julie en Sarah waren met de lift naar het laagste niveau gegaan, en stonden nu in de shuttle terwijl hij door het zwarte, troebele water gleed, hangend aan zijn kabel. Het systeem was eenvoudig van ontwerp, waardoor de Subshuttle zowel een efficiënt transportmiddel was als een goedkoop alternatief voor iets meer ingewikkelds. De kabel leek niet meer te zijn dan een roestvrij stuk opgerolde metaalvezel, zoals Julie skiliften en gondels had zien voortbewegen op hun traject. Er was ook een ballastsysteem om te voorkomen dat de Subshuttle tegen de kabel zou trekken of duwen. Geautomatiseerd, te oordelen naar het etiket op het vloerluik in het vaartuig, dat blijkbaar naar het binnenste van de Subshuttle leidde en onderhoud mogelijk maakte.

Het dak van de shuttle was van glas, dat rondborrelde naar de zijkanten en halverwege naar beneden, waar het glas eindigde in dik, donker plastic. De hele onderzeeër had een rechthoekige vorm, met afgeronde hoeken. Ze stonden op een plastic vloer, als de romp van een boot, en alles leek te zijn vastgeschroefd en waterdicht gemaakt.

Ondanks de aardbevingbestendige ruimte, was de techniek en het ontwerp van het voertuig indrukwekkend. Het glazen plafond en de wanden gaven Julie het gevoel dat ze door de ruimte reisde, het enige licht kwam van de onderzeeër zelf en van de zonnestralen die hen bereikten vanaf het wateroppervlak, veertig meter boven hen. De voor- en achterkant van het vaartuig waren identiek, het aflopende plastic onder de glazen ramen liep zachtjes over in de lange, vlakke vloer. De zitplaatsen waren tegenover elkaar in het gangpad geplaatst, twee aan elke kant, met drie rijen in totaal.

"Indrukwekkend," zei Sarah.

Julie knikte. Het was een beetje zenuwslopend, zo ver onder water in een onderzeeër. Ze had er nog nooit in gezeten, en het dichtste wat ze zich kon voorstellen was dat ze door een glazen buis liep die onder water zat in een aquarium dat ze als kind had bezocht.

"Zenuwachtig?" vroeg Sarah.

"Huh? Oh, sorry. Nee, gewoon... ja, een beetje, denk ik."

Sarah glimlachte. "Het is een beetje vreemd. Ook al zijn we maar 30 of 40 voet onder de grond, het lijkt veel meer."

"Ja," zei Julie. "Slechts veertig voet." Ze tuurde door het glas aan de stuurboordzijde van het schip en zag hoe het water veranderde van donkerblauw naar zwart naar weer blauw. Plotseling passeerde een gedaante vlak bij het raam.

Ze sprong achterover, hijgend. "Wa - wat was dat?" vroeg ze.

Sarah keek verbaasd. "Ik heb niets gezien. Waar was je..."

Ze bevroor. Julie keek naar haar. Ze keek uit het raam aan de overkant.

"Ik zag ook iets," zei Sarah.

Julie liep naar de voorkant van het schip. "Is er ergens een gaspedaal of controlepaneel. Ik wil deze reis zo snel mogelijk beëindigen."

"Ik ga met je mee," zei Sarah, terwijl ze naar achteren liep. "Hier is niets."

"Hier is ook niets. Niet eens een noodstop."

"Ik denk dat we moeten hopen dat wat daarbuiten is, daarbuiten *blijft*."

Julie knikte en slikte. Ze keek naar de vorderingen van de shuttle vanaf haar plek voorin de boot. De brede glazen ramen zwollen hier naar buiten, en het water drukte naar haar toe, waardoor de drijvende deeltjes en lichtstromen van het oppervlak scheefgetrokken en vergroot werden.

Het zorgde er ook voor dat al het *andere* dat daar rondzweefde werd uitvergroot.

Ze sprong weer op toen ze een andere gedaante zag. Een schaduw, die van links naar rechts door haar gezichtsveld trok. Hij was *enorm*, en ze ving een glimp op van een staart die langs het glas vloog.

Sarah had het ook gezien. "Oké, wat is dat voor een ding?"

Julie schudde haar hoofd. "Ik heb geen idee, maar ik wil eruit. Nu." Ze begon zich terug te trekken naar het midden van de shuttle, zich vastklampend aan de rugleuningen van de stoelen terwijl ze passeerde. Daar ontmoette ze Sarah, en beide vrouwen keken elkaar recht aan.

"Het zal niet lang meer duren, toch?" vroeg Sarah. "En er is... geen manier dat ze binnen kunnen komen -"

"Nee," zei Julie. "Ik weet zeker dat dit ding gemaakt is van iets sterkers dan wat daarbuiten is."

De shuttle kraakte en schudde een beetje, toen voelde Julie hem in het water stijgen. Ze reisden nu naar boven op een ondiepe helling.

Ze bleven staan, stil en stil, tot Julie de shuttle weer voelde slingeren, toen een mechanische grendel door de romp van het vaartuig sloeg en ze tot stilstand kwamen. Julie keek achterom naar de voorkant van de boot, door de glazen wand. Het water viel naar beneden, liep langs de zijkanten van de shuttle naar beneden en werd vervangen door een helder wit licht.

"Ik denk dat we er zijn," zei Sarah.

"Ik denk het wel. Ik vraag me af hoe lang het duurt om het water uit de kamer te pompen."

Haar vraag werd snel beantwoord - minder dan een minuut, dankzij een paar enorme pompen die het water van de vloer naar de zee terugpompten. De Subshuttle zelf vormde de afdichting voor de vierde wand, en binnen nog eens dertig seconden schoof de deur aan de zijkant open en onthulde een lange, helder verlichte gang.

"We zijn er," zei Julie, terwijl ze naar buiten stapte. "Ik denk dat dit het labo is."

De ring was veel groter dan de centrale ring die het hotel herbergde, zodat de gangen rechter leken, ook al kon Julie de randen aan weerszijden van haar rond zien buigen. Sarah stapte uit en ging naast haar staan.

"Dus," vroeg ze, "waar beginnen we?"

"We zijn op zoek naar iemand die Dr. Lin kent,' zei Julie. "En bij voorkeur iemand die weet waar hij aan werkte."

"Juist," zei Sarah. "Maar ik zou ook graag iemand tegen het lijf lopen die iets weet over wat er daarbuiten rondzweeft."

"Daar kan ik niets tegenin brengen. Laten we beginnen met het vinden van *iemand* in het algemeen. Er kunnen hier niet veel mensen zijn, toch? Ze zullen zeker iets weten over deze plek, en waarschijnlijk Dr. Lin ook."

Julie liep naar links, met Sarah Lindgren aan haar zijde. Julie huiverde nog eens en dacht weer aan het mysterieuze wezen dat hun shuttle had aangevlogen op de heenweg. De lange, slanke staart, het donkere lichaam, zwarter zelfs dan het water waar het doorheen reisde.

Ik hoop dat we hier snel uitkomen, dacht ze. Ze begon te denken dat dit *Paradisum* minder paradijselijk was dan de naam deed vermoeden.

HOOFDSTUK 28

BEN WAS DUIZELIG, zijn hoofd tolde. Hij voelde zich net zoals hij zich voelde nadat hij en Reggie 's avonds te veel glazen bourbon hadden gedronken. Hij hield van rum en cola, en Julie en hij genoten meestal samen van een glas rode wijn, maar als Reggie bij hen logeerde, haalde hij de bourbon te voorschijn.

En op dit moment voelde hij zich dronken. Hij struikelde niet, noch was zijn waarneming aangetast, maar hij voelde dezelfde zweverige lichtheid van te veel alcohol in zijn systeem.

Gaat hij hem vermoorden? Dacht hij. Ben wilde Garza net zo graag uit de weg hebben als Reggie, en hij wist dat Julie er net zo over dacht. Joshua was een goede vriend voor hen allemaal, en ze wilden allemaal dat gerechtigheid geschiedde.

Maar het waren geen huurlingen. Het waren geen koelbloedige moordenaars. Ben wist hoe hij zich op dat moment had gevoeld; hij herinnerde het zich alsof het gisteren was. Hij herinnerde zich waar hij was, liggend op de vloer in de gymzaal, gewond door zijn eigen schotwonden. Hij herinnerde zich dat hij Julie niet kon zien, niet wist of ze in orde was. Hij herinnerde zich dat The Hawk over hem heen stond, glimlachend.

En hij herinnerde zich Joshua die op de grond viel, wegkwijnend.

Hij was jong gestorven, ouder dan Ben maar een paar jaar jonger dan Reggie. Een eerlijke kerel, misleid om te dienen voor een organisatie waarvan hij dacht dat die zijn loyaliteit waard was, tot hun expeditie naar de Amazone maanden geleden hem van het tegendeel overtuigde en hij toetrad tot de CSO als de feitelijke leider.

Hij sloot zijn ogen toen ze met de lift naar beneden gingen naar Sub-1, te herkennen aan de grote, verlichte ronde knop op het paneel. Daar zouden ze de Subshuttle nemen naar de tweede ring, waar de personeelsvertrekken, de onderzoekslaboratoria en hun rendez-vous met Garza zouden plaatsvinden.

Ben kneep met twee vingers in het gebied rond zijn neus, in een poging om de groeiende angst weg te duwen. *We kunnen dit niet doen,* dacht hij. *We kunnen niet zomaar een man vermoorden.*

Hij wist dat er in feite een reden *was.* Maar hoe zou het overkomen bij de parkstaf? Op de investeerders die het park bezochten, als het bekend werd? Hoe zou het overkomen op Adrian Crawford?

En het belangrijkste, wat zou er gebeuren als Mr. E erachter kwam? De man was een volgzame, gereserveerde heer, niet zonder eigenaardigheden, maar zeker boven een koelbloedige moord van een team waar hij de leiding over had.

Hij draaide zich om naar Reggie. Ze stonden oog in oog, Ben maar een fractie groter. Maar hij was groter. Stevig en intimiderend als hij dat wilde. En op dit moment wilde hij dat zijn.

"Ik kan je dat niet laten doen Reggie."

Reggie grijnsde en fronste toen zijn wenkbrauwen. Niet zeker welk spel hij aan het spelen was, dacht Ben.

"Ik kan je Garza niet laten vermoorden."

"Ben..." Reggie zuchtte. "Ben, we hebben het hier over *Garza.* De H..."

"Ik *weet* wie het is, Gareth," zei Ben. "Ik was er ook, weet je nog?"

Reggie stapte dichter naar Ben toe. Zijn grijns vervaagde. "Wat zeg je nu?"

"Ik heb het al twee keer gezegd. Ik ga je niet laten doden..."

"Je *laat* me toch niet?"

"Dat is wat ik zei."

De lift klonk, maar geen van beide mannen bewoog. Ben ving een glimp op van de kustlijn, nu boven hen, smakkend tegen het bovenste deel van de glazen lift. Het diepe blauw van de oceaan buiten het raam zweefde, drukte zich om Ben heen. Hij voelde zich ingesnoerd, claustrofobisch zelfs.

"Je gaat *voorkomen* dat ik Garza vermoord. Is dat wat je zegt?"

"Reggie, ik heb het je al gezegd. Je kunt daar niet zomaar binnenlopen en hem vermoorden. Hij is - ik bedoel, hij is niet onschuldig - maar je vertegenwoordigt de CSO nu. Je bent niet zomaar iemand die vastbesloten is om wraak te nemen, met alle gevolgen van dien. Ik weet dat dat je achtergrond was, en..."

Reggie lachte, een gniffelende grom. "Je weet *niets* van mijn verleden, Ben. Ik heb je er stukjes van verteld, en het rapport dat je waarschijnlijk hebt gelezen bevat de basis details. Leger, sluipschutter, werkte een tijdje als huurmoordenaar. Is dat alles?"

Ben knikte.

"Nou, je weet de *helft nog niet*. Het zit zo, vriend: als ik moet doen wat juist is of me terugtrekken omdat ik niet weet hoe ik het aannemelijk kan maken, *doe* ik *wat juist is*. Ik dacht dat jij ook zo'n type was."

De deuren gingen open, toen weer dicht. De lift bewoog niet.

Ben balde en ontklemde zijn vuisten. Hij had zin om hem te slaan.

"Ben, ik ga die kamer binnenlopen, en ik ga de dood van mijn vriend wreken. Je kunt proberen me tegen te houden, maar ik *garandeer* je dat dat een heel slecht idee is. Je bent taai, maar je bent een capabele vechter omdat ik *je zo gemaakt heb*. Begrepen? Dus als je denkt..."

Ben haalde uit met een rechtse hoek, recht op de kaak van zijn vriend gericht. *Doe het dan op de harde manier,* dacht hij.

Reggie ontweek de klap gemakkelijk, bracht zijn elleboog

omhoog en sloeg die neer op Bens uitgestrekte rechterhand, zijn onderarm verbrijzeld. Ben viel onmiddellijk op zijn knieën, niet in staat de pijn te bedwingen die langs zijn arm en schouder omhoog schoot.

Reggie hield Bens vuist vast, nog steeds drukkend met zijn eigen elleboog. "Probeer het nog eens, Ben."

Ben keek hem aan.

"Ga je gang. Probeer het maar. Kijk wat er gebeurt. Je hebt me overstuur gezien. Ik kom er aan, snel. Weet je zeker dat je aan de andere kant wilt staan?"

Ben worstelde tegen Reggie's greep, maar hij had hem in een onbreekbare greep. Zonder zijn eigen arm uit de kom te draaien, kon Ben zich niet bewegen.

"Ik ga je nu laten gaan, Ben," zei Reggie. "Ik wil je geen pijn doen, en ik wil graag een beetje hulp daarbinnen. Maar ik zeg je nu: als je iets probeert, of me in de weg loopt..."

Hij stopte. Ben wachtte, nog steeds starend. "Wat?" vroeg hij. "Ga je mij ook vermoorden?"

Er flitste iets in Reggie's gezicht. Rood, donker, piekerend, het was er en toen was het weg. Gewoon een flauw vermoeden dat de man dacht - voelde - iets anders dan wat hij naar buiten toe probeerde uit te beelden. Reggie's greep verslapte een beetje. Niet genoeg voor Ben om los te breken, maar genoeg om zich om te draaien en weer op te staan. Reggie stond het toe.

"Ik - ik ga naar binnen, Ben," zei Reggie. "Alsjeblieft, hou me niet tegen."

Ben stond daar even toen Reggie op de knop drukte om de deur van de liftcabine te openen. Hij stapte uit, draaide naar links, en verdween.

Ben wachtte tot Reggie uit het zicht was voor hij ademhaalde. Hij zoog er nog twee in, snel, proberend te herstellen. Proberen te bedenken wat hij wilde doen. Hij wilde schreeuwen. Hij wilde zijn vriend achterna en zich verontschuldigen, of hem tackelen. Hij wist niet zeker wat.

In plaats daarvan haalde hij een derde keer diep adem en hield die in terwijl hij over de drempel stapte en de lift uitging. Hij sloeg linksaf om Reggie te volgen en vond de man wachtend voor een deur die in een voorkamer uitkwam, de deur en de muur eromheen van glas.

Op het bordje boven de deur stond 'Subshuttle 1,' en net toen Ben naast Reggie stopte, schoof de deur open.

Reggie keek naar Ben, toen naar de wachtende capsule aan de andere kant. Hij liep naar voren.

"Jouw beslissing, vriend. Kom je?"

HOOFDSTUK 29

DE RIT MET DE SUBSHUTTLE WAS INDRUKWEKKEND, maar
saai. Als een getrouwd stel dat een snelle ruzie te boven komt, sprak
geen van beiden tijdens de tien minuten durende rit. Reggie voelde
iets wat hij niet gewend was te voelen. Hij was boos, maar op een
teleurgestelde manier. Woede was een emotie waar hij mee om kon
gaan. Woede was een bekende entiteit, een *comfortabele* entiteit in
sommige opzichten. Hij was er aan gewend. Maar deze woede was
niet eendimensionaal. Het was niet gebaseerd op een enkel feit, of
gericht op een enkel idee.

Deze woede was gebaseerd op verraad. Ben was zijn vriend,
volgens hem zelfs de beste vriend die hij had. Hij vertrouwde hem, en
hij wist dat Ben hem ook respecteerde. Als ze samen waren, waren ze
onafscheidelijk, en dat waren ze al sinds ze het Amazone regenwoud
uitliepen na een succesvolle missie.

Dus Ben's weigering betekende veel meer voor Reggie dan alleen
maar een meningsverschil. Ze waren leiderloos op deze missie, en
Reggie had al veel controle overgenomen. Hij had altijd opgekeken
naar Ben voor zijn veerkracht, gevoel voor rechtvaardigheid, en zijn
loyaliteit aan degenen met wie hij het dichtst bij was. Hij had altijd
naar Ben opgekeken om te weten wat het juiste was om te doen,

omdat hij wist dat Ben alles zou doen wat gedaan moest worden, wat er ook gebeurde, zolang het maar 'juist' was in de geest van de man.

Om nu zo zeker van zichzelf te zijn en genegeerd te worden door zijn beste vriend, was een vreemde emotie voor Reggie. Hij wilde Ben een plezier doen, wilde dat hij bij hem in de gratie viel, en toch zei een tegengestelde kracht in zijn hoofd hem om het te vergeten, Ben helemaal te negeren en door te gaan met wat hij wist dat goed was.

En het doden van The Hawk was, zonder twijfel, juist. Reggie wist op het moment dat hij Julie gegijzeld had dat Vicente Garza zou sterven. En op het moment dat The Hawk de trekker had overgehaald en een einde had gemaakt aan het leven van zijn vriend, wist Reggie dat hij de man zou zijn om hem te doden.

Hij versnelde, niet zeker van Ben's locatie achter hem en niet zorgzaam genoeg om zich om te draaien en te controleren. Voor een man zo groot als Ben, bewoog hij zich heimelijk. Reggie liep door de gang naar de glazen deuren aan het eind, met het opschrift 'STAFF DINING' in witte blokletters. Er waren een paar andere mensen in de kamer, zittend aan tafels rond het interieur, en Reggie duwde de deuren open en liep naar binnen.

De kamer rook als een cafetaria: vele interessante en heerlijke geuren die samen een niet zo smakelijk totaaleffect creëerden. De warme hitte van de kamer maakte het cafetaria-gevoel nog erger, het effect van ovens die al sinds de vroege ochtend gerechten aanzwengelden. De vochtigheid in de lucht voelde hier zelfs hoger aan, verrassend als je bedenkt dat ze midden in de oceaan zaten, maar Reggie merkte dat nauwelijks en trok zich er niets van aan.

Hij scande de kamer. Een groep van drie wetenschappers, allemaal mannen, elk in de verplichte witte laboratoriumjas, zat aan een ronde tafel in de hoek rechts van hem. Een andere groep, deze bestond uit twee vrouwen en een man, zat aan de tafel recht voor hem, de groep die hij door het glas had gezien.

Ik moet zorgen dat we subtiel zijn, dacht hij, terwijl hij de positie en tactiek al aan het berekenen was. Hij wilde niet dat iemand in paniek zou raken, en hij zou zeker niet blij zijn met bijkomende schade. *Vind de havik, isoleer hem, schakel hem uit.* Dat was het werkplan, tenminste. Maar uit ervaring wist hij dat plannen altijd snel konden veranderen. En in zijn ervaring was zijn grootste vaardigheid om die plannen aan te passen.

Hij zag geen enkele schijn van veiligheid in de kamer. Er waren steunpilaren, drie in totaal voor zover hij kon zien, die het plafond omhoog hielden in de grote ruimte van een zaal. In de eetzaal stonden waarschijnlijk tweehonderd tafels, elk met vier of vijf stoelen, maar alleen de twee voor hem en rechts van hem waren bezet.

Hij liep verder de kamer in. Ben verscheen aan zijn zijde, zwijgend zoals gewoonlijk. Reggie liep naar voren en zag links van hem, ongeveer halverwege de kamer, nog een groep van vijf, allemaal in vrijetijdskleding. Ze waren aan het zicht onttrokken door de zuil voor hem, en hij realiseerde zich toen dat hij een volledige verkenningsscan van het gebied moest doen. Hij kon het zich niet veroorloven niet te zien wie hier allemaal was.

"Daar," zei Ben, zijn stem laag.

Reggie keek naar waar Ben stond, en toen zag hij het. Zittend met zijn rug tegen het raam, met zijn gezicht naar hen toe. Hij keek naar hen, maar zag hen niet echt. Of als hij ze zag, liet hij zijn gedachten over hen niet zien.

Reggie verhoogde zijn tempo.

De havik zag hem naderen.

Ben bleef bij en liep naast zijn vriend. Reggie had een moment van twijfel toen hij zich afvroeg wat Ben in hemelsnaam dacht. *Zou hij dit proberen te saboteren?* Reggie negeerde de gedachte. Ben kon soms onbesuisd zijn, maar hij zou nooit opzettelijk zijn vrienden in gevaar brengen. En ook al was hun kleine ruzie ongelukkig, het zou voor Ben nog lang niet genoeg zijn geweest om hun vriendschap helemaal op te geven.

Nee, Ben zou een ander spel spelen. Reggie dacht erover na. Hij plande de onvoorziene omstandigheden en mogelijkheden, probeerde Bens perspectief te begrijpen. Ben zou proberen Reggie ervan te weerhouden actie te ondernemen tegen de havik, maar hij zou niet zo ver gaan dat hij hun levens in gevaar zou brengen. Hij zou kunnen argumenteren, misschien zelfs pleiten, maar hij zou niet toestaan dat The Hawk Reggie zou aanvallen.

Dus ga snel, laat het tellen, en doe het voordat Ben een kans heeft om zijn mond open te doen.

Een goed plan als ieder ander, dacht Reggie. Hij was ongewapend, maar dat was nooit een probleem geweest. Zijn achtergrond in het leger, zijn latere missies als huurmoordenaar en de jaren dat hij een overlevingstrainingskamp en schietbaan in Brazilië runde, hadden hem gevormd tot een moordmachine, ongeacht de situatie.

De tafel was karig gedekt. Geen eten, maar een kop koffie stond voor Garza, meestal vol. Zilverwerk bij alle vier de stoelen, gerold in dikke stoffen servetten. Een papieren servethouder, die enigszins overbodig leek, zat op de rand van de tafel tegen de muur, geflankeerd door een zout- en peperstrooier aan weerszijden.

Hij had al eerder iemand gedood met het horloge dat hij nu droeg, dus alle voorwerpen op de tafel waren mogelijk gereedschap.

Hij naderde de tafel en zag uit zijn ooghoeken de grotere groep van vijf mensen, casual gekleed, opstaan en met hun borden naar de emmer met vuil serviesgoed bij de buffetlijn lopen. Ze lachten om iets, zich totaal niet bewust van Reggie's en Bens aanwezigheid in de kamer. Twee medewerkers van de buffetlijn stonden stil, prikten met tangen in iets, droegen haarnetjes en negeerden al het andere wat in de kamer gebeurde. Ze maakten grapjes en lachten, zetten hun borden een voor een neer en verlieten de kamer op dezelfde manier als Reggie en Ben waren binnengekomen.

Aan de andere kant van de kamer, achter Garza, zag hij een conciërge een lekkage opdweilen, nog verder de kamer in. De glazen ramen waar The Hawk voor zat strekten zich helemaal uit over de hele zaal, waarschijnlijk een kwart van de hele structuur zelf. Het was een enorme zaal, en de relatieve leegte ervan was ietwat afstotend.

"Hallo, Gareth," zei Garza. Hij was alleen, zijn dikke, zwarte haar achterover op zijn hoofd geperst, een nieuw kapsel waar Reggie geen fan van zou zijn geweest, zelfs als de man die het droeg geen moordenaar was.

"Garza," zei Reggie.

"En je bracht Harvey ook mee. Welkom, Mr. Bennett."

Ben staarde naar de havik. "Ik denk dat we elkaar nu wel bij de voornaam noemen, *Vicente*. Zou je niet zeggen?"

De havik knikte. "Zeker. Natuurlijk, Ben. Alsjeblieft, ga zitten." Hij wenkte met zijn hand naar de stoelen tegenover hem aan de tafel. Reggie onderzocht het gebaar. Ze zouden zitten met hun gezicht naar het prachtige uitzicht op de oceaan, het diepe blauw van het onderwaterlandschap gebroken door schitterende zonnestralen die door het water scheurden en de nabije omgeving verlichtten. Vissen dansten en zwommen voor de ramen, zich niet bewust van de spanning op een paar meter van hen vandaan.

In plaats van dat te doen, draaide Reggie zijn stoel om en ging met zijn rug naar het glas zitten, tegenover de tafel van Garza, maar met het gezicht in dezelfde richting. Als de tafel niet tussen hen in had gestaan, zouden de twee mannen schouder aan schouder hebben gezeten. Ben ging in de stoel naast Reggie zitten en trok hem schuin naar voren, zodat hij tegenover Garza zat.

"Dank u voor uw ontmoeting met mij," zei Garza.

Reggie glimlachte. "Bedankt dat u *ons* wilde ontmoeten. Ik ben blij dat je tijd hebt gevonden in je drukke schema om met ons te zitten."

"Natuurlijk," zei Garza en glimlachte terug. "Het staat al in mijn agenda sinds jullie hier zijn."

Ben verschoof in zijn stoel. "Het - het was?"

Garza gooide zijn hoofd achterover en lachte. "Denk je dat ik niet *alles* weet wat hier in *Paradisum* gebeurt? Dit is mijn beveiligingsteam. Mijn protocollen, mijn gecontracteerde installaties van elke camera en veiligheidsmaatregel. Alles van mij. Ik weet *alles* wat er gebeurt op een van de ringen.

"Dus... je was al van plan om ons te ontmoeten?"

"Ik heb de afspraak met Crawford gemaakt op het moment dat je landde. Ik zei hem dat je vroeg of laat zou komen om een ontmoeting te vragen, dus ik had deze tijd en plaats al uitgekozen."

Reggie keek naar Ben. *Iets voelt hier niet goed aan.*

"Luister, Garza. We zijn hier om met *jou te praten*, en jou alleen. Dat is alles. We hebben geen interesse in deze plek, of Crawford, of - "

"Ik weet waarom jullie hier zijn, jongens."

Reggie staarde hem aan. *We zijn misschien in een val gelopen,* dacht hij.

"Ik weet dat je wraak wilt. Je wilt me vermoorden, is dat het?"

Reggie voelde zijn vuisten balanceren tot strakke ballen. "Dat - dat is een begin. En je mannen, uiteindelijk."

"Juist. Je wilt me terugpakken voor het doden van je vriend in Philadelphia. Jefferson, toch? Joshua? Leek me een goede jongen. Zelfs een goede soldaat. Hij zou het goed gedaan hebben in..."

Reggie sloeg zijn vuist op tafel, het zilverwerk van een vorig servies kletterde en rammelde. De servetdispenser gleed een goede vijf centimeter in de richting van Ben. "Waag *het niet* over hem te praten alsof je hem kende, jij klootzak. Jij *hebt* hem *vermoord*, en ik ben hier..."

"Ik weet het, ik weet het," zei Garza. "Je bent hier om me te vermoorden." Hij snoof, ging wat overeind zitten in zijn stoel en nam een slok van de koffie die voor hem zat. "Dat heb ik begrepen. Maar het zit zo. Ik ben je - op zijn minst - een stap voor. Altijd al geweest, zal altijd zo blijven. Daar is niets aan te veranderen, dus je kunt net zo goed stoppen met proberen een voorsprong op mij te krijgen."

"Ik kan je nu vermoorden, klootzak," zei Reggie. "Kies je wapen. Vork? Mes? Wat dacht je van dit voor een stomp voorwerp?" hij pakte de zwarte metalen servet dispenser en draaide het in zijn hand.

Terwijl hij dat deed, merkte hij iets anders op in zijn perifere gezichtsveld. De wetenschappers die in de hoek van de kamer hadden gezeten, waren opgestaan en naar hun tafel gelopen. Ze grijnsden, maar het was niet het soort grijns dat je gebruikt om een grap van een vriend te waarderen.

En, het ergste van alles, Reggie realiseerde zich dat hij een van de mannen herkende.

We zijn zeker in een val gelopen.

"Ben," zei hij.

Ben keek hem aan. De glimlach van de havik werd groter.

"Ben," zei Reggie weer. "We moeten..."

Hij kreeg de rest van de zin er niet uit. De man die het dichtst bij hen stond opende zijn laboratoriumjas, een handige vermomming voor wat hij eronder verborg, en haalde er een klein subcompact machinegeweer uit. De twee andere mannen kwamen aangesneld, hun lange witte jaspanden zweefden achter hen aan terwijl ze aan weerszijden van de tafel gingen staan.

De conciërge leek zich plotseling te interesseren voor wat er zich aan de tafel van The Hawk afspeelde. De kleine, besnorde man legde de dweil die hij had gebruikt neer en leunde ermee tegen de kar. Hij staarde even naar het tafereel en begon toen naar de tafel te lopen.

Je neemt me in de maling, dacht Reggie. *Hij, ook?*

De conciërge knoopte de bovenste twee knopen van zijn eendelige blauwe uniform los en reikte in de ruimte voor zijn borst. Even later trok hij zijn hand terug en onthulde een bijpassend machinepistool.

"Zo," zei Garza, nog eens Reggie's aandacht trekkend, "zijn we klaar om te praten?"

"We hebben niets om over te praten," zei Ben.

"In dat geval, is deze vergadering verdaagd. Ik *heb* het nog steeds erg druk met de zachte lancering volgende week."

De mannen rond de tafel kwamen dichter bij de woorden van The Hawk, hieven hun wapens op en richtten ze rechtstreeks op Reggie en Ben.

Ben's hoofd zakte. "Het lijkt erop dat ons plannetje mislukt is nog voor we hier zijn, vriend."

"*Ons* plan?" vroeg Reggie.

"Breng ze naar de hoofdbeveiliging," zei de havik. "We kunnen ze in de cel laten tot Crawford een beter idee heeft wat we met ze moeten doen."

Twee van de mannen stapten naar voren en pakten Reggie's schouders, hem vastklinkend op zijn plaats. De conciërge en de derde wetenschapper hielden Ben ook vast.

"Ik neem aan dat jullie niet echt wetenschappers zijn?"

"Of conciërges," zei de conciërge.

"Reggie, Ben," zei de Havik. "Kennen jullie mijn jongens van Ravenshadow nog? Ze keken er echt naar uit om jullie weer eens te ontmoeten. De rest van mijn team kijkt er ook naar uit om de rest van *jouw* team te ontmoeten. Weet je toevallig waar ze zijn?"

Ben wierp Reggie een blik toe die zei, *als dit allemaal voorbij is, vermoord ik jou ook*. Maar er was ook een vleugje angst in de ogen van de man. Hij dacht aan Julie.

Reggie was dat ook. En hij dacht ook aan Dr. Sarah Lindgren. De vrouwen waren ergens in deze ring, rondkijkend in de laboratoria en proberend te ontdekken wat ze konden over Dr. Joseph Lin en zijn griezelige foto's. Of ze enige vooruitgang hadden geboekt op dat gebied wist Reggie niet, maar van één ding was hij zeker.

Als de vrouwen van hun groep gezien werden door iemand van de Ravenshadow-bemanning, was deze missie zo goed als voorbij.

HOOFDSTUK 30

DE LABORATORIUMRUIMTE ONDER HET OPPERVLAK VAN DE TWEEDE RING WAS OP MYSTERIEUZE WIJZE LEEG. Julie had een bruisende gemeenschap van wetenschappers en onderzoekers verwacht, rondrennend op het gewelfde niveau terwijl ze werkten aan de experimenten en projecten die ze toegewezen hadden gekregen. Maar er was niemand in de hal. Er gingen geen deuren open en geen enkel teken van leven begroette hen terwijl ze door de hal liepen.

Ondanks de helder verlichte gang, was Julie een beetje bang. "Dit is vreemd," zei ze hardop.

Sarah knikte. "Dat heb je goed. Er is hier niemand."

"Misschien zijn ze allemaal binnen? Aan het werk?"

"Misschien," zei ze. "Maar het lijkt erop dat we iets zouden horen praten, of zien, toch? Tenminste -"

Ze stopte. Ze draaide zich naar links en keek naar de muur. In dit deel van de ring was de muur van glas, en door het uitzicht kon Julie in het donkerblauwe water van de oceaan kijken dat net buiten de gang op haar wachtte.

"Wat is er?" vroeg Julie. Ze huiverde en dacht weer aan hun ontmoeting met de vreemde beesten die ze in de Subshuttle hadden gezien.

"Ik - ik geloof dat ik... *daar* zag!" riep zij uit en wees naar de bovenrand van de glazen wand.

"Wat was het?" vroeg Julie. Alles wat ze zag was iets wits van kleur, dat zachtjes omhoog zweefde tot het weg was.

"Een kwal," zei Sarah. "Denk ik. Ik kon het niet goed zien -" onderbrak ze zichzelf weer, terwijl ze het glas bestudeerde. Julie wachtte, haar gezicht tegen het glas geplakt. "Daar is er nog een!"

Julie zag waar Sarah naar wees. Natuurlijk zwom er een kleine, halfdoorschijnende kwal in hun richting. Daarachter zweefden er nog twee, elk de natuurlijke krachten van het water volgend die hen leidden, onbewust en niet in staat hun richting te bepalen. Een van de exemplaren zweefde vlak bij het glas, zodat beide vrouwen het van dichtbij konden bekijken.

Toch was het moeilijk om de kwallen te zien. De hele bel was maar een paar millimeter breed, en ze waren alleen te zien als de kleine wezentjes zo ongeveer tegen het glas gedrukt waren. Ze waren dan wel klein, maar Julie moest toegeven dat ze opvallend mooi waren. Blauwachtig van kleur, met een honderdtal strengen tentakels die zich onder hen uitstrekten, en een hartachtig roodachtig object dat pulseerde vanuit het midden van de bel.

"Dat zijn de magen," zei Sarah. Haar stem was vervuld van eerbied, haar ogen wijd en glinsterend terwijl ze zich tegen het glas drukte om beter te kunnen kijken. "*Turritopsis dohrnii*, geloof ik. Gevonden in de Middellandse Zee en voor de kust van Japan. Het is geen verrassing dat ze in staat zijn om in deze warmere wateren te overleven."

Alsof de kwallen een show opvoerden voor de twee vrouwen, lichtte het gebied aan de andere kant van het glas plotseling op in een schitterend schouwspel van blauw en rood. De drie waar ze naar hadden gekeken veranderden plotseling in honderden, alle exemplaren dreven naar het glas en verspreidden zich om het hele raam te vullen. De magen, de roodachtige hartvormige delen van de minuscule wezentjes, fladderden rond het glas, hun lange, blauwe tentakels volgden waar ze ook gingen. De verlichting in de hal leek te zijn ontworpen om de glorieuze kleuren en de ondoorzichtigheid van de wezens te weerspiegelen.

"Het is mooi. En interessant," zei Julie. "Maar waarom zijn ze te zien? Ze zijn bijna microscopisch. Als je kwallen hebt in een oceaanpark, waarom dan niet eentje die je kan zien?"

Sarah glimlachte. "Geen idee. Het zijn wel fascinerende wezens. Veel zeebiologen bestuderen ze nu, omdat ze eeuwig kunnen leven."

"Wacht, wat?" Julie keek niet meer naar de kwallen die aan de andere kant van het glas ronddansten en draaide zich om naar Dr. Lindgren.

"Ja, ze worden de 'Onsterfelijke Kwallen' genoemd. Een beetje een verkeerde benaming, eigenlijk. Ze hebben de mogelijkheid om terug te keren naar hun poliep staat als ze dat willen."

"Als ze dat willen?"

"Nou, onder speciale omstandigheden - temperatuursveranderingen, bedreiging van het milieu, predatie. Ja, ze kunnen in principe een schakelaar omzetten en 'opnieuw beginnen'. Technisch gezien zijn het de cellen die opnieuw beginnen, niet het organisme zelf, dus zeggen dat ze 'onsterfelijk' zijn is, zoals ik al zei, een beetje vergezocht."

"Hoe weet je over deze jongens?" vroeg Julie. "Heb je ook een doctoraat in mariene biologie?"

Sarah lachte. "Zou ik willen. Nee, ik ben geïnteresseerd in hen vanuit een antropologisch standpunt. Ze worden de 'Onsterfelijke Kwallen' genoemd vanwege hun unieke eigenschappen, en die eigenschappen staan niet ver af van waartoe sommige wetenschappers stamcellen in staat achten."

"Wacht," zei Julie. "Bedoel je dat *mensen* dat misschien ook kunnen? Terugkeren naar een vorige staat? Zoals opnieuw in een foetus veranderen?"

"Nou, nee. Maar het is toch intrigerende wetenschap, en het feit dat we niet weten *hoe* deze kwallencellen kunnen werken is reden voor veel onderzoeksgeld. Ik durf te wedden dat *OceanTech* precies dat soort onderzoek doet - misschien in de hoop deze wezens te bestuderen en als eerste op de markt te komen met een nieuwe vorm van medicatie of een genezingsprocedure voor beschadigde huidcellen, bijvoorbeeld."

Julie knikte en keek nog eens naar de kleine rode en blauwe bolletjes die door haar ogen dansten. "Ze zijn schattig, denk ik. Toch lijkt het een beetje zonde. Al dit water, en ze vullen het met super-kleine kwallen?"

Sarah haalde haar schouders op. "Dit is technisch gezien niet het park, weet je nog? Dit gebied is voor onderzoek en studie. Ik betwijfel zelfs of het publiek hier kan komen." Ze pauzeerde, een langzame grijns groeide aan een kant van haar mond. "En trouwens, deze kwallen zijn niet de *enige* dingen die *OceanTech tentoonstelt.*"

Julie wist meteen waar ze het over had. "Weet je wat die dingen waren?"

"Ik denk het, ja," zei ze. Haar gezicht draaide naar boven en opzij, diep in gedachten. "Het is maar een gevoel, maar ik denk dat het krokodillen waren."

"*Krokodillen?*" Julie was ongelovig, maar ze besefte dat alles wat ze in de Subshuttle had gezien aan die beschrijving voldeed. De lange, slanke staarten, de razendsnelle manier waarop ze door het water gleden.

En de grootte.

"Ze waren *enorm,*" zei Julie.

Sarah knikte. "Ja, dat heb ik ook gemerkt. En het is daar zoutwater, dus ik denk dat het zoutwaterkrokodillen waren. Het soort dat voor de kust van Australië voorkomt, meestal in moerassen en laaggelegen gebieden."

"Maar nogmaals, waarom hier?" vroeg Julie. "Wacht, vertel het me niet. Hebben zoutwaterkrokodillen ook een speciale gave? Kunnen ze regenereren?"

Sarah lachte nog eens. "Nee, godzijdank. Het zijn maar dieren.

Maar ze zijn toch interessant, het weinige dat ik van ze weet. Alle krokodillen, en vooral de zoutwater krokodillen, lijken vast te zitten in een evolutionaire impasse. Ze zijn in miljoenen jaren niet echt veranderd, wat vreemd is. Ze zijn een beetje kleiner geworden, geloof ik, maar dat is het wel zo'n beetje."

Julie dacht aan de exemplaren die ze in de shuttle had gezien. *Ze zijn nog steeds reusachtig.*

"Dus *OceanTech* heeft ze hier, want waarom niet? Ze hebben microscopische kwallen en zoutwater krokodillen. Elk kind in Amerika zal *willen* komen, in dat geval. Wie geeft er om Disneyworld als er een moeilijk te bereiken drijvend themapark is met obscure dieren en veel leren in de buurt?"

Sarah lachte, harder deze keer. "Ik dacht eigenlijk hetzelfde. Vreemd dat ze het hier bouwen, bovenop een scheepswrak, en dan al dat geld spenderen aan individuele behuizingen voor die dieren."

"Vreemd, op zijn zachtst gezegd. Het slaat nergens op." Julie pauzeerde en wierp een laatste blik op de prachtige kwal die op enkele centimeters van haar ronddreef. "Wil je blijven bewegen? We moeten uitzoeken of Dr. Lin nog in de buurt is, en of iemand hem gezien heeft. En ik durf te wedden dat de jongens goede vooruitgang boeken. Ik denk dat ze snel aan een drankje toe zullen zijn.

HOOFDSTUK 31

Het Ravenshadow-team omsingelde Ben en Reggie en leidde hen terug door de hoofddeuren van de cafetaria, in de richting van de liften. Maar voordat ze bij de ingang van de liften en de Subshuttle waren, sloeg The Hawk linksaf en haalde een veiligheidskaart over een paneel aan de muur naast een deur.

De deur was onopvallend, een beetje gebroken wit in vergelijking met de gebogen muur van de binnenring, waardoor hij eruitzag als een bijzaak. Het was niet zo ontworpen en bewerkt als het interieur van het hotel en de toren.

Beveiliging, dacht Ben. Het leek op de ingang van een kast van een conciërge, waarvan hij wist dat het een perfecte locatie zou zijn voor de ingang van een beveiligingshoofdkwartier.

Hij had gelijk toen hij over de drempel stapte en zag wat er binnen in de kamer te zien was. Witte muren, fluorescerend licht en een eenvoudig bureau met een man erachter en een paar computermonitors voor hem. Niets anders aan de muren, niets anders in de kamer. Geen nepplanten of staande lampen die deden vermoeden dat er tenminste *enige* moeite was gedaan om de kamer in te richten.

Ben had al eerder zulke kamers gezien. Hij had als parkwachter veel tijd doorgebracht in overheidskantoren, waar hij iemand inlichtte over een of ander klein misdrijf of een debriefing kreeg over een of andere nieuwe beleidswijziging. Overheidskantoren, vooral die voor het publiek, zoals het Departement van Motorvoertuigen, de Sociale Zekerheid, of openbare gezondheidsinstellingen, gaven allemaal dezelfde, saaie, muffe indruk.

Deze kamer was nauwelijks beter, maar het was geen regering. De *andere* plek waar hij zulke kamers had gezien waren diep in het hoofdkwartier van een organisatie, verborgen voor het grootste deel van de wereld. Casino's hadden ze, net voorbij de rookmuur, en na de laatste rij gokkasten eindigend in een met linoleum gemarkeerd pad naar de toiletten.

Het was een beveiligingskamer. Om precies te zijn, het was de kamer *voordat* de eigenlijke beveiligingskluis begon. Deze kamer, die de ingang vormde van een grotere faciliteit, was gewoon een verzamelplaats voor de beveiliging die de organisatie nodig had. Een bureaubediende - in dit geval de Ravenshadow rekruut die achter het bureau zat en de twee nieuwe gezichten met argusogen bekeek - en een computer waren alles wat er gewoonlijk nodig was.

Toen Ben en Reggie eindelijk in de kamer waren, stond de man op en groette Vicente Garza.

Garza negeerde de uiting van respect. "Nog nieuws?" vroeg hij de man.

De man schudde zijn hoofd. "Nee meneer. De rest van de groep is het laatst gezien toen ze vanochtend hun kamers verlieten. We denken dat de vrouwen naar de buitenste ring zijn gegaan voor wat sight-seeing."

Garza wierp een blik op Ben en Reggie. "Ik betwijfel ten zeerste dat ze hier zijn om *rond te kijken*, Jacobs. Hebben we geen verbinding met de toren en de hotelverdiepingen?"

De man hapte naar adem. "Die - die voedingen zijn nog niet helemaal klaar."

"Nog niet *klaar*? Waarom verdomme niet?"

"We wachten op de technicus. Hij zou hier morgenmiddag moeten zijn, als ze voorraden invliegen voor de zachte lancering, en..."

"Ga erheen en *repareer het*, Jacobs. Jijzelf. Zet mijn camera's online of je gaat op diezelfde vlucht *van* dit station."

"Ja, meneer," zei Jacobs.

Garza wendde zich tot Ben. "Mijn verontschuldigingen, Harvey. Het lijkt erop dat je vriendin Juliette momenteel vermist is. We hebben een vrij goed idee van wie wat doet binnen de muren van deze faciliteit, in de hoteltoren of de ringen, maar blijkbaar zijn onze systemen nog niet *helemaal* klaar voor gebruik.

"Wees gerust, mijn mannen *zullen* ze vinden. En dan zullen we allemaal weer samen zijn."

Hij pauzeerde, haalde een hand door zijn dikke, zwarte haar, en grijnsde naar Reggie. "Weer samen, net als in Philadelphia."

Ben sprong naar voren, maar voelde de bankschroefklemmen van de handen van de twee Ravenshadow-mannen die hem tegenhielden. Reggie werd op dezelfde manier vastgehouden, maar dat weerhield hem er niet van zich tegen de boeien te verzetten.

"Ik ga je vermoorden," zei Reggie.

Garza draaide zich om en staarde naar Reggie. "Ik weet niet of je reputatie die bewering geloofwaardig maakt, Gareth. Was het niet nog maar een paar jaar geleden dat je me smeekte voor een plaats in mijn team?"

Ben wist dat het langer had geduurd - Reggie had geprobeerd lid te worden van Ravenshadow na zijn militaire dienst, voordat hij wist wat voor een bedrijf het was, maar hij was niet door de vele tests gekomen die de organisatie eiste.

Reggie spuwde. "De dag dat ik voor je vecht is de dag dat de hel bevriest."

Garza lachte. "Je hebt het lef niet, zoon. Het is goed - niet veel van onze rekruten hebben dat. Dat weet je uit de eerste hand, nietwaar? Je hebt er nogal wat uitgeschakeld in Philly."

"Waar gaat dit allemaal over, Garza?" vroeg Ben. "Waar breng je ons heen?"

Garza bewoog naar de deur aan de achterkant van de kamer, en de bewakers die Ben en Reggie vasthielden duwden hun gevangenen in de richting van de deur. Garza bereikte de deur als eerste en opende hem, waarna hij opzij stapte en wachtte tot ze doorliepen.

De echte *veiligheidskamers,* dacht Ben. Casino's deden dit graag, evenals ziekenhuizen en andere plaatsen waar de indruk van het publiek van groot belang was. Het hebben van veiligheidskamers op *Mission: Impossible-niveau* beveiligingskamers zetten mensen eerder op scherp dan op hun gemak, dus het grootste deel van de techniek en systemen achter een tweede stel deuren was gebruikelijk. *Ocean-Tech,* blijkbaar, was niet anders.

Aan de andere kant van de deur opende de kamer zich naar een grotere ruimte, waarschijnlijk drie keer zo groot als de ontvangst-kamer die ze zojuist hadden verlaten. Ook deze ruimte was helder verlicht, maar deze was gevuld met computerwerkplekken, knippe-rende monitoren op elk bureau en een scherm aan de muur rechts van hen waarop minstens dertig beelden van camera's uit het hele gebouw te zien waren.

Ben zag beweging op een van de miniatuurschermen en zag hoe een groep burgers - waarschijnlijk de groep investeerders waar Craw-ford het over had gehad - rond de buitenste ring trok, op weg van het kunstmatige strand naar een van de cabana-stijl bars.

In een ander beeld zag Ben de cafetaria die ze net verlaten hadden. Het was bijna leeg, alleen de koks en de bedienden stonden er, en bewogen een beetje om een schotel te pakken of een maaltijd klaar te maken. Alle beelden waren zwart-wit, maar van de ongeveer dertig schermen was er geen van lage kwaliteit. Elk scherm leek een perfecte high-definition feed te hebben, zonder verspringen of signaalverlies.

De verste muur, tegenover de deur die ze waren binnengegaan, was van massief glas, op sommige plaatsen alleen gebroken door de structurele steunbalken die de ruiten bijeenhielden. Ze bevonden zich op het eerste sublevel, dus de oceaan vulde alle ruimte, op de laatste meter na, aan de bovenkant van de andere kant van het glas. Een paar vissen dartelden heen en weer in het water, ongeïnteresseerd in wat er binnen gebeurde. De lichtblauwe tint van het zonverlichte water was meer dan genoeg kleur voor de verder witte kamer, maar de felle fluorescentielampen boven hun hoofden leken voortdurend te strijden met de strepen licht die door het glas stroomden.

"Crawford heeft geen ontwerper in dienst genomen, denk ik,' zei Reggie.

"Niet nodig," antwoordde Garza. "Niemand mag de binnenkant van deze kamer zien, tenzij het genodigden of beveiliging zijn.

"Dat dacht ik al. Ik denk dat dat ons uitgenodigde gasten maakt?"

Garza gromde en liep toen verder de kamer in. De glazen wand boog naar binnen, de zacht glooiende holle vorm van de binnenkant van de ring liet zien hoe groot de centrale ring eigenlijk was.

De twee mannen die Ben vasthielden duwden hem naar voren, en de twee die Reggie vasthielden volgden.

"Ben je van plan ons tegen onze wil vast te houden?" vroeg Reggie. "Dat is tegen de wet, daar ben ik zeker van."

"Het is," voegde Ben eraan toe.

"Ik weet zeker dat je gelijk hebt," antwoordde een van de Ravenshadow mannen. "Maar waar? Amerika? Ik weet niet of we wel *in* Amerika zijn."

Ben overwoog dat. Technisch gezien had de man gelijk, maar hij wist niet zeker hoe een bedrijf als *Ocean Tech* buiten de wetten van *een* land kon opereren. Ze moesten toch zeker voldoen aan de regels van *een of andere* overheidsinstantie?

Garza sprak over zijn schouder terwijl hij hen door de lange kamer leidde, waar de bureaus aan weerszijden een smalle gang vormden tussen beveiligingspersoneel op hun posten, die verschillende delen van het park in de gaten hielden. "Adrian Crawford en ik zijn geen fans van 'losse eindjes', zoals jullie ongetwijfeld zijn te weten gekomen. Hij en ik hebben aan het begin van dit project afgesproken dat de beveiliging aan mij en mijn team zou worden overgelaten."

"Aannemelijke ontkenbaarheid voor hem," zei Reggie.

"Dus je kunt doen wat je wilt met ons, en hij kan zeggen dat hij geen idee had," voegde Ben eraan toe.

"Laten we het niet uit de hand laten lopen, jongens," zei de Havik. "Ik ben niet van plan jullie iets aan te *doen*. Er is geen reden om te vermoeden dat jullie mij of dit park op enigerlei wijze kwaad hebben gedaan. Maar we zullen jullie enige tijd moeten vasthouden."

"Voor hoe lang?"

"Totdat we jullie partners, Juliette en dr. Lindgren, vinden en jullie veilig uit het park kunnen halen.

Ben staarde naar The Hawk. "Waarom denk ik dat je *geen interesse hebt* in onze veiligheid?"

Reggie was minder subtiel. "Ik ga je vermoorden, Garza. Dat heb ik je al eerder gezegd, en ik meen het -"

"Stop met overhaast te zijn, Gareth. Dat past niet bij je. Ga de cel in, hou je mond, en misschien kom je hier uit zonder gebroken armen."

Reggie's uitdrukking veranderde. "Ja, wat is er met jullie en wapens? Alles wat we hier hebben gezien is gewoon... griezelig. Doet Crawford aan dat soort dingen?

Hij kreeg de rest van de zin er niet uit. De machinepistolen die de mannen droegen waren niet lang genoeg om een effectieve knuppel te zijn, maar ze waren stevig genoeg om een effectief stomp voorwerp te zijn tegen Reggie's zij. Hij ging neer op een hoop met een kreun.

Ben keek zwijgend toe, voelde de greep van de mannen die hem vasthielden en wist dat hij niets voor zijn vriend kon doen.

De bewakers raapten Reggie van de grond op en gooiden hem als een lappenpop in de open deur achter hem. Ben's bewakers duwden hem achter Reggie aan, en hij moest opzij strompelen om zijn even-wicht niet te verliezen.

De bewakers vertrokken, lieten Ben en Reggie alleen in de steriele, wit ommuurde kamer, en The Hawk verscheen aan de deur. De uitdrukkingsloze façade die de man had gedragen, de nonchalante houding die hij had verkocht, verdween. "Jullie hebben geluk dat we niet terug zijn in Philadelphia," zei hij. "Jullie hebben mijn mannen gedood. Ik heb de jouwe gedood. Maar die schuld is niet betaald aan mijn kant, en het is duidelijk dat jullie hetzelfde voelen. Als Crawford hier niet de lakens uitdeelde, zou ik jullie beiden in een van de tentoonstellingen gooien en er klaar mee zijn."

Ben wist dat zijn uitdrukking zijn woede niet kon verbergen, maar dat kon hem niet schelen. "Ik waarschuw je, Garza. Als je haar nog eens aanraakt, en..."

"En wat dan?" vroeg Garza. "Je gaat me vermoorden, net zoals je in Philadelphia deed. Harvey, er zijn *veel* mannen die me dood willen, en tot nu toe hebben ze allemaal gefaald. De meesten van hen zijn er niet om erover te praten. Ik wil *niets liever* dan jullie twee afvalligen aan die lijst toevoegen, dus stel me *alsjeblieft* niet op de proef.

"Als je ook maar *probeert te* ontsnappen, zullen mijn mannen je pijn doen. We zullen je niet doden, maar we zullen de rest van je team doden. Die mooie dokter die je meegebracht hebt? Zij gaat eerst. Juliette? Ik heb al een oogje op haar sinds ze hier landde. Maar ik laat haar niet zo makkelijk gaan als Dr. Lindgren. Ik heb hier een paar mannen die *ook een oogje* op haar hebben, als je begrijpt wat ik bedoel."

Ben haastte zich naar de deur. Hij was niet zo snel als Reggie, maar hij was groter, en als hij in beweging kwam wist hij dat hij net zo makkelijk te stoppen was als een goederentrein.

Het probleem was dat The Hawk buiten de deur stond, terwijl Ben binnen was. Hij was nog maar halverwege toen Garza de deur dichtsloeg en het slotmechanisme onmiddellijk in werking trad. Ben probeerde zichzelf af te remmen, maar hij botste tegen de zware deur en zijn gezicht smakte tegen het versterkte rechthoekige glazen raam. De havik staarde hem van de andere kant aan, met een sluwe grijns op zijn gezicht.

"Zoals ik al zei, Ben," zei Garza, "gedraag je. Als je dat niet doet, ga je veel lijken op die lijken in Sub-3."

Voordat Ben kon reageren, draaide de havik zich om en liep weg, Reggie en Ben achterlatend in de stille, lege kamer.

HOOFDSTUK 32

ZIJ ZAGEN DE EERSTE WERKNEMERS OP DE TWEEDE RING AAN HET EIND VAN DE GANG. De hal eindigde bij glazen deuren die opengingen toen zij naderden. Aan de andere kant van de deuren was een grote, open ruimte, ingericht met tafels en stoelen langs drie kanten van de ruimte. Een grote, open vergaderzaal. Vóór de tafels stond een podium, niet meer dan een eenvoudige plank met stijlen en een podium. Een man en een vrouw keken Julie en Sarah aan toen ze binnenkwamen.

"Hallo," zei Julie. "We zijn op zoek naar -"

"Je mag hier niet komen," zei de man. "Dit is verboden gebied. De hele faciliteit is afgesloten voor gasten."

"Juist," zei Julie. "Ik weet het, het spijt me. Maar de Subshuttle bracht ons hier, en we zijn Crawfords gasten. We kijken alleen wat rond."

De man wierp een blik op de vrouw bij wie hij stond, maar zijn uitdrukking verzuurde. "Meneer Crawford is op zoek naar u, in dat geval."

"Is hij dat?" vroeg Sarah.

"Heb het net gemeld. Hij wil alle gasten terug in hun kamers binnen het uur. Iets over een veiligheidslek."

Julie voelde een moment van paniek, maar ze dwong zichzelf het rustig te houden. "Dat - dat is waarom we hier zijn. We zijn op zoek naar een werknemer. Een wetenschapper die werkt voor *OceanTech*, denk ik. Dr. Joseph Lin."

De man slikte, zijn ogen verwijdden zich een klein beetje en vernauwden zich weer. De vrouw deed een aarzelende stap achteruit. "U - u weet waar hij is?"

"Nee," zei Julie. "Dat is waarom we hier zijn. We proberen hem te vinden."

"Waar heb je hem ontmoet?"

Julie keek Sarah aan, onzeker over hoeveel ze moest onthullen.

Gelukkig nam Sarah het woord. "We kwamen hem tegen in het hotel, eigenlijk. Hij zei dat hij hier aan iets werkte dat we moesten zien. Ik ben Dr. Lindgren, misschien heeft Mr. Crawford gezegd dat ik hier zou zijn?"

Julie glimlachte bijna. Sarah was vlot en zelfverzekerd, dat was duidelijk. Ze hield zich goed, en misschien zou haar list hen helpen. Of de twee werknemers erin zouden trappen, viel nog te bezien.

"Het spijt me. Dat heeft hij niet," zei de vrouw. "En zoals Dr. Jones net zei, dit gebied is beperkt. Als u het niet erg vindt om terug te gaan, kunt u de ingang van de Subshuttle vinden.

"We gaan even snel rondkijken," zei Sarah. "Als jij het goed vindt."

De vrouw fronste haar wenkbrauwen. "Nee, het is eigenlijk *niet* in orde. Er wordt hier in het lab zeer delicaat onderzoek verricht, en meneer Crawford zal niet blij zijn te weten dat je zomaar binnenwandelt en begint rond te neuzen." Ze deed een stap naar voren.

In de aanval.

Julie wist dat ze op de juiste plaats waren. Deze mensen, hoewel niet noodzakelijk criminelen, wisten iets over Dr. Lin, en waarom hij zo uitzinnig deed. Ze beschuldigde hen niet van iets, maar ze hielden zeker informatie achter. Het was meer dan een misverstand - ze probeerden actief iets te verdoezelen.

"Is dit waar ze de lichamen bewaren?" vroeg Julie.

De man keek geschokt. De vrouw stond kaarsrecht, alsof ze Julie niet goed gehoord had.

"De lichamen," zei Julie weer. "Degenen met ontbrekende ledematen? Wie zijn dat eigenlijk?"

De mond van de man ging open, en toen weer dicht. "Ik - jij... waar heb je het over?"

"Te laat," zei Sarah. "We gaan een beetje rondneuzen. Bel Crawford als je moet. Je hebt ons niet meer in de gaten voordat hij zijn beveiliging hierheen kan sturen." Ze stopte, bekeek hen beiden van boven tot onder, bekeek hen en probeerde het niet te verbergen. "En als jullie denken dat jullie ons kunnen tegenhouden, wel -" ze keek naar Julie, mogelijk voor wat geruststelling - "dan zou ik onder de indruk zijn van jullie inzet. Maar het zou een vergissing zijn."

Julie liet zich een glimlach ontglippen bij die opmerking. Ze stapte naar voren, om de eerste rij tafels heen. De man en de vrouw zaten aan het eind van de rij tafels en stoelen links van haar, tegen het raam dat uitkeek op de oceaan. De gordijnen waren dichtgetrokken, waardoor het uitzicht werd verduisterd en de hele kamer in een schemerig geel licht werd gehuld. Ze beoordeelde de situatie. Het tweetal zou naar hen toe kunnen komen, maar ze zouden eerst een paar tafels moeten trotseren voordat ze bij Julie en Sarah konden komen.

En tegen die tijd, zouden ze in de kamer hiernaast zijn.

Julie begon in de richting van de deur aan de andere kant van de kamer, naast het draagbare podium. Aangezien de ringen cirkelvormig waren, was haar beste gok dat deze deur verder het laboratorium in leidde, met een bocht naar links, tot ze uiteindelijk weer bij de liften en de ingang van de Subshuttle uitkwamen.

Sarah stond naast haar en Julie kon een glimlachje zien toen ze versnelden en naar de deuren gingen.

Ze zal een geweldige teamgenoot zijn, dacht Julie.

De man schreeuwde naar hen, riep hen terug, en de vrouw was bezig met een mobieltje dat ze uit haar zak had gehaald. Julie kon de exacte woorden niet verstaan, maar ze begreep het wel: *beveiliging, Sub-1, twee vrouwen.*

Nu worden we achtervolgd, besefte ze. *Dat voegt een niveau van drama toe dat ik niet wil.*

"Ze bellen de beveiliging," zei Sarah.

"Ja," antwoordde Julie. "Ik heb het gehoord. Dat betekent dat we nog meer haast hebben dan we al hadden."

"Een groots plan?" vroeg Sarah. "Je hebt al eerder in een situatie als deze gezeten, toch?"

Julie rende verder, maar ze keek naar Dr. Lindgren. "Je bedoelt wegrennen van een beveiligingsteam door een onderzoeksstation? Ja, dat heb ik al eens meegemaakt."

"Wat heb je in dat geval gedaan?"

"We hadden veel wapens, en we hadden meer mensen."

Sarah heeft daar niet op gereageerd.

"Maar zij ook. Voor zover ik kan zien is dit een kleinere operatie. Dus loop sneller, en laten we eens kijken of we kunnen uitzoeken waar Dr. Lin's kantoor of lab is."

Ze vonden het achter de volgende deur. De enkele glazen deur leidde naar een voorkamer met een andere deur aan de tegenoverliggende muur, en een bordje naast de deur met de tekst *LABORATORIE: HOOFD.* Er was een ID lezer bevestigd aan de muur naast de deur, maar het LED lampje op het paneel was groen.

Vrijgespeeld.

Julie duwde de deur open en stormde de kamer binnen, op de voet gevolgd door Dr. Lindgren. Er waren twee mensen, een man en een vrouw, in de kamer, beiden gebogen over een metalen tafel waar een lichaam op lag.

"Waar is Dr. Lin?" vroeg Julie. De vrouw sprong op, en beiden keken ze op naar de indringers. De man hield zijn hoofd schuin, probeerde te begrijpen wat er aan de hand was, waarom twee vreemde vrouwen hun laboratorium waren binnengestormd.

"Dr... Lin?" vroeg de vrouw.

"Ja," antwoordde Julie, buiten adem. "Dr. Joseph Lin. Waar is hij?"

"Het spijt me, mevrouw," zei de vrouw, "maar hij is... niet hier. Is er iets waarmee we u kunnen helpen..."

"Jullie horen hier niet te zijn," zei de man, die zijn collega onderbrak toen hij naar hen toe begon te lopen. "Ik zal jullie moeten vragen te vertrekken."

Julie stapte op hem af, haar schouders werden breder en haar borstkas zette uit terwijl ze diep inademde. Ze hief haar kin op, zich klaarmakend om oog in oog met de wetenschapper te staan.

"We vertrekken als we weten wat er met Dr. Lin gebeurd is. En ik zou ook *graag* zien waar jullie twee hier aan werken."

Sarah modelleerde Julie's vertrouwen, en de man leek te beseffen dat hij niet ging winnen zonder versterkingen. "Ik bel de beveiliging, en -"

"Ze zijn al gebeld," zei Sarah. "Je vrienden in de grote vergaderzaal waren ook niet blij met onze inval. Ik verwacht dat ze hier elk moment kunnen zijn."

"Waar ben je mee bezig?" vroeg Julie opnieuw. Zij richtte haar vraag tot de vrouw die nog steeds bij de tafel stond, daar zij meer bezorgd scheen te zijn over haar eigen veiligheid.

"Wij -" ze wierp een blik op haar mannelijke collega - "wij werken alleen maar aan onze... opdracht. We hebben een strakke deadline hier. Dr. Crawford laat ons de klok rond werken, en -"

"*Dr.* Crawford?" vroeg Julie. "Zoals, *Adrian* Crawford?"

De vrouw knikte. "Ja, natuurlijk. Hij is de hoofdonderzoeker voor deze afdeling van *OceanTech*. Het was allemaal zijn geesteskind. Alles hier. Inclusief -"

"Susan," zei de man, zijn stem een beetje verheven als waarschuwing. "Niet doen."

"Nee, *Susan*," zei Julie, terwijl ze naar de vrouw toe stapte. Ze was klein, haar zwarte haar was in een strakke paardenstaart gebonden. Als ze geen loszittende laboratoriumjas en zwarte broek aanhad, was ze misschien een aantrekkelijke vrouw geweest. *"Alstublieft.* Vertel ons: wat is de -"

Julie stopte en struikelde een stap achteruit. Ze had naar de persoon op de tafel gekeken toen ze met de vrouw sprak, en wat ze zag had haar doen stoppen.

Het was een vrouw, jong en met een donkere huidskleur, net als de rest van de mensen die ze op Dr. Lins telefoon hadden gezien. Haar ogen waren gesloten, maar Julie kon duidelijk haar naakte borst zien rijzen en dalen. *Ze leefde.*

En haar arm was halverwege verwijderd. Een streep bloed markeerde waar het paar had gezaagd, en de zaag zelf, metaalachtig en glimmend met de glans van karmozijnrood, lag vlakbij.

"Wa - wat doe je?" vroeg Sarah.

Het gezicht van de man werd donkerder. "Zoals ik al zei, jullie horen hier *niet te* zijn. Ik wil dat jullie vertrekken, *nu meteen."* De man haastte zich naar voren en om de tafel heen naar Julie, zijn armen uitgestrekt. Julie voorzag de aanval en was voorbereid. Ze hurkte, stootte haar hoofd omhoog en mikte recht op de borst van de man. Ze maakte contact en de twee vielen, de man landde op zijn rug met Julie er bovenop. Hij kreunde en ze voelde en hoorde de lucht uit zijn longen stromen.

"Ik ga nergens heen," zei ze. "Vertel me *nu meteen* waar dit over gaat. Dr. Lin kwam gisteravond naar onze kamer en gaf ons foto's - foto's van mensen wier ledematen waren verwijderd. Net zoals deze bijna is."

De vrouw beefde, maar Sarah was naast haar gaan staan en legde haar hand op haar schouder. "We zullen je geen pijn doen, maar we menen het. We moeten weten waar dit 'laboratorium' over gaat. We zijn bang dat er levens in gevaar zijn."

De vrouw begon te snikken. "Het is te laat," jammerde ze. "Crawford... hij zal ons niet laten..."

"Laat je wat?" vroeg Julie. Ze hield één oog op de vrouw gericht en één op de man die kreunend op de grond op adem probeerde te komen.

"Hij zal ons niet laten... vertrekken. We zijn hier onder zijn bevel. We worden goed genoeg betaald, maar we zijn in dienst genomen, en dat kunnen we niet verbreken."

"Zijn jullie slaven?"

"Nee, niet echt. Maar hij is een beetje paranoïde. Hij wil alles weten wat we doen, en wanneer. We moeten elke dag rapporten sturen, met details over elk uur. En we mogen het eiland niet verlaten tot het project voorbij is."

Julie haalde diep adem. "En het project; wat is dat? Mensen hun armen afsnijden?"

De vrouw leek bedroefd. "Het is niet - het is niet wat je denkt. Er worden hier geweldige dingen gedaan. Maar we... we wisten niet toen we werden gerekruteerd wat we precies zouden gaan doen."

Dr. Lindgren liep dichter naar Susan toe en kneep zachtjes in haar bovenarm. "Susan, we zijn hier om te helpen. Jij *en* de mensen waar je... aan werkt." Ze slikte. "Maar we moeten *precies* weten wat Crawford je laat doen."

De vrouw knikte. Ze opende haar mond om te spreken, maar er klonk een luide klap van achter hen.

Julie draaide zich om en staarde. Twee bewakers stonden in de voorkamer, en een van hen sloeg met de kolf van een gemeen machinepistool op de dikke glazen wand die naar de laboratoriumruimte leidde. De andere bewaker duwde zijn identiteitskaart in de gleuf.

Ze moeten alles afgesloten hebben, besefte Julie. Na hun Subshuttle-rit en de veiligheidsoproep van de andere werknemers in de vergaderzaal, moet iemand hogerop het hele gebouw hebben afgesloten.

"We hebben geen tijd meer," zei Sarah. "Laten we gaan, Julie."

Julie keek nog een laatste keer naar het bewusteloze, ademende lichaam van de vrouw op de metalen tafel, haar arm half van haar romp verwijderd, toen naar de vrouw die bang vlakbij stond en de man die zich probeerde te herstellen van Julie's klap op zijn borst.

Dit wordt interessanter dan ik dacht.

Ze draaide zich om en begon rond de lange, gebogen laboratoriumruimte te rennen. Sarah liep de hele tijd vlak achter haar, en verrassend genoeg de vrouw die Susan heette ook.

HOOFDSTUK 33

"ZE KONDEN ONS TENMINSTE IETS GEVEN OM OP TE ZITTEN," zei Reggie, terwijl hij met zijn rug tegen de muur hurkte.

"Hou je kop, Reggie," antwoordde Ben. Hij stond, leunend tegen de muur in de achterste hoek van hun geïmproviseerde gevangeniscel. "Dit is jouw schuld."

Ze zaten, stonden en ijsbeerden nu al bijna een uur in de kamer, en geen van beiden had enig idee wat Garza's plan was. Ze konden niets horen, niets zien, en niets in de kamer gaf hun enige aanwijzing.

"*Mijn* schuld?" Zei Reggie. Hij stond op. "Ik heb je niet hierheen gesleept. Ik heb je niets laten doen wat je niet wilde -"

"Ja, dat had je net zo goed kunnen doen. Je had geen half fatsoenlijk plan, en zelfs dan dacht je er niet aan om het met ons te delen? Wat, dacht je dat je hier binnen kon lopen en hem gewoon *vermoorden*? Kom op, je bent beter dan dat."

Reggie snauwde, maar kwam niet in de buurt van Ben. Ben wachtte tot Reggie zou bewegen, iets zou doen, maar de man stond daar maar, leeg en stil.

"Jij hebt mij en Julie hierin betrokken, en nu is Dr. Lindgren er ook nog bij betrokken. En het mooiste is, ze zijn daar ergens, ergens in het park, en de Ravenshadow jongens zijn naar ze op zoek."

"Misschien kunnen ze uitstappen, een lift vinden of zoiets."

"Ben je gek?" Zei Ben. "We zijn op een *eiland*, Reggie. Een door mensen gemaakt drijvend hotel. Wat gaan ze doen, een vissersboot naar beneden zwaaien?"

"Stop," zei Reggie. "Niets van dit alles helpt. Het minste wat we kunnen doen is de koppen bij elkaar steken en uitzoeken waar we mee te maken hebben. Julie is slim, zij kan ze wel voorblijven."

"Ja," zei Ben, "*als* ze weet dat ze achter haar aanzitten." Hij begon zwaarder te ademen en probeerde niet te denken aan zijn verloofde die blind wegliep, ergens in een vijandige omgeving midden op de oceaan.

"Ze komt er wel uit. Dr. Lindgren heeft ook verstand van zaken. Ze zijn niet naïef, en het heeft geen zin ons zorgen over hen te maken. We zoeken uit wat we hier kunnen, en dan zoeken we uit hoe we hier weg komen."

"Wat valt er uit te zoeken?" vroeg Ben.

"Zoals deze plek - *Paradisum* - het is een themapark, maar het is het ook *niet*. Het is duidelijk iets heel anders, ofwel als een dekmantel voor het park, of andersom."

"Je bedoelt een plaats waar ze mensen hun armen afsnijden?"

"Nou, ja. Maar *waarom*? Waarom zou Crawford het hier neerzetten, bovenop een oud scheepswrak en er een luxe hotel en nepstranden overheen bouwen? Als hij het wilde verbergen, waarom dan de aandacht *trekken*?

Ben haalde zijn schouders op. "Misschien vertelt hij de waarheid - misschien is het een onderzoeksfaciliteit omdat hij *eigenlijk* probeert een 'educatief themapark' te bouwen, of hoe hij het ook noemde."

Reggie schudde zijn hoofd. "Het verklaart nog steeds niet de griezelige arm-boerderij beneden. En we weten dat Crawford een rotte appel is, toch. "

"Doen we dat?"

"Weet je nog toen we hem ontmoetten? Hij *wist dat* we zouden komen en vroeg om een ontmoeting met de Hawk. Hij was voorbereid, omdat Garza hem dat verteld had. Hij had het zelfs van te voren gepland."

Ben dacht er even over na en besefte dat Reggie volkomen gelijk had. "We zijn in een val gelopen. Ik wist het toen we in de kantine waren, maar ik besefte niet echt dat Crawford er *deel* van uitmaakte."

"Juist, maar we weten dat hij het is. Hij *moet het wel* zijn. Dit alles - deze plek, de diners, ons en de investeerders paaien - het is allemaal een spel. Hij bespeelt ons, maar ik weet niet waarom. De Hawk wil waarschijnlijk onze hoofden op een schotel, maar Crawford zou niets om ons moeten geven. Hij zou neutraal moeten zijn, maar dat is hij niet. Hij doet precies wat de havik hem zegt te doen..."

"Dat betekent dat *Garza de lakens uitdeelt*," zei Ben. Hij liet een hap lucht ontsnappen en wreef met een hand over zijn voorhoofd. *Dit werd nog veel erger.*

"Wat betekent dat we hier *ver* uit ons element zijn," voegde Reggie eraan toe. "En het begon niet alleen met de ontmoeting met Garza. Het begon op het moment dat we voet zetten op *Paradisum*. Vanaf het moment dat we hier kwamen, speelden we in Garza's spel."

Ben knikte. "Daar ben ik het mee eens. Maar wat voor spelletje is het? Waarom zou hij ons in godsnaam helemaal hierheen laten komen? Ons hierheen lokken in het midden van de oceaan... voor wat?"

Reggie keek de kamer rond, de geïmproviseerde cel waar ze in zaten. "Ik weet het niet. Het lijkt een beetje overdreven, weet je? Als hij ons dood wilde, waarom doodde hij ons dan niet ergens anders? Waarom met Crawford samenwerken, ons helemaal hierheen laten komen en al dat geld en aandacht aan ons besteden? Als ik het was, had ik ons gewoon op het cruiseschip vermoord. Of terug in de hut. Veel makkelijker om de lichamen daar te verbergen."

Naast de macabere analogie, wist Ben dat Reggie daar ook gelijk in had. Crawford en The Hawk werkten samen aan iets, maar het was onmogelijk om te weten wat het was. Het was onmogelijk om het motief van de mannen te begrijpen zonder meer informatie te hebben, maar het was absoluut duidelijk voor Ben dat Garza en Crawford hen bespeelden. Ze hadden het CSO team hierheen gelokt, en nu hoefden ze alleen maar uit te zoeken waarom.

En hoe we uit deze kamer kunnen komen.

"De meisjes zullen hulp nodig hebben," zei Ben.

Reggie knikte. "Dat zullen ze, waar ze ook zijn. Ze lopen nu waarschijnlijk ook in een val."

"Dus we moeten hier weg."

"Zie je een manier om dat te doen?" vroeg Reggie. "Geen ramen, één deur - ik denk op slot - en zelfs geen plafondtegels. Je kunt hier niet mee ontsnappen in Hollywood-stijl."

"Misschien kunnen we een bewaker hierheen laten komen, de deur laten openen. Je weet wel, hem misleiden of zoiets."

"Hem bedriegen?" Reggie spotte. "Je beseft toch dat we te maken hebben met de beste ondergrondse veiligheidsdienst van het land, en waarschijnlijk een van de beste ter wereld. Garza's mannen hebben de handschoen, letterlijk, om binnen te komen. Ze walsen hier niet zomaar naar toe en openen de deur omdat wij beginnen te schreeuwen."

"Nee, maar misschien kunnen we..."

"Nee, Ben," zei Reggie, hem onderbrekend. "We zijn de klos. We zijn overgeleverd aan Garza's genade, en Crawford's ook. De enige manier om hier weg te komen is als..."

De deur klikte, en begon open te zwaaien. Twee gewapende bewakers verschenen in de gang, elk met een van de alomtegenwoordige machinepistolen die Ben was gaan herkennen. De eerste man stond aan de zijkant en richtte zijn geweer op de ruimte halverwege Ben en Reggie. *Een snelle ruk naar links of rechts en we zijn er geweest,* dacht Ben. *Die vent is goed getraind.*

De tweede man bekeek hen om beurten en richtte zich op geen van beiden. Het was alsof ze gewoon robots waren, geen mensen. Gevangenen, geen mensen. De man had geen duidelijke uitdrukking op zijn gezicht, en Ben vroeg zich af of dat was hoe hij keek of dat hij een spelletje speelde. De list voortzettend die Garza was begonnen in de cafetaria.

"Ga weg," zei de man. Zijn stem was nors, hard. Deze man had actie meegemaakt, en Ben herkende het militaire aan zijn gezicht en de manier waarop hij zich gedroeg. En niet alleen het gewone werk. Deze man was van de speciale strijdkrachten, gehard en gevormd door jaren van dienst en vele gevechten tot de bedrieglijk eenvoudig uitziende soldaat die voor hen stond.

"Waar?" Vroeg Reggie.

"Maakt niet uit, toch?" antwoordde de man.

"Hangt ervan af."

"Ik kan je *laten* bewegen, of je kunt het zelf doen. Ik ben blij met beide opties."

Reggie keek naar Ben, haalde toen zijn schouders op. Ben begreep wat hij bedoelde. *Dit zou onze kans kunnen zijn.*

"Goed," zei Reggie, terwijl hij de leiding nam. "Ik zal spelen."

Hij liep de kamer uit, de gang in, en Ben volgde hem. Ben stopte toen hij zich realiseerde dat de gang niet leeg was.

"Verandering van plan, jongens," zei de Havik, staande in de gang, zijn brede houding bijna de ruimte van links naar rechts bedekkend. "Crawford heeft besloten dat hij nog even met jullie wil praten.

"Wat heeft Crawford hiermee te maken?" vroeg Reggie. "Jij bent degene die ons hier wilde hebben, toch?"

Garza heeft niet gereageerd.

"Je hebt ons hierheen gelokt. Je *wilde* dat we kwamen, om te zien wat deze plek inhield. Je hebt waarschijnlijk gelekt dat dit Ravenshadow's nieuwe contract was, zodat onze weldoener het zou zien en ons hierheen zou sturen om het te bekijken."

Weer staarde Garza alleen maar, zwijgend. Hij kruiste zijn armen voor zijn borst, wachtend. Na nog een moment van stilte aan beide kanten, grijnsde hij. "Crawford heeft hier meer mee te maken dan jullie misschien denken, jongens. Maar laten we niet op de zaken vooruit lopen. Ik ben *zeker* blij dat jullie hier zijn, want ik heb het gevoel dat er nog wat onafgemaakte zaken waren in Philly. Ik ben van plan om mijn belofte aan jullie na te komen, maar ik heb ook een baas. Crawford heeft nu de leiding, dus ik stel voor dat we allemaal braaf zijn."

Reggie keek recht voor zich uit, en Ben keek toe en probeerde alles op een rijtje te zetten.

Het werkte niet. Hij was net zo verward als hij binnen in de kamer was geweest.

Garza draaide zich om en begon weg te lopen, en Ben voelde de neus van het kleine wapen in de hand van de bewaker op zijn rug. Hij begon voorwaarts te lopen, achter De Havik aan, de hoofdbeveiligingskamer in, een paar mannen keken op van hun bureaus toen ze langsliepen. Hij ging de kamer uit naar de voorkamer, en Ben zag de eerste persoon die ze hadden gezien aan het bureau rechts van hem zitten, met zijn hoofd in zijn computer toen ze voorbij liepen.

De havik leidde hen naar buiten, de hal in, bijna precies omgekeerd aan het pad dat ze hadden genomen om hier te komen. Ze gingen in de richting van de liften, snel bewegend. Blijkbaar was Crawford ongeduldig, of de Hawk was gewoon proberen om verloren tijd in te halen.

Ben was nog steeds verward, maar hij was zeker van één ding:

Als ze iets zouden proberen, was dit hun kans.

HOOFDSTUK 34

DE VROUW, Susan, bleek al na een paar minuten een waardevolle aanwinst te zijn. Ze renden door het grote, bochtige laboratorium dat de structuur volgde van de ring waarin ze zich bevonden, maar ze renden blindelings. Susan nam de leiding na een minuut joggen door kamers gescheiden door glazen deuren en identificatie checkpoints, en Julie was meteen blij dat ze besloten had mee te gaan.

Ze had vragen, maar die konden wachten. Susan was snel met haar ID-kaart en liet hen door naar elke sectie hoe dieper ze in het laboratorium kwamen. Dr. Lindgren en Susan liepen voor Julie uit, die besloot over haar schouder uit te kijken of er bewakers op hen afkwamen.

Ze hadden niet veel tijd, en - het ergste van alles - ze hadden geen plan. Zonder Susan veilig in een afgesloten kamer te krijgen, wilde Julie niet riskeren om te stoppen om te praten. Haar vragen en de antwoorden van de vrouw zouden moeten wachten. Ze moesten de bewakers voorblijven, en ze moesten dr. Lin *echt* vinden.

Als iemand wist wat er aan de hand was, was het de man die ze gisteravond in het hotel had ontmoet. Dr. Lin was dan wel driftig en moeilijk om mee te communiceren, maar ze betwijfelde of dat zijn aard was. Er was hem iets ernstigs overkomen, en het was zo belangrijk dat hij het met de buitenwereld wilde delen, niet met zijn collega-wetenschappers en onderzoekers.

Susan ging linksaf de volgende kamer in, een vreemde richting, aangezien de ring en het subniveau waar ze zich bevonden een bocht naar rechts maakten.

"Weet je waar je heen gaat?" vroeg Sarah.

Susan knikte en veegde zonder vaart te minderen haar ID-kaart aan de voorkant van de deur. Ze wachtte twee seconden tot het groene lampje verscheen, waarna ze de klink omlaag duwde en de deur opengooide.

Dr. Lin was binnen, in de hoek aan het zitten. De kamer was een kast, slechts drie wanden met planken waarop laboratoriumapparatuur, schoonmaakmiddelen en oude computermonitors stof lagen te verzamelen. De planken strekten zich aan alle drie kanten meer dan een meter uit in de kamer, waardoor er weinig ruimte overbleef voor iets anders dan een enkele stoel.

Maar er *was* één stoel in de kamer, en op die stoel zat Dr. Joseph Lin. Zijn zwarte haar, voorheen aan de zijkant gescheiden en perfect gekamd, met een beetje mousse om alles bij elkaar te houden, zwevend over de rest van zijn hoofd, was nu verfomfaaid. Het zag eruit alsof hij er met zijn handen keer op keer doorheen was gegaan, tot het haar zo erg in de war was dat de man bijna onherkenbaar was.

"Dr. Lin?" vroeg Julie. Susan had de deur geopend en hield hem vast, terwijl ze als een schildwacht buiten in de grote zaal stond en Julie en Dr. Lindgren zich op de man in de stoel stortten.

De man knikte. Hij snoof en keek naar ieder van hen op. Hij sprak niet.

"Ben - ben je in orde?" vroeg Julie.

Hij staarde. Zijn ogen waren leeg, verstoken van emotie, maar Julie meende een lichte trilling in de hand van de man te kunnen zien. Hij liet zijn hand rusten op een van de planken naast hem, terwijl zijn andere hand in zijn schoot zat.

"Dr. Lin," zei Sarah, "we zijn hier om u te zoeken. Ik ben Dr.

Sarah Lindgren, en dit is Juliette Richardson. Wij zijn van de CSO, en we - we zagen de foto's op uw telefoon, en we - "

"Dus je weet het," fluisterde hij. "Je weet het nu." Het was een vraag, slechts een hint van een verhoogde buiging. Hij wist niet zeker *wat* ze wisten.

"Nee," zei Julie. "Daarom zijn we gekomen. We weten het *niet*. Waar gaat dit allemaal over? Dr. Lin, als je gewoon...

"*Ze* weet het," zei hij. Hij wees met een lange, schamele vinger naar Susan. Julie had niet eerder opgemerkt hoe mager de man leek. Of hij op de een of andere manier in één dag een flink deel van zijn lichaamsgewicht was kwijtgeraakt.

Julie en Sarah draaiden zich om en keken naar Susan. Julie wachtte en trok een wenkbrauw op.

"Ik - ik weet niet zeker waar hij het over heeft," zei Susan. "Ik ben hier bij hen, Dr. Lin. Ik ben gekomen om ze te helpen, om dit op te lossen..."

"Je weet dat ze je zus hebben meegenomen," zei Dr. Lin. "Elizabeth. Ze is weg. Weggehaald."

Susan schudde haar hoofd. "Dat weet je niet. Ze zei dat ze overgeplaatst zou worden, dat ze haar zouden meenemen..."

"Susan," zei Dr. Lin. Zijn ogen waren bloeddoorlopen, smekend. Het masker van emotieloosheid was opgeheven en Julie zag in het gezicht van de man de blik van iemand die wist dat er iets met hem ging gebeuren, en dat iets niet goed zou zijn. Hij had zich bij zijn lot neergelegd. "Susan, je kent de waarheid. Je *moet* het weten. De tekenen zijn er allemaal geweest vanaf het begin. Vanaf je rekrutering - weet je dat nog?"

Julie keek naar het gezicht van Susan. De vrouw was van middelbare leeftijd, waarschijnlijk halverwege de vijftig, te oordelen naar de plooien rond haar ogen en de manier waarop ze zich gedroeg. Maar het siert haar dat ze er veel jonger uitzag dan dat, en Julie wist dat ze met een goede styliste in haar team voor een dertiger kon doorgaan. Haar blonde haar was strak in een knotje opgestoken en ze droeg een bril met draadrandjes op het puntje van haar neus. Ze was kort, korter dan Julie, en een beetje gedrongen. Maar de manier waarop ze op Dr. Lin neerkeek, vertelde Julie alles.

Ze heeft geen idee waar hij het over heeft. Ze is onschuldig.

"Ze hebben Elizabeth meegenomen. Vertelden me dat ze verwijderd zou worden."

Susan slikte. "Wa - waarom?"

Dr. Lin schudde zijn hoofd. "Er was een... misstap. Dezelfde reden waarom ze voor mij kwamen." Hij wierp zijn ogen naar links en rechts op de planken aan de muur, alsof hij verder wilde kijken. "Daarom zitten ze *nog steeds* achter me aan. Jullie - jullie allemaal - moeten vertrekken."

"Niet voordat je ons vertelt wat hier aan de hand is," zei Sarah. "De mensen op de foto's - wie zijn ze?"

Lin schudde nog eens zijn hoofd. "Dat weet ik niet. Ze waren hier al toen ik hier aankwam. Allemaal familie, of in ieder geval van dezelfde bevolkingsgroep, geloof ik."

"Zuid-Amerikaans, zo te zien," zei Dr. Lindgren.

Lin's gezicht stond verbaasd.

"Ik ben antropologe," zei ze, de onuitgesproken vraag beantwoordend. "Ik denk Peruaans, of ergens daar in de buurt."

"Ik denk dat je gelijk hebt," zei Dr. Lin. "Het zou overeenkomen met wat we denken dat gevonden is in het wrak onder het hotel. Het schip; heeft Adrian u dat laten zien?"

Ze schudden hun hoofd. "Nee," zei Julie. "Maar we hebben het gehoord. Van de Spaanse Schattenvloot?"

Dr. Lin knikte. "We denken van wel. De skeletten die we daar vonden zijn een kernonderdeel van ons onderzoek geweest. De DNA-monsters die we konden nemen waren... op zijn zachtst gezegd vreemd."

"Hoe dat zo?" vroeg Sarah.

"Ze verschillen lichtjes van wat wij 'normale' mensen zouden noemen. Alsof er een stap gemist is in hun evolutie. Iets dat uitgeschakeld had moeten zijn, is dat nooit geweest, en Dr. Crawford geloofde dat ze daardoor enkele unieke kenmerken hadden. Hij dacht dat de Spanjaarden dat toen ook dachten, en dat ze daarom werden meegenomen."

"En waarom zijn de *levende* mensen meegenomen?" vroeg Julie. "Daar is geen excuus voor."

"Nee," zei Dr. Lin. "Natuurlijk niet. Maar zoals ik al zei, ze waren hier al voordat ik hier kwam. Allemaal."

"Waarom?" vroeg Julie. "Met welk doel?"

Dr. Lin draaide zijn hoofd opzij en keek naar Julie. "Voor meer onderzoek, natuurlijk."

"Onderzoek. Juist. Wat *voor* onderzoek is hier aan de hand, Dr. Lin? Voor wat voor onderzoek heb je skeletten nodig van eeuwen-oude Peruanen, en moderne? En jij... Julie keek naar Susan - "hoe ben jij bij dit alles betrokken?"

Susan's ogen verwijdden zich. "Ik - ik ben het niet. Ik bedoel, dat ben ik wel, maar niet op het niveau van Dr. Lin. Hij heeft de leiding over het hele laboratorium. Het is zijn onderzoek waar we aan werken."

Als Dr. Lin boos was op de vrouw voor haar verraad, liet hij dat niet merken. In plaats daarvan liet hij zijn hoofd zakken. *Ze vertelt de waarheid,* realiseerde Julie zich. *Ze heeft niets te maken met waar Dr. Lin in verzeild is geraakt.*

"Dit station - het hele park," begon Dr. Lin, "is precies wat Dr. Crawford zegt dat het is. Het is een park bedoeld om onderwijs en entertainment samen te brengen, op een manier die nog nooit eerder is gedaan. "

"We hebben het marketingverhaal gehoord," zei Sarah. "Indruk-wekkend spul. Maar het is niet waar, toch?"

"Het is heel erg waar," antwoordde Dr. Lin. "Heel erg. Maar dat is niet *alles wat* dit park is. De financiering - de investeerders die hier zijn, de mensen achter dit alles, het bestuur - ze zitten er allemaal om een andere reden in."

"Onderzoek?" vroeg Julie.

"Ja."

"Onderzoek naar het verwijderen van ledematen van mensen?" vroeg ze. Het was een grove vervolgvraag, maar er waren mensen naar hen op zoek. Ze hadden geen tijd meer.

En ze hadden antwoorden nodig.

"Nee," zei Dr. Lin. "Dat is maar één onderdeel van het onderzoek waar *OceanTech* bij betrokken is. Het is een brutale, zij het noodzakelijke component."

"Als het wreed is, waarom is het dan nodig?" vroeg Sarah. Susan en Julie knikten. Julie was enigszins verbaasd dat de nieuwe aanwinst net zo onwetend was over dit alles als zij, maar ze was niet van plan om het in twijfel te trekken. De kans was groot dat Crawford voldoende voorzorgsmaatregelen had genomen om te voorkomen dat werknemers hun handelsgeheimen met elkaar zouden delen. Hou alles gecompartimenteerd en het was makkelijker om de informatiestroom te controleren.

Hou de mensen in het duister, en het was *veel* makkelijker om alles te controleren.

"Een component van wat, Dr. Lin?"

Dr. Lin zuchtte, keek nog eens rond, en keek toen op naar Julie. "We gaan hier geen ledematen *verwijderen*, Ms Richardson."

Julie fronste haar wenkbrauwen. *Die foto's op je telefoon vertellen een heel ander verhaal,* dacht ze.

"We laten ze weer groeien."

HOOFDSTUK 35

"JIJ BENT... *wat?* "zeiden Julie en Susan eenstemmig.

Julie hoorde een klap van achter haar. De kast stond tegenover de ingang van dit deel van het lab, en voor Julie zich omdraaide om te zien wat de commotie was, wist ze het al. *Te laat, we hebben geen tijd meer.*

"Laten we gaan," zei ze. "Dr. Lin, jij ook. We moeten opschieten." Ze kroop uit de kast en zag dat er twee soldaten stonden te wachten op een commando van ergens anders in het park om de deur te ontgrendelen. Blijkbaar hadden zelfs de bewakers geen toegang tot deze interne laboratoria. Julie maakte daar een mentale notitie van, waardoor ze nog meer het vermoeden kreeg dat er hier beneden iets ernstig mis was. *Zelfs de Ravenshadow mannen hebben geen toegang tot Crawfords geheime lab.*

Dr. Lin begon op te staan, maar zakte toen weer in elkaar op de kleine stoel. Het draaide rond en zijn knieën stootten tegen de plank, en hij keek op naar Julie. "Nee, het is te laat, zoals ik al zei. Er is geen hoop meer voor mij om mijn onderzoek voort te zetten."

Susan staarde naar haar collega. "Je kunt ons nu niet in de steek laten," zei ze. "Dit is allemaal jouw onderzoek. Dit is waar je aan gewerkt hebt, en we kunnen je helpen als je ons vertelt wat je probeert te doen."

Dr. Lin schudde zijn hoofd. "Nee, het is te laat. Dit was en zal altijd Crawford's onderzoek zijn, en hij zal niet toestaan dat iemand als ik - of een van jullie - in de weg staat om het te voltooien. "

De bewakers hadden de deur open en Julie duwde beide vrouwen naar buiten, naar het hoofdlaboratorium aan de linkerkant. "Ga, nu," zei ze. "Blijf doorlopen, dieper de laboratoria in. Ik denk niet dat ze door de deuren kunnen zonder hulp van iemand anders die ze op afstand opent.

Sarah Lindgren keek geschokt. "Maar hoe zit het met jou?" vroeg ze. "Ze zijn bijna binnen."

"Maak je geen zorgen om mij," zei Julie. "Ik ben vlak achter je..."

Het geluid van schoten onderbrak haar. Susan gilde, maar Dr. Lindgren greep haar arm en de twee schuifelden weg, verder het lab in. Julie wendde zich weer tot Dr. Lin. "Ik ken die mannen," zei ze. "Ze gaan je vermoorden. Kom met me mee, nu."

Tot haar verbazing stond de man beverig op en begon naar de kastdeur te lopen. De bewakers bewogen zich langs de rechterkant van de kamer, kwamen dichter bij een direct schot op de kast, maar richtten hun aandacht op de twee vrouwen die zich een weg door de kamer baanden, verder weg. Julie stapte zachtjes naar buiten en sloop naar een verrijdbaar whiteboard dat een paar meter van de muur naast de kast stond opgesteld. De poten stonden een paar meter boven de vloer, zodat haar voeten verborgen bleven, maar met een beetje geluk waren de mannen van boven naar beneden aan het scannen en zou ze goed verborgen zijn. Ze wachtte een extra seconde tot Dr. Lin haar zag en dook toen achter het whiteboard. Hij volgde haar, en zij dook aan de andere kant van het bord op en wachtte tot de mannen voorbij waren. Susan en dr. Lindgren waren al door de glazen deuren die dit deel van het laboratorium van het volgende scheidden. Julie realiseerde zich dat dit laboratorium was opgezet zoals ze nog nooit eerder had gezien, alsof de ontwerper had bedoeld dat elk deel toegankelijk moest zijn, maar elkaar moest uitsluiten van de andere delen. *Nog een mysterie.*

Maar ze had geen tijd om stil te staan bij de kenmerken van de ruimte en haar architectonische anomalieën. De bewakers naderden de deur, de man rechts met zijn hand op de klink en de man links sprak in een microfoon die hij om zijn pols droeg. Binnen enkele seconden zouden zij ook door die deuren zijn, en Julie realiseerde zich iets anders:

We gaan opgesloten worden in deze kamer.

Ze wendde zich tot Dr. Lin. "Zeg me alsjeblieft dat je een badge hebt waarmee je de deuren hier beneden kunt openen."

Hij knikte. "Natuurlijk. Maar als ik het gebruik, zien ze het op het controlescherm. Er zijn geen camera's in dit deel van de laboratoria, om duidelijke redenen."

Die redenen waren nog niet duidelijk, maar Julie had geen tijd om hem onder druk te zetten.

"We moeten naar de volgende ruimte, waar Sarah en Susan zijn," zei Julie.

"Daar gaan de bewakers heen," antwoordde Lin. "Zoals je zei, ze zullen me neerschieten -"

"Ze zullen *hen* ook neerschieten. En dat laat ik niet gebeuren."

"Wat stelt u voor?" vroeg Dr. Lin. "Ze zijn gewapend. We hebben niets om ze mee te bevechten."

Julie dacht even na en keek door het glas naar de bewakers in de kamer ernaast. Ze waren nog geen 100 meter ver, maar ze stonden stil en keken de andere kant op. *Op zoek naar de twee vrouwen.*

"Laat me ze afleiden. Ik kan ze tenminste terug laten komen in deze kamer," zei Julie. "Jij neemt je badge en sluipt langs de zijkant van deze kamer." Ze wees. "Kruip daar in de hoek, achter dat bureau, en zodra ze beiden terug in deze kamer zijn, *ren je weg.* Ga door de deur en blijf doorgaan tot je ze inhaalt."

Dr. Lin keek even bedenkelijk. "Ik - ik kan het niet. Ik weet het niet zeker..."

"*Ga*," zei Julie.

Hij schudde zijn hoofd, liet het toen vallen en keek naar de vloer. De helderheid van de kamer bereikte hen niet, en zijn donkere gezicht viel in de schaduw. "Ik moet blijven. Neem mijn kaart, en laat me hen afleiden."

"Nee," zei Julie. "Het is te gevaarlijk. Je kunt niet..."

"Ze gaan me toch vermoorden. Crawford heeft me laten verwijderen, en het bestuur heeft de motie goedgekeurd."

"Verwijderd?"

"Ontheven van mijn post als hoofd onderzoeker."

Julie was verward. "Dus? Dat is een goede zaak, toch? Zullen ze je laten gaan?"

Hij schudde zijn hoofd. "Nee, 'verwijderd' betekent dat ze alles over mij verwijderen. Alle gegevens over mijn werk hier zullen worden gewist, als ze dat nog niet zijn, en alle publicaties waarin mijn naam voorkomt als vermelding in verband met dit onderzoek zullen worden veranderd in 'et al,' en opnieuw, mijn naam gewist."

"Maar dat is... wat maakt het uit?" vroeg Julie. "Gaat het echt om de ijdelheid? Je verliest een paar jaar van je leven, maar dan kun je opnieuw beginnen, toch?"

Zijn gezicht vertelde haar dat ze iets miste.

"Nee," zei hij. "Ik zal deel blijven uitmaken van het onderzoek hier, alleen niet als *onderzoeker*."

Julie fronste haar wenkbrauwen, en toen viel haar kaak. *Oh.* "Je bedoelt..."

"Ja," zei hij. Ze dacht dat ze een traan in zijn ogen zag. "Ik zal uit mijn functie ontheven worden, maar daarna zal ik een studieobject worden. Gewoon een naamloos persoon in een kooi."

Julie wilde een vervolgvraag stellen, maar Dr. Lin duwde zijn ID-kaart in haar hand. "Ik ga hier niet weg, Ms. Richardson. Daarom kwam ik naar u in het hotel. Ik wist dat u en uw team zouden kunnen helpen, op een of andere manier. Wat hier gebeurt is niet goed, en de wereld moet het weten."

Julie slikte, en knikte toen. "We - we zullen ons best doen."

"Nee," zei hij. "Je *moet* het beter doen dan dat. Je moet Crawford stoppen. Wat er ook gebeurt. Hij begrijpt niet wat hij hier doet."

Hij legde zijn handen over haar geklemde vuist, nog steeds de ID-badge vasthoudend. Ze had nu de sleutels van het koninkrijk, en het vertrouwen van de hoofdonderzoeker dat ze Crawford zou neerhalen.

Alles wat ze nu nodig had was die belofte waar te maken.

HOOFDSTUK 36

REGGIE LEUNDE VOOROVER EN FLUISTERDE TEGEN BEN. "Nog niet. Laten we eerst zien wat Crawford te zeggen heeft."

Ben knikte. Hij was nog steeds boos op zijn vriend, maar ze hoefden tenminste niet in de gevangeniscel te wachten. De Havik liep voorop, de twee gewapende bewakers volgden achter Reggie en Ben. Ze waren niet vastgebonden of geboeid, en Reggie nam aan dat dat betekende dat de mannen van Ravenshadow vertrouwen hadden in hun vaardigheden met hun compacte aanvalswapens.

Reggie had zeker vertrouwen in hun capaciteiten. Hoewel hij niemand herkende van de Ravenshadow-bemanning die ze tot dan toe hadden gezien, behalve The Hawk zelf, wist Reggie alles over hun rekruteringstactiek. Vicente Garza was het bedrijf jaren geleden begonnen en lokte jonge soldaten naar het beveiligingsbedrijf door een veel beter pakket arbeidsvoorwaarden aan te bieden dan het leger van hun regering. Het was een grote aantrekkingskracht op de ruwe jonge mannen, degenen die een excuus wilden om hun wapens te gebruiken. Zij hadden vaak geen familie of niets om hen aan te binden, en velen van hen waren in hun tijd zelfs meer dan eens in aanraking gekomen met de wet.

De Havik bood de mannen een bonus aan voor het verlaten van het leger na het verstrijken van hun verbintenisperiode, en betaalde zelfs voor opleidingsprogramma's terwijl ze nog in dienst waren. Daarna stuurde hij hen naar zijn afmattende vorm van bootcamp, een programma dat hij had ontworpen met fysiologische en fysieke marteling in gedachten.

Reggie wist ervan omdat hij het *gedaan had*.

De Hawk had jaren geleden geprobeerd hem te rekruteren, net nadat hij zijn ambtstermijn had voltooid en net voordat hij zou gaan proberen voor de Special Forces Qualification Course. Reggie had de kans aangegrepen om zijn opleiding en ervaring te "versnellen" door zich aan te sluiten bij een groep die betere opties beloofde dan het leger. Hij verliet zijn eenheid en reisde naar het achterland van Canada om aan de eerste fase van de training te beginnen.

Na deze eerste fase ontdekte Reggie meer over wie The Hawk was, hoe hij aan zijn reputatie was gekomen en waar de Ravenshadow-bemanning precies bij betrokken was.

Elk jaar waren er maar een paar rekruten die "The Gauntlet" met succes doorstonden en er als volwaardige Ravenshadow-soldaat uitkwamen. The Hawk had het intensieve programma zo ontworpen dat elke man net zo op de proef werd gesteld als het befaamde BUD/S-trainingsprogramma van de Navy SEALs, maar dan met een beetje meer fysiek misbruik en kwelling, en toch wilde bijna elke jongeman die het programma doorliep en faalde, meer. Ze waren verslaafd aan het gevecht, aan de pijn van dit alles, en het gezelschap van de Havik gedijde op die adrenaline.

Garza hield een lijst bij van rekruten die hadden geprobeerd en gefaald om 'The Gauntlet' te leiden, en hij deed vaak een beroep op hen om op missies te helpen als hij zijn bemanning moest versterken. Reggie twijfelde er niet aan dat er nu heel wat van die types bij hem waren, mogelijk inclusief de mannen die hen naar Crawfords kantoor begeleidden.

Maar net als Reggie zelf, waren deze mannen verre van 'ongeschoold'. Ze konden schieten, vechten en denken als de beste soldaten die Reggie ooit had ontmoet, en ze waren in topconditie. Ze hadden een voorproefje gekregen van wat vrijheid was, boven hun hoofd bengelt door Vicente Garza, en ze waren verslaafd. Ze zouden in elke oorlog vechten die hij hen opdroeg, ongeacht waar of tegen wie.

En *dat* was de reden dat Reggie de handdoek in de ring had gegooid. Hij had met eigen ogen gezien wat voor gevechten De Havik hen wilde laten leveren, en hij wilde daar niets mee te maken hebben. Bedrijven betaalden goed geld voor een beetje 'krachtige beveiliging', en veel van hen kon het niet schelen welke maatregelen werden genomen om hun belangen te beschermen. Hij was met de havik naar Afrika geweest en was er geschokt, moreel in de war en boos uitgekomen.

En hij *haatte het* om boos te zijn.

Dus nam hij ontslag. Het was niet zo eenvoudig als een ontslagbrief - de Hawk was slimmer dan dat, en Reggie wist dat de man in staat zou zijn om hem te vinden overal in de wereld waar hij dacht dat hij kon verbergen, en er zou gevolgen zijn om te betalen. In plaats daarvan had Reggie opzettelijk gefaald in een cruciale missieparameter vlak voor hij de bootcamp cursus zou afronden.

De Havik was woedend en ontsloeg Reggie op staande voet, en Reggie nam de afstraffing voor lief en ging op weg, om zich uiteindelijk in Brazilië te vestigen en zijn eigen overlevingstrainingskamp voor bedrijfsleiders te beginnen. Hij had The Hawk en Ravenshadow uit zijn hoofd gezet, concentreerde zich voor het eerst in jaren weer op zijn persoonlijke leven en was zijn ervaringen in de particuliere beveiligingssector bijna helemaal vergeten.

Tot Philadelphia. De Havik en zijn mannen waren zijn leven weer binnengewandeld op verzoek van hun nieuwste weldoener, een vrouw die bescherming wilde voor haar bedrijf tijdens de creatie van een serum en een geneesmiddel dat onder controle moest worden gehouden. Reggie had toen bijna zijn leven verloren, en vele mensen, waaronder zijn goede vriend, Joshua Jefferson.

hij zou de havik nooit vergeven, en hij had op dat moment gezworen de man te doden die zoveel leed had veroorzaakt in zoveel levens.

Maar nu was niet de tijd. Een andere bedreiging, deze met de naam Adrian Crawford, was in hun leven gekomen. Crawford was misschien niet het type soldaat, maar hij was net zo sluw als Garza. Hij had ze met succes naar zijn rijk gelokt, en ze opgesmukt met chique eten en accommodaties. Bovendien had hij zijn charisma geperfectioneerd, en Reggie was er voor gevallen.

Ze stonden op het punt oog in oog te staan met die man, en Reggie wilde een kans om hem *precies te* vertellen wat hij voelde over zijn nieuwe park.

Hij wist dat Ben dat ook wilde, en hij wilde hem die kans niet ontnemen. Crawford zou hen uithoren, en *dan* zouden ze proberen te ontsnappen. Julie en Dr. Sarah Lindgren waren nog steeds ergens daarbuiten, het park aan het verkennen en hopelijk zichzelf aan het vermaken, maar ze waren nu in gevaar. Reggie zou alles doen om hen te beschermen, wetende dat hij het zichzelf nooit zou vergeven als er iets met een ander lid van zijn team zou gebeuren.

En hij wilde er niet eens aan *denken* wat Ben zou doen als er iets met Julie zou gebeuren.

Hij keek naar Ben toen ze de lift naderden die hen naar het bovenste niveau en de ingang van de Subshuttle zou brengen, en bekeek het gezicht van zijn vriend.

Ben leek stoïcijns, maar Reggie wist dat er veel aan de hand was onder de oppervlakte. Hij wilde net zo graag wraak als Reggie, en hij zou het krijgen. Hij zou Julie beschermen, maar totdat hij zeker wist dat ze in gevaar was, zou hij zich richten op Crawford, dan op de Hawk.

Voor een moment, zelfs ondanks de geweren en de infanterie achter hen, en de al te capabele leider van die mannen die voor hen liep, had Reggie medelijden met hen allemaal. Harvey Bennett was niet begonnen als een vechter, maar hij was er een geworden.

En hij had nog geen grammetje van de veerkracht en kracht verloren die hem zover hadden gebracht.

Ze zijn dood, dacht Reggie. Hij wist niet hoe, of wanneer, maar hij wist dat het een feit was. *Ze zijn allemaal dood.*

HOOFDSTUK 37

JULIE VLUCHTTE. Er was geen keus nu, en er was geen weg terug. Ze zou ter plaatse neergeschoten worden, De Havik kennende. Garza had waarschijnlijk het bevel gegeven om te schieten voor ze zelfs maar waren afgedaald in de laboratorium ruimte onder de tweede ring.

Dr. Lin had ook zijn keuze gemaakt. Hij stond in het midden van de kamer, niets dan lege ruimte en een dikke glasplaat tussen hem en de mannen in de andere kamer. Een van de mannen draaide zich om, zag hem, en riep naar zijn teamgenoot.

De twee wachters van Ravenshadow haastten zich naar de deur en een van hen riep hem weer aan, wachtend tot hij openging. Hij stapte door, zijn geweer geheven.

Julie wachtte, gehurkt achter het bureau, kijkend. Ze hadden haar eerder niet gezien, en ze was er zeker van dat ze haar nu ook niet gezien hadden. Toch moest ze de dingen perfect timen om haar plan te laten werken, en zelfs dan was het nog een gok. Deze mannen waren getrainde moordenaars, huursoldaten die door The Hawk zelf verder waren getest. Ze had de groep in Philadelphia ontmoet, en had een afmattende nacht alleen in een gymzaal doorstaan, vastgebonden aan een stoel, wachtend op marteling door The Hawk of een van zijn mannen.

Ze wilde hen doden - hen allemaal - ook al herkende ze deze twee niet direct. Ze wist waar ze voor stonden, en voor wie ze werkten, en dat was meer dan genoeg.

Maar niet nu, dacht ze. Ze wilde wel, maar er was geen manier om ze neer te halen zonder een wapen. En Susan en Dr. Lindgren waren nog ergens in het laboratorium, en ze was het tenminste aan Dr. Lindgren verschuldigd om te helpen.

De tweede bewaker kwam de kamer binnen, en beide mannen richtten hun machinepistolen op Dr. Lin. Dr. Lin zag er zielig uit, zijn verfomfaaide haar nog steeds in de war, zijn handen opgeheven in verslagenheid. "Ik - Ik wil met Crawford praten," zei hij.

De man die het dichtst bij Julie stond lachte. "Daar is het te laat voor, Doc." Hij vuurde, twee snelle schoten. De eerste draaide Lin rond, terwijl de tweede zich in de linkerkant van zijn bovenrug boorde. De twee bewakers stapten naar voren en liepen naar Lin toe.

Lin aarzelde even en viel toen.

Nu, dacht Julie. Het moment was aangebroken, en ze schoot overeind uit haar gehurkte positie op de vloer en rende naar de deur. Ze stak de kaart van de dode man uit en keek ongeduldig toe tot het lampje groen knipperde en de deur van het slot ging. Het duurde een slopende twee seconden, en ze dwong zichzelf om niet over haar hoofd te kijken, om niet naar de twee gewapende mannen te kijken die nauwelijks twee meter bij haar vandaan stonden.

Ik kan niets doen als ze me zien, dacht ze.

De deur klikte - luid - en schoof open. Het was een zachte klik, maar in Julie's oren klonk het alsof het hele park het kon horen. Ze wist zeker dat minstens één van de Ravenshadow bewakers het gehoord zou hebben.

Ze wachtte net lang genoeg tot de deur wijd genoeg open ging om haar door te laten glijden, toen draaide ze en rolde langs het glas aan de andere kant van de muur.

En het was nog net op tijd ook.

Een spetter van geweervuur raakte het glas waar ze nog maar een fractie van een seconde daarvoor had gestaan. Het glas hield, maar Julie voelde de schok in haar lichaam. Ze dwong zichzelf te ademen. *Ik leef nog. Ik vecht nog steeds.*

Ze was niet van plan zich terug te trekken, maar ze was ook niet van plan zich in een gevecht te storten zonder zich te bewapenen. Dit was de verkeerde tijd en plaats voor een impasse, dus deed ze het enige wat zin had.

Ze rende weg.

Ze rende zo snel als haar benen haar konden dragen, dieper het bochtige laboratorium in, en ze rende voor haar leven, en voor het leven van de twee vrouwen die ze nog maar net had ontmoet. De muren bogen naar rechts, net als in de eerdere delen van het lab, en ze nam aan dat ze ongeveer een kwart van de ring rond was. Ze bevonden zich op Sub-1, onder het wateroppervlak, en plotseling voelde ze het gewicht van het water om haar heen, slechts gescheiden door een muur aan elke kant. Er was een voelbare spanning in de kamer, ook al had ze niet gecontroleerd of de twee bewakers zich bij haar hadden gevoegd of nog in het vorige laboratoriumsegment waren.

Het maakte haar niet uit - het maakte haar niet uit waar ze waren. Ze moest Sarah en Susan vinden en hen in veiligheid brengen. Dr. Lindgren leek een taaie, maar Julie ging er niet vanuit dat ze ooit in een situatie als deze had gezeten. Niet veel mensen hadden dat, en ze was er zeker van dat het Susan nog slechter zou vergaan.

Ze maakte zich niet veel zorgen over Reggie of Ben, omdat ze wisten dat ze voor zichzelf konden zorgen, maar ze hoopte dat ze erachter waren gekomen dat Crawford net zo vreselijk was als The Hawk.

Ze hoopte dat ze niet in een val waren gelopen.

Toen ze tegen het volgende segment aanliep, besefte ze dat *ze* in een val was gelopen. Niet een in fysieke zin, maar zeker een in psychologische zin.

De laboratoriumafdelingen waren tot nu toe typisch geweest

voor wat Julie zou verwachten: kamers met rekken en kasten langs de gebogen muren, hoge metalen tafels en krukken verspreid over de kamers, microscopen, bekers, maatcilinders en computers. Heel typisch voor wat ze zich herinnerde van haar eigen ervaring in de scheikundeles op de universiteit.

Maar dit segment was anders. Ten eerste was het donkerder. Het was slecht verlicht, ofwel door opzet ofwel door onwetendheid, maar ze gokte op het laatste. Ten tweede, de kamer voelde totaal anders aan dan de rest van de laboratorium kamers. Het was er vochtig, het klimaatbeheersingssysteem werkte op volle toeren om de extra vochtigheid in de ruimte te compenseren. Ten slotte had het een compleet andere indeling. De tafels en krukken waren vervangen door een lange, licht gebogen ruimte, en de computers waren afwezig, vervangen door een massief controlestation bestaande uit een reeks beeldschermen die onder een hoek naar beneden waren gericht en boven haar aan het plafond en de muur waren bevestigd.

Tenslotte waren er geen planken of kasten. In plaats daarvan waren er kooien.

In de kooien, mensen.

Ze bleef staan, niet in staat zichzelf te helpen. De kooien - allemaal, links en rechts van haar, op elkaar gestapeld in afzonderlijke compartimenten met glazen wanden - waren gevuld met mensen. Eén persoon per kooi, elk van hen zittend of hurkend in een zeer ongemakkelijke houding, uitkijkend over de kamer.

Niet op haar, maar op... niets.

Ze waren zo leeg als aangespoelde schelpen op het strand. Tekenen van vroegere bewoning, maar volledig verstoken van leven. Verbijsterd bleef ze staan. Ze keek naar elke kooi links van haar, voor zover ze kon zien, toen draaide ze zich om en keek naar de kooien rechts van haar. Allemaal vol, allemaal leeg op hetzelfde moment. De mensen binnenin staarden naar buiten, geen van hen toonde enig teken dat ze zelfs maar haar entree in hun miniatuurgevangenis hadden opgemerkt.

Ze wilde terugrennen, maar de bewakers waren er nog steeds, nog steeds achter haar aan. Waarschijnlijk hadden ze nu wel doorgehad dat ze achter drie vrouwen aanzaten, één wetenschapper in dienst van *OceanTech* en twee bezoekers in burger. De deuren zouden daarna geen probleem meer voor hen zijn, gokte ze, ervan uitgaande dat ze niet bij elk segment van het laboratorium hoefden te stoppen om te wachten tot de controlekamer hen binnenliet.

Ze moest doorgaan, doorgaan met bewegen. Deze mensen - wie ze ook waren - hadden haar hulp nodig. De twee vrouwen die verderop op haar wachtten, hadden haar hulp nodig.

Reggie en Ben, waar ze ook waren, hadden haar hulp nodig.

Ze keek nog eens naar de eerste kooi links van haar en maakte zich klaar om weer te gaan rennen. Ze zag de oude, gerimpelde huid van de man, zijn lege, lege ogen, zijn handen, verweerd en koud, levenloos zittend aan zijn zijden. Ze keek even naar hem, niet zeker of hij wel ademde. Misschien waren het allemaal wassen beelden, een wrede grap van *OceanTech* en Adrian Crawford.

Maar toen zag ze zijn borstkas bewegen, snel en scherp, een keer, dan weer. Hij hapte naar adem, zonder zijn blik af te wenden van het punt dat hij recht voor zich had gekozen. *Misschien kon hij niet door het glas kijken,* dacht ze.

Ze begon te bewegen, langzaam in het begin.

Maar toen bewogen zijn ogen.

Volg haar.

Naar haar kijken.

Ze viel bijna, en moest zichzelf opvangen door naar de volgende glazen kooi in de rij te reiken. Ze hervond haar evenwicht en richtte haar blik op de man in de eerste kooi. *Het is een illusie,* dacht ze, *net zoals iemand op televisie je altijd recht in de ogen lijkt te kijken.*

Maar ze wist dat het niet waar was - dit was geen tweedimensionale versie. De ogen van de man hielden stil, onderzochten haar, kwamen tot leven en keken hoe zij naar hem terugkeek. Ze keken elkaar luttele seconden aan, maar voor Julie voelde het als een eeuwig-heid. Gevangene en toeschouwer, man en vrouw.

En toen reikte hij op en legde zijn hand op het glas. Zijn ogen werden zachter, en Julie's hart sloeg een slag over.

Hij smeekte haar, zonder woorden te wisselen, maar zij wist precies wat hij probeerde te zeggen.

Help.

HOOFDSTUK 38

"HARVEY, GARETH, KOM BINNEN." Crawfords stem had niets van zijn charme verloren, maar voor Ben voelde het gekunsteld aan. Goed geoefend, zeker, maar gekunsteld. De charismatische man die voor hen stond, achter zijn bureau, was een briljant strateeg.

En Ben en Reggie speelden recht in zijn val.

"Hou je mond, Crawford," zei Reggie. "Genoeg met de spelletjes - waar gaat dit allemaal over?"

Crawford veinsde even bezorgdheid. "Heeft mijn veiligheidsteam je niet goed behandeld?"

"Ik ga het je niet nog eens zeggen, *Adrian*. Hou op met die onzin.

"Genoeg," zei Crawford, terwijl hij een hand ophield en Reggie het zwijgen oplegde. "Goed. Alle eerlijkheid vanaf nu."

"Alsof ik dat ga geloven," zei Reggie. "Er is geen manier waarop ik ga vertrouwen -"

"Je bent hier omdat Vicente Garza me vertelde dat het in mijn belang zou zijn de wereld te bevrijden van de Civilian Special Operations," zei hij.

Verdomme, dacht Ben. *Dat* was *eerlijk.*

"Echt?" stamelde Reggie.

"Ik zei het je, eerlijkheid vanaf nu."

"Goed," zei Reggie, zich omdraaiend naar The Hawk, die naast hem stond. "Waarom heb je die kerels in de eerste plaats ingehuurd? Het zijn criminelen. Als de regering ontdekt wie jullie beveiling uitvoert, zijn jullie binnen een uur uitgeschakeld, gegarandeerd."

Crawford glimlachte, en Garza grijnsde. De twee Ravenshadow bewakers waren met Ben en Reggie binnengekomen, maar stonden achter hen. Ben kreeg het gevoel dat ze niet lachten of glimlachten.

"U gaat ervan uit dat deze plek onder controle van uw regering staat," zei Crawford. "We hebben zeer minimale operationele eisen van de regeringen van de Verenigde Staten en de Bahama's, en *Ocean-Tech* zelf is geregistreerd als een corporatie in Ierland."

"Dus je runt een belastingvrij en regelvrij bedrijf," zei Ben.

"Niet ongewoon voor een bedrijf," zei Crawford. "Maar dat is niet het punt. Het punt is dat er hier veel onderzoek is dat niet zal worden begrepen - of geaccepteerd - door typische regulerende overheidsinstanties."

"Omdat je mensen vermoordt?" Zei Reggie.

"*Omdat* het cutting-edge is," antwoordde hij. "En het is state-of-the-art, en daarom is het *waardevol*. Ravenshadow heeft een bewezen staat van dienst in het beschermen van bezittingen die zorg, discretie en anonimiteit vereisen."

"Welk onderzoek?" vroeg Ben.

Crawford wierp hem een glimlach met kuiltjes toe. "Blij dat je het vraagt. Zoals ik al zei, alle eerlijkheid hier. *OceanTech* is altijd een bedrijf geweest in de voorhoede van genetisch onderzoek. *Paradisum* zal nog steeds een park zijn, in de eerste plaats bedoeld voor vermaak door educatie, maar *OceanTech* heeft zijn paradepaardje op *deze* locatie gebouwd vanwege de beschikbare grondstoffen om ons onderzoek voort te zetten."

"Zout water?" vroeg Ben.

Reggie schudde zijn hoofd. "De scheepsramp."

"Inderdaad."

"Maar waarom *dat* scheepswrak? Het gaat er toch niet om *zomaar een* scheepswrak te vinden en er een hotel op te bouwen?"

"Natuurlijk is het dat niet. Dit *specifieke* scheepswrak maakte deel uit van een Spaanse schatvloot in de 1700's. Een die zijn reis begon met een zeer speciale lading. "

"Je haalt Spaans goud en zilver uit het wrak?" vroeg Ben.

Crawford schudde zijn hoofd. "Nee. Hoewel we een paar honderdduizend dollar aan gouden en zilveren artefacten hebben gevonden, waren de *mensen de* 'kostbare lading' die dit schip vervoerde."

Bens gedachten gingen onmiddellijk terug naar Sarah's opmerking over de *menselijke lading* die zich volgens haar op het schip bevond. Het artikel dat ze had gelezen - het artikel dat vrijwel onmiddellijk daarna uit de publicatie was verwijderd - had vermeld dat het schip was gevonden met de skeletten van mensen die niet tot de eigenlijke Spaanse bemanning behoorden.

"Inca?" vroeg Ben.

Crawford kneep zijn ogen dicht. "Ja, precies. Goed geraden?"

Ben haalde zijn schouders op. "Dr. Lindgren is een bekwaam antropoloog, denk ik."

Crawford leek onder de indruk, toen werd zijn gezicht donkerder. Hij keek op naar Garza. "Hebben we al een locatie, Garza?"

Garza schudde even zijn hoofd.

"Goed. Blijf zoeken. Maar ik *wil dat* ze gevonden worden."

"Natuurlijk. Het zou makkelijker zijn om ze te vinden, als je me toestemming had gegeven om bewakingsapparatuur te installeren in de -"

"Niet in het lab, Garza. We hebben het hier over gehad."

Garza knikte, maar Ben kon zien dat hij niet blij was dat hem verteld werd wat hij moest doen. Het was waarschijnlijk een ongewoon gevoel voor de man.

Crawford herstelde zich, deed een stap opzij en draaide zich iets om, om Ben en Reggie weer aan te spreken. "Dat is ze inderdaad. Nogal fascinerende individuen, zowel zij *als* mevrouw Richardson."

Ben wachtte op het antwoord van de man.

"Ik hoop dat we snel weer samen zullen zijn,' zei Crawford.

"Waar gaat dit over, Crawford?" vroeg Ben. "Wat wil je van ons?"

"Ik heb het je gezegd. Ik wil er zeker van zijn dat de CSO zich op geen enkele manier bemoeit met ons onderzoek hier. U hebt de unieke mogelijkheid om buiten elke vorm van direct toezicht te opereren, en dat baart me zorgen."

"Goed," zei Reggie. "We houden ons erbuiten. Laat ons van het eiland."

Crawford schudde zijn hoofd. "Het spijt me zeer. Dat kan ik niet toestaan."

"Wat is er met die skeletten? Waarom bouw je er een park overheen?" vroeg Ben. Hij was geïntrigeerd door het hele idee, maar Crawfords woorden baarden hem alleen maar meer zorgen.

"Ze zijn een heel bijzondere vondst," zei Crawford. "De Spanjaarden ontdekten de leden van deze stam en wilden onmiddellijk de mogelijkheden onderzoeken die hun unieke vermogens boden. Ze waren natuurlijk een beetje te *primitief* om succesvolle medische sprongen te maken."

Medische sprongen? Mogelijkheden?

"Welke mogelijkheden?"

"Het volk van deze stam, een van de vele die de Inca-beschaving vormden, zou afstammen van de Inca-goden zelf, zo gaat het verhaal. Ze waren in staat tot regeneratie."

"Regeneratie..." Zei Reggie. "Zoals zombies?"

"Nee, nee. Helemaal niet. Ik bedoelde regeneratie *van ledematen.* Men geloofde dat ze armen, benen, vingers en tenen konden laten groeien. Soms allebei, maar de meeste verslagen zeggen dat de stam teruggetrokken was en op zichzelf bleef. Ze waren grotendeels onbekend, en de Inca beschaving eigende zich hun land toe zonder dat ze er zelfs maar iets van wisten. Ze waren technisch gezien een ongecontacteerde stam binnen het grotere geografische gebied van de Incabevolking, en ze bleven een mysterie voor de Peruaanse inwoners. Gewoon een mythe, een legende.

"Maar de Spanjaarden vonden ze blijkbaar - ze waren het *echte* goud waar de Spaanse kroon op uit was. Kun je je dat voorstellen? Om in staat te zijn het proces van ledemaatregeneratie bij mensen na te bootsen?"

Ben was enigszins gefascineerd, maar *zeer* verontrust. "Dus... wat? Je was in staat om DNA uit de skeletten te halen en het te proberen?"

Crawford schudde zijn hoofd. "Nee, helaas. Hoewel we het een paar jaar geprobeerd hebben. Maar het DNA was te oud, de monsters te versleten. Er was niets bruikbaars te vinden in de vergane romp van het schip, dus besloten we voort te bouwen op de kennis die we *al* hadden. De informatie die deze stam met de legenden verbond."

"En waar was *die* informatie?" vroeg Reggie.

Ben wist dat Reggie een geschiedenisfanaat was, en van zijn tijd in Brazilië, zou dit alles zijn interesse wekken. Toch klonk het nogal vergezocht, en Ben wist dat Reggie sceptisch was.

"Het meeste is met het Spaanse schip gezonken," zei Crawford. Hij keek naar beneden naar zijn bureau, in een soort van geveinsde eerbied. Plechtig, kauwend op de binnenkant van zijn lip en zijn hoofd schuddend. *Wat een acteur*, dacht Ben. "Maar er was een set documenten die mijn bedrijf vond in Peru. In een oude Jezuïetenkerk, geschreven op perkament dat verkreukeld en vervaagd was."

Man, die vent kan goed met woorden overweg, dacht Ben. *Hij bespeelt ons* nog steeds, *ook al heeft hij daar geen reden toe.*

"De perkamenten werden onderzocht door mijn wetenschappelijk team, en ikzelf stelde ze samen tot werkbare documentatie van de periode vlak voordat de vloot de haven verliet. De priester die ze schreef fungeerde blijkbaar als een soort kwartiermeester voor de kapitein van het schip, want hij hield een grootboek en een manifest bij, en één bepaalde paragraaf leek te impliceren dat het Spaanse schip op weg was naar de kust van Florida, en dan door naar Spanje, zo snel als het weer het zou toelaten.

"Ze werden beladen met 'voorwerpen die in het belang van de kroon waren, waaronder zilver- en goudvoorraden en -' ik citeer - '*inwoners van de stam der legenden, voor mij onbekende doeleinden.*'"

"Dus deze priester werd een beetje pen-happy. Hoe weet je dat hij de waarheid sprak?"

"Het was een beredeneerde gok," zei Crawford. "Maar het was een juiste. De skeletten waren nuttig voor ons, al was het maar om ons in de richting te wijzen van het vinden van *meer* van hen. "

Ben fronste zijn wenkbrauwen. "*Meer*?"

"Ja. Meer. Deze keer met de huid er nog aan. We hadden *nieuwe* proefpersonen nodig, als je begrijpt wat ik bedoel."

Bens ogen verwijdden zich en hij keek naar Reggie, maar zijn vriend staarde naar Crawford. Ben stelde zich voor dat Reggie naar de keel van de man greep, wetende dat het maar een paar seconden zou duren voor Reggie hem zou doden. Maar dat zou een vergissing zijn, want Garza en zijn mannen stonden klaar. Julie en Dr. Lindgren zouden alleen maar meer gevaar lopen als ze nu iets overhaast deden.

"Waarom vertel je ons dit?" vroeg Ben. "Waarom onthul je je hand?"

Crawford lachte. "*Mijn hand onthullen?* " vroeg hij. "Ik onthul *niets*, meneer Bennett. Dit zal algemeen bekend zijn in een maand, misschien minder, wanneer we onze eerste bevindingen publiceren. Maar het zal niet uitmaken - niemand kan *Ocean Tech* toch aanraken, zoals ik eerder heb uitgelegd, en er zullen *duizenden* organisaties en farmaceutische bedrijven geïnteresseerd zijn in ons onderzoek. Het maakt niet uit hoe we aan het onderzoek zijn *gekomen*."

Ben werd meer en meer boos, maar hij wist dat Crawford gelijk had. Als eenmaal bekend was dat *Ocean Tech* het geheim van de regeneratie van ledematen had ontdekt, zou niemand zich meer bekommeren om de middelen om er te komen - het eindresultaat zou bijna alles rechtvaardigen.

Maar *hij* wist het. En dat was Crawfords eerste fout.

De tweede was het vertellen aan Reggie.

HOOFDSTUK 39

ZE VOND HEN IN DE VOLGENDE BOCHT, achter de volgende glazen deuren. Ze was buiten adem, haar hart bonsde, nog steeds denkend aan de laborante, Susan, die zich achter een tafel naast Dr. Sarah Lindgren verschanste, wachtend en de deuren in de gaten houdend. Julie gebruikte Dr. Lins kaart en wachtte tot de deur van het slot ging. Ze bedankte nogmaals wie er ook in het gebouw was die Lins toegang nog niet had gezien en hem had afgesloten.

"Dr. Lin?" vroeg Susan.

Julie schudde haar hoofd. *Meer uitleg is niet nodig,* dacht ze.

De twee vrouwen staarden haar aan, maar geen van beide stelde een vervolgvraag.

"Waarom ben je gestopt?" vroeg Julie.

"We waren aan het praten," zei Susan. "Dit is halverwege de ring, dus het is het verste dat we van de liften aan de andere kant kunnen komen."

Julie zag dat ze gelijk had; er waren geen liften aan deze kant van de ring. Er was echter wel een stel deuren, ongemarkeerd, achter Sarah's en Susan's locatie. Ze wist niet zeker waar de deuren heen leidden, maar het waren stevige, dikke deuren, en er was een ID-lezer naast gemonteerd. *Waar die deuren ook heen leiden, ze leiden niet naar een bezemkast.*

De rest van de kamer was relatief kaal, een paar metalen tafels en krukken, maar de tafels waren leeg en de krukken waren onder elke tafel geschoven. Het leek alsof niemand hier was geweest sinds het was opgezet.

De twee muren aan de buiten- en binnenkant van de gewelfde kamer waren ook van metaal, en bij nadere beschouwing zag Julie dat de muren geen massief, enkelvoudig stuk metaal waren, maar doosvormige stukken metaal, op de hoeken op hun plaats gehamerd. Het totaaleffect was een muurschildering van zilver, de metaalglans van de vlakken kaatste het zwakke licht terug de kamer in.

Het was een vreemd ontwerp voor een kamer, vond Julie, en het was nog vreemder dat iemand besloten had dat de kamer ontworpen *moest* worden. Ze bekeek de muur aandachtiger en voelde aan de randen van een van de metalen vierkanten.

"We wisten niet waar de bewakers waren," voegde Sarah eraan toe. "We dachten dat het hier het veiligst was, weg van waar ze waarschijnlijk vandaan zouden komen."

"Ze zitten achter me," zei Julie. "Maar ze hebben geen kaart, dus ze gaan wat langzamer. We moeten in beweging blijven."

"We moeten niet helemaal rondgaan," zei Susan. "Er zijn camera's buiten de liften. Die weten precies waar we zijn zodra we in de buurt van de voorkant van de ring komen."

Julie bedacht dat de wetenschappers gewend waren de kant van de ring met de liften en de ingang van de Subshuttle de 'voorkant' te noemen, wat betekende dat ze ergens aan de achterkant van de verzonken ring moesten hebben gestaan. "Oké," zei ze. "Maar hebben ze hier beneden geen camera's?" ze begon onbewust de muren en plafonds te onderzoeken, op zoek naar de kleine, zwarte bewakingscamera's die ze in de gangen van het hotel in de centrale ring had gezien.

Susan schudde haar hoofd. "Nee, niet hier beneden in deze labs.

Crawford zou het niet toestaan, en Dr. Lin waarschijnlijk ook niet, wetende waar ze aan werkten."

"Ja," zei Julie, "ik heb een stukje gezien van waar ze mee bezig waren. Ik zou het ook willen verbergen." Ze zei de woorden en meende ze, maar ze was een beetje verbaasd over hoezeer ze leken te steken. "Sorry," voegde ze eraan toe. "Ik weet niet zeker hoeveel je ervan wist."

Susan slikte en keek toen de kamer rond. "Niet veel, eerlijk gezegd. Dr. Lin had me net zijn vervanger gemaakt, daarom heb ik toegang tot deze achterkamertjes. Maar ik heb niet eens eerder met hem over iets gesproken... eerder."

Julie wist waar de vrouw het over had. Ze hoefde niets uit te leggen, wetende dat Susan intelligent genoeg was om twee en twee bij elkaar op te tellen. *Dr. Lin is dood. Haar baas is dood. Dat weet ze.*

"Dus je had geen idee van de... kooien?"

Susan pauzeerde even en knikte toen. "Ik wist natuurlijk dat ze mensen aan het testen waren. Ik dacht dat ze ziek waren, of vrijwilligerswerk hadden gedaan, of zoiets."

"Makkelijk excuus," zei Dr. Lindgren. Julie wierp haar een blik toe. *Niet nu*, dacht ze. *Deze vrouw moet meewerken.*

"Susan," zei Julie, terwijl ze haar stem vlak hield. "We hebben je hulp nodig. Wat je ook weet over dit... lab. Alles wat je ons kunt vertellen. Niemand beschuldigt je ergens van."

Susan knikte en keek toen naar Julie en Sarah. "Ik ben oorspronkelijk aangenomen om een synthetisch onderdeel te maken van een medicijn dat ze aan de proefpersonen toedienen. Of dat is wat men mij heeft laten geloven. Dat is mijn achtergrond, mijn gebied van expertise - genetische geneeskunde."

"Genetische geneeskunde?" Vroeg Sarah. "Daar heb ik nog nooit van gehoord."

"Stamcelonderzoek," zei Susan. "Maar dan in de vorm van medicijnen. Ik maak chemische verbindingen die aan patiënten toegediend kunnen worden om te helpen bij allerlei genetisch gerelateerde ziekten."

"Zijn de mensen in dat andere lab ziek?" vroeg Julie.

"Nee. Nou, ik weet het niet. Maar ik denk het niet. Ik heb nooit direct contact met hen gehad."

"Wat heb je gedaan?" vroeg Sarah.

Julie keek de kamer rond en luisterde goed of ze iets hoorde van de bewakers die hen achtervolgden. Als Susan gelijk had, was dit de beste plek voor hen om te wachten, om te hergroeperen, maar dat betekende ook dat ze schietschijven waren.

"Waar gaan die deuren heen?" vroeg Julie, Susan's antwoord onderbrekend.

"Dat is de Subshuttle uitgang voor dit niveau," zei Susan. "De shuttles rijden in een rechte lijn, weet je nog. Ze beginnen bij de liften en lopen tot hier. Er is er een die loodrecht op deze staat op het volgende niveau naar beneden. Langzaam, maar het werkt voor ploegenwisselingen, omdat we meestal allemaal samen naar beneden gaan."

Julie dacht even na. "Is er een manier om er op te komen? Kunnen we het van deze kant oproepen?"

Susan knikte. "Ja, ik kan mijn kaart gebruiken, maar ik denk niet dat het een goed..."

"Doe het," zei Julie. "Nu."

Ze luisterde nog eens en hoorde het geluid van de bewakers. De mannen renden door het laboratoriumsegment links van haar en stootten tafels en stoelen om. Ze waren duidelijk meer geïnteresseerd in het vinden van hun ontsnapte gevangenen dan in het verlaten van het lab in goede staat.

Susan liep naar de kaartlezer en haalde haar kaart door de kaartlezer. "Het kan even duren," zei ze. "Ik weet niet waar de shuttle is."

"Maakt niet uit, zei Julie. "We gebruiken het alleen als afleiding."

"Hoe is dat?" vroeg ze.

"Kijk, en volg mij."

Te oordelen naar het geluid stonden de mannen buiten de glazen deuren die naar dit 'achterste' deel van de ronde laboratoriumring leidden. Julie stak haar hoofd op en kon zien hoe ze de deur bedienden. De eerste bewaker stond klaar met geheven pistool, terwijl de tweede communiceerde met zijn controlecentrum door in zijn polsmicrofoon te spreken. Ze dacht dat ze minder dan dertig seconden hadden om in te grijpen, misschien minder als de controlekamer had geanticipeerd op de bewegingen van de bewakers door de laboratoria.

Voor het eerst sinds ze door de laboratoria liepen, bedankte ze Crawford voor de strenge veiligheidsprotocollen die er waren. Hij vertrouwde zijn eigen beveiligingsteam niet genoeg om hen onbelemmerd toegang te geven tot deze laboratoria op een lager niveau; Susan daarentegen kon zich dankzij haar toegangspas zonder problemen vrij bewegen.

Julie dook weer onder en ging weer tegen de muur staan. *Alsjeblieft, werk.* Ze duwde op het oppervlak van een van de vierkanten die tegen de muur waren gehamerd en voelde het een beetje meegeven. Er klonk een klikkend geluid en toen schoof het vierkantje weg van de muur en onthulde een open, lege ruimte binnenin.

"Wat de..."

"We zijn niet meer in het lab," zei Julie. "We zijn in het mortuarium."

HOOFDSTUK 40

"DUS NOGMAALS, CRAWFORD," zei Reggie. "Wat wil je van ons? Je hebt je hand gespeeld, en het is indrukwekkend. Niet echt een Royal Flush, weet je? Denk je dat je ons gewoon kunt doden en hopen dat onze weldoeners niet komen rondsnuffelen?

Crawford keek verward. "Echt, Gareth, ik had meer van je verwacht." Hij draaide zich om naar Ben, toen weer naar Reggie, en bekeek hen. "Nee, ik ga jullie niet *vermoorden*. Dat zou, zoals je zei, veel te gemakkelijk zijn."

"Dan... wat?" Vroeg Ben. "Ons leidersteam weet al dat we hier zijn. Ze zullen beginnen..."

"Wat?" vroeg Crawford. "Hun handen zijn gebonden, Bennett. Je weet dat - je bent in het bestuur van de CSO, jullie beiden. Jullie hebben de contracten getekend. Hel, je hielp de contracten *te schrijven*. De hele structuur van jullie nieuwe organisatie is ontworpen om transparant te zijn. Zo transparant dat het onzichtbaar is. Aannemelijke ontkenbaarheid is niet alleen een idee, heren, het is een waarde. En uw organisatie *definieert* die waarde.

"Je zult niet gemist worden, omdat je niet erkend *mag* worden. Jullie weten dat. Een simpel helikopterongeluk voor de kust, een doorgebroken en ondergelopen compartiment, een brand - er zijn genoeg manieren om jullie dood te verklaren met jullie bestuur. En hoewel ze misschien achterdochtig zijn - militairen zijn dat per definitie - weten ze dat ze geen vragen mogen stellen. Ze hebben jullie organisatie expres zo gemaakt."

Ben luisterde, probeerde fouten te vinden in Crawford's argument. Hij kon het niet. Adrian Crawford had gelijk op alle punten: de CSO's structuur was gemaakt rond het idee van een brug tussen het leger en de civiele sector, met de mogelijkheid om elke interactie te ontkennen in elk operationeel theater waar het team zich bevond. Het was een riskante onderneming, betrokken raken bij gevechten waar het leger niet bij betrokken kon worden en de particuliere sector niet bij betrokken wilde worden.

"Dus dat betekent dat jullie hier zijn als mijn *gasten*," zei Crawford. "En niets meer, niets minder. En het volstaat te zeggen dat ik me plots een stuk minder gastvrij voel."

Ben keek naar Reggie's gezicht. *Wat gaan we doen, maatje?* Dacht hij. Reggie, helaas, gaf hem niets.

"Meneer Garza en zijn mannen zullen jullie naar onze laboratoria begeleiden,' zei Crawford terwijl hij hen beiden bleef toespreken. "U blijft de rest van uw tijd daar beneden buiten."

"In het laboratorium?" Vroeg Reggie. "Wat krijgen we nou? Waar wil je heen, Crawford?"

Crawford keek naar zijn bureau en veinsde dezelfde blik op een onzichtbare kalender die Ben eerder had gezien, en keek toen op naar Garza. "Ik heb een andere afspraak," zei hij. "Het spijt me, maar ik moet je nu verlaten. Garza?

Garza knikte naar zijn mannen en Ben en Reggie werden gegrepen en rondgedraaid en naar de deur geduwd. Ben ving nog een laatste glimp op van het smetteloze kantoor. Het schone, georganiseerde bureau, de ingelijste graden aan de muur achter Crawford, en de foto van Crawford en de jongen op de rand van zijn bureau.

"U zult de accommodaties daar beneden niet zo... *geschikt* vinden, maar ik hoop dat u troost vindt in de wetenschap dat u veel bijdraagt aan de vooruitgang van de wetenschap."

Reggie verzette zich niet, en Ben begreep de hint. *Niet nu,* dacht hij. *Laten we ze pakken wanneer ze het het minst verwachten.*

Ben was niet zeker *wanneer,* precies, dat zou zijn, maar hij wist één ding zeker: Reggie zou zich in geen miljoen jaar door iemand laten opsluiten voor experimenten.

Ben twijfelde er niet aan dat wanneer en als hij wilde, Reggie alle drie deze schurken kon verslaan, inclusief Garza. Het zou een hels gevecht zijn, maar hij had zijn vriend het zien winnen van grotere kansen.

Deze keer zou Ben er ook bij betrokken zijn. En hoewel Ben niet de getrainde moordenaar was die Reggie was, kon hij wel vechten en was hij een goede tegenstander in een gevecht.

En om het af te maken, wist hij dat hij net zo kwaad was als Reggie.

"Ga rechtsaf, naar de liften," beval Garza. "We gaan naar beneden naar de Subshuttle en nemen die naar de overkant. Ik heb net gehoord dat je metgezellen op dit moment met de shuttle hierheen komen."

Dit was nieuws voor Ben, en te oordelen naar Reggie's gezicht was het ook nieuws voor hem. *Dit verandert de dingen,* dacht hij. *Is het niet?*

Hij was nog aan het denken, aan het plannen en probeerde alles op een rijtje te zetten toen de liften afgingen. De bewaker achter hem duwde hem, hard. Hij voelde zich tegen de achterwand van de lift gesmeten, de kant die uitkeek op de open oceanen en de concentrische ringen beneden. Hij was echter niet gefocust op het prachtige uitzicht. Het glas was koud tegen zijn gezicht, en zijn voorhoofd deed pijn van de plotselinge impact met het harde oppervlak.

Reggie was er niet beter aan toe, en Ben ving een glimp op van het hoofd van zijn vriend dat tegen het glas stootte en naar achteren stuiterde, waarna de man op de grond viel.

Ben keek verbijsterd toe. De twee bewakers gingen de lift in en één draaide zich om om op een knop op het paneel te drukken. De tweede hield zijn wapen klaar, gericht op Ben's buik. Een inslag van deze afstand zou misschien niet door het glas slaan, maar zeker wel door Bens lichaam.

Garza ging niet met hen mee de auto in. Hij keek omlaag naar Reggie, die met gesloten ogen op de vloer van de lift lag. Er zat bloed op zijn voorhoofd en Ben wist niet zeker of de man bewusteloos was of erger.

"Heb je het van hier?" vroeg Garza.

De soldaat die het pistool tegen Bens maag hield, knikte eens. Hij was jong, blond-bruin haar en zijn gezicht zei dat hij niet veel ouder dan achttien kon zijn, maar zijn bouw was die van een dertigjarige bodybuilder die negenentwintig van die jaren drie keer per dag had getraind. Hij kon nauwelijks knikken, de spieren in zijn nek en schouders waren voortdurend gespannen. Zijn berenhanden zagen eruit alsof ze het pistool in linten van aluminiumfolie konden scheuren, en Ben was er niet zeker van dat hij dat niet kon.

Hij keek naar Ben toen de liftdeuren zich sloten. Garza keek toe tot de deuren helemaal dicht waren, en Ben voelde hoe de liftkooi begon te dalen.

Hij keek neer op Reggie. *Wakker worden, man. Kom op.*

Op dat moment schoten Reggie's ogen open en staarde hij op naar Ben. Beide soldaten richtten hun blik ergens anders op - de blonde linebacker op Bens gezicht, de andere man uit het raam, het uitzicht in zich opnemend. Reggie knipperde een keer, ving Ben's blik en knipoogde toen.

Toen vielen zijn ogen weer dicht.

Ik heb het, dacht Ben. *Dit zal leuk worden.*

Hij was niet langer boos op zijn vriend. Reggie had hem bedrogen, informatie achtergehouden, maar hij kon hem dat niet kwalijk nemen. Hij begreep waarom, en hij had misschien hetzelfde gedaan als hij in Reggie's situatie had gezeten.

Ze waren weer een team, en dat was slecht nieuws voor de jongens die hun liftrit met hen deelden.

"Denk je dat je me aankan?" vroeg Ben.

"Huh?" vroeg de blonde man. Zijn onwetende grom deed niet veel af aan de indruk dat hij alleen spierkracht had en geen hersens.

"Ik zei, denk je dat je me aankan?"

De man glimlachte. "Ja."

"Jij bent Ravenshadow," zei Ben. "Ik heb er al een paar van jullie te pakken gehad. Het blijkt dat je niet zo hard bent onder dat rots-vaste schild."

"Wil je me proberen?"

Ben trok een gezicht alsof hij het aan het overwegen was. De lift daalde langzaam, de oceaan werd groter naarmate ze dichter bij de oppervlakte kwamen.

Reggie's benen draaiden zijwaarts. Ze vingen zijn bewaker achter de knieën en de man ging neer, hard. Reggie volgde de beweging en ramde zijn elleboog in de nek van de man.

"Wat de..."

Bens bewaker draaide zich om en richtte met zijn pistool. Ben sprong naar voren, leunde met zijn bovenlichaam naar achteren en liet het een beetje achter zijn benen hangen. *Afwikkelen.*

Hij gooide zijn hoofd naar voren en mikte. Zijn voorhoofd sloeg in, recht op de neus van de man. Het was een walgelijk geluid, maar het gevoel in Ben's hoofd was nog erger. Het was alsof hij elk bot in het gezicht van de man voelde verbrijzelen onder de klap, de struc-tuur van alles verkreukelde en stortte in.

Bloed vloeide overal, althans zo zag het eruit voor Ben, die het overal in zijn gezichtsveld had.

De man kreunde toen hij neerging, plotseling veel zwakker dan zijn lichaam deed vermoeden. Zijn spieren waren nu nutteloos voor hem, en het pistool viel uit zijn hand en stuiterde rond op de vloer.

Reggie zat al op zijn knieën, hield het machinepistool van de andere bewaker vast en richtte op het hoofd van de man.

"Niet doen," zei de man. Hij rolde zich op zijn rug en keek naar Reggie, zijn handen boven zijn hoofd, palmen naar buiten. "De havik zal ons gewoon doden. "Probeer geen informatie uit ons te krijgen. Er is geen..."

Reggie vuurde, twee schoten snel achter elkaar. De man stuiterde een keer, en lag toen stil. "Dat was ik niet van plan," zei hij.

Ben opende en sloot zijn mond, in een poging om zijn gehoor terug te krijgen. De schoten, zelfs van een relatief klein kaliber zoals dat van de subcompact, waren oorverdovend in een kleine ruimte.

Reggie liep naar de tweede bewaker, die kronkelend op de grond lag en zijn verbrijzelde gezicht vasthield. Hij vuurde ook twee schoten op hem af, dit keer gericht op de borst van de man. "Bedankt voor het aanbod," zei Reggie. "Maar ik weet al alles wat ik moet weten."

HOOFDSTUK 41

De bewakers kwamen de kamer binnen een seconde nadat Julie zichzelf in de rollende kast van menselijke lengte had getrokken. In het begin was het moeilijk te bewegen, maar de rollers waren goed onderhouden en waarschijnlijk onlangs met grafiet ingevet, dus toen ze zich eenmaal met haar vinger aan een van de structurele steunen aan het plafond had vastgepakt, rolde de kast weer op zijn plaats en sloot zich.

De stilte en duisternis was onmiddellijk en totaal. Het was echt zenuwslopend om van een open, sfeervolle ruimte met een normale nagalm door de ruimte te gaan naar een gesloten, krappe ruimte.

Ze was niet claustrofobisch, maar een ruimte zoals die waarin ze zich nu bevond - en dan heb ik het nog niet eens over waar die ruimte meestal voor werd gebruikt - was benauwend genoeg om *iemand* angstig te maken. Ze hoopte dat Susan en dr. Lindgren het goed hadden naast haar.

Ze vertraagde haar ademhaling en probeerde te voelen waar de bewakers zich in de kamer bevonden. Na een paar seconden dacht ze er een voorbij te horen schuifelen, die stopte voor de kastenwand, verder liep, en dan weer stopte voor Julie's rechterhand, voor de deuren van de Subshuttle.

Julie had snel drie van de kasten op de onderste rij geopend en - gelukkig voor Julie - waren ze leeg. Ze wist niet zeker wat ze gedaan zou hebben als alle schuifcontainers gevuld waren geweest. Niet alleen zou ze opnieuw in de vuurlinie van de Ravenshadow bewakers liggen, ze zou ook de koude, dode lichamen in de kasten onder ogen moeten zien.

Haar gedachten dwaalden af naar een soortgelijk moment in Antarctica, toen haar team rij na rij, van vloer tot plafond, mensen in kasten had ontdekt. Die kamer was echter geen mortuarium geweest, en die mensen waren *niet opgeborgen* in afwachting van een scalpel van een begrafenisondernemer.

Susan was huiverig om in de kast te gaan liggen, maar Julie en Sarah hadden haar ervan overtuigd dat het de enige keuze was. De Subshuttle was bij die ingang aangemeerd, de deuren waren openge- schoven, en Julie was naar binnen gestormd en weer uit de voor- kamer gekomen nadat ze op de 'vertrek'-knop had gedrukt. Ze had net genoeg tijd om zich in haar eigen lege kast te nestelen toen de bewakers de kamer binnenkwamen. Julie had er rekening mee gehouden dat ze er niet meer uit kon, dus had ze een klein kiertje opengelaten toen ze zich opsloot, in de hoop dat de bewakers het niet zouden merken.

Ze kon hun stemmen door de stilte heen horen komen.

"Ze zijn in de shuttle," zei een van hen.

"Meld het," antwoordde de ander.

"We hebben bevestiging," zei de eerste stem. "Ze zijn op de Subshuttle bij Sub-1, achterkant. Het zou een kwartier moeten duren voordat ze de voorkant bereiken. Kunnen we daar een team samenstellen?"

Een pauze.

"Bevestigd, ja. We maken onze weg vrij. Uit."

Julie haalde adem, wachtte nog even, en hoorde toen het geluid van hun laarzen die over de metalen vloer van het lijkenhuis naar de tegenoverliggende ingang kletterden. De bewaker gaf zijn locatie door en vroeg om de deur te openen, en Julie luisterde naar de geluiden van de mannen die de kamer verlieten en de deur die weer dichtviel.

Ze liet een grotere ademteug. *Godzijdank.*

Ze wachtte nog een paar seconden om zeker te zijn en duwde toen haar kastje weer op de rollen. Het kostte wat manoeuvreerwerk, maar ze gleed omhoog en uit de lade en terug op de koude, harde vloer. Ze duwde meteen de volgende lade open en hielp Susan uit haar kastje.

"Hebben ze het gekocht?" vroeg Susan.

Julie haalde haar schouders op terwijl ze Dr. Lindgren hielp. "Tot nu toe wel, denk ik. Maar ze zullen er snel achter komen, dus we moeten een beter plan bedenken dan 'hier wachten'.

"Afgesproken," zei Sarah terwijl haar kast openging. "Nog ideeën?"

Julie keek naar Susan. "Weet jij een manier om een verdieping hoger of lager te komen, zonder de liften te gebruiken?"

Susan keek haar aan alsof ze gek was. "Ja, natuurlijk."

Sarah en Julie staarden haar aan.

"De trap, natuurlijk."

HOOFDSTUK 42

REGGIE WIST DAT THE HAWK HET SNEL GENOEG ZOU WETEN OVER DE DOOD VAN ZIJN MANNEN, als hij het al niet wist. Hij zag camera's zowat overal in deze centrale ring, in elke gang en openbare ruimte, met uitzondering van de toiletten en Crawford's kantoor.

Hoewel hij er geen in de lift had gezien, had hij ze niet van dichtbij kunnen bekijken, en vaak waren de camera's in liften veel subtieler dan de typische gesloten-circuit gedrochten die boven deuren en ramen waren gemonteerd. Ergens op het bedieningspaneel, misschien, of zelfs verborgen tussen de scheuren in het decoupage-stijl plafond.

Het deed er niet toe. Het waren nu vogelvrijen, onderweg. Als de Havik's mannen niet al op een shoot-to-kill mandaat waren, zouden ze het nu zijn. Er zou niet worden gekonkeld, niet gestopt om te plannen, geen bedachtzame houding.

Ze waren in oorlog.

Crawford en The Hawk stonden bovenaan zijn lijst, gevolgd door de rest van de bewakers en huursoldaten die Garza had meegebracht. Tenslotte, als er tijd was en het nodig bleek, alle wetenschappers die aan het onderzoek hadden meegewerkt.

Maar voor dat alles kon gebeuren, hadden ze een eenvoudiger opdracht: Julie en Dr. Lindgren vinden, en hen in veiligheid brengen. Julie zou hen op zijn minst dwingen haar mee te laten vechten, en Reggie wist dat ze een aanwinst zou zijn. Maar dat nam niet weg dat het zijn teamgenoten waren, en zij konden nu in gevaar zijn. Hij moest hen vinden, en dan uitzoeken wat te doen.

Trouwens, er zou geen ruzie zijn met Ben, en hij zou alleen gefocust zijn op het vinden van Julie.

"Ze zijn bij de ingang van de Subshuttle," zei Ben, en bewees dat hij gelijk had. "We gaan naar beneden en gaan ze zoeken."

Reggie knikte. "Ik spreek je niet tegen, vriend. Maar welke shuttle? Er zijn er meer dan één, weet je nog?"

"Dan beginnen we met Sublevel 1," zei Ben. "Dat is toch het meest logisch. We wachten tot de deuren opengaan en schieten op alles wat beweegt, tenzij het Julie of Sarah is."

Reggie glimlachte. "Een *beetje* overhaast, misschien, maar ik vind het leuk."

Ze hadden de wapens en extra munitie van de bewakers verwijderd, en Reggie was enigszins teleurgesteld te vernemen dat de Ravenshadow bewakers hier licht bepakt waren. Geen sidearm, geen gevechtsmessen, en geen vest.

Dat laatste had hij geleerd toen hij de tweede bewaker had neergeschoten, gericht op zijn borst. De kogels zouden hem vanaf die afstand buiten westen hebben geslagen als hij een kogelvrij vest had gedragen, maar in plaats daarvan gingen ze dwars door zijn ribbenkast, longen, en waarschijnlijk ergens achter in zijn borstkas. De lijkschouwer hier zou een hoogtijdag hebben met de overblijfselen van de ingewanden van de man.

Reggie's enige spijt was dat hij de grote man zo snel had neergelegd. Deze Ravenshadow jongens verdienden een lange, langzame dood, hoe nieuw ze ook waren in The Hawk's crew. Tegen de tijd dat ze de Gauntlet tot een goed einde hadden gebracht, met The Hawk hadden gepraat en aan een paar missies hadden deelgenomen, wisten ze alles over de onbetrouwbare operaties waar The Hawk hen bij betrok.

Er was geen excuus voor een van hen, en dat was alle rechtvaardiging die Reggie nodig had.

"Laten we op zijn minst even kijken of er geen burgers binnen zijn," zei hij. "Die investeerders, of wie ze ook zijn, zijn ook ergens in het hotel."

"Goed," zei Ben. "Maar als ik nog een Ravenshadow kont zie..."

"Ik weet het," Reggie. "Vertrouw me, broer, ik weet het. Ze zijn dood. Allemaal."

De lift bereikte zijn bestemming, en Reggie en Ben stapten over de lijken in de liftkooi de gang in, ieder met hun gezicht in tegenovergestelde richting.

"Duidelijk," zei Reggie.

"Duidelijk," antwoordde Ben.

Reggie liep naar links, richtte zich op de bochtige gang en stopte toen voor een stel deuren. "Dit is de voorkamer," zei hij. "Die zou open moeten gaan als de shuttle er is.

"Perfect," zei Ben. "Laten we een eindje verderop wachten. Zullen we ons opsplitsen?"

Reggie schudde zijn hoofd. "Nee, samen zijn we sterker. En ik wil niet dat we gescheiden worden. Maar jij let op mij, en ik hou de shuttledeuren in de gaten."

"Klinkt goed," zei Ben. Hij wist dat Ben ook geen bezwaar zou hebben tegen dat bevel. Reggie was een scherpschutter, en ook al waren deze lichtgewicht subcompacts ver verwijderd van de zware sluipschutters die hij gewend was mee te slepen, hij kon er waarschijnlijk nog steeds de kop van een kakkerlak van de overkant van de gang mee neerschieten.

Ben knielde met zijn rug naar Reggie. Reggie nam de tijd om zich een beeld te vormen van hun omgeving. Deze gang zag er precies zo uit als de gang er direct boven, met twee liften die uitkwamen in een breed, bochtig stuk hotellobby. Het verschil hier was de ingang van de Subshuttle, en Reggie zag nu twee trappen, verder uit elkaar dan de twee liften, maar aan de overkant van de gang.

Er waren twee ongemerkte deuren, maar het waren enkele, holle deuren die eenvoudige kasten leken te zijn.

Tenslotte waren er twee toiletten - voor mannen en voor vrouwen - net buiten de trappen.

Het was onwaarschijnlijk dat er soldaten uit de toiletten en voorraadkasten zouden komen, maar dan bleef nog over de bocht van de gang aan weerszijden van hun locatie, de trap, en de lift. Met de lift zouden ze tenminste gewaarschuwd worden door de brandende pijl die zijn aankomst aankondigde.

Toch een hoop om rekening mee te houden.

"We zijn beter af in de trap," zei Reggie.

"Mee eens. Er is hier veel om op te mikken," zei Ben.

Reggie gaf hem een knikje, en Ben stoof de hal door en zwaaide de zware, brede deur die naar het trappenhuis leidde open. Hij stapte naar binnen, mikte de trap af en over de richel, draaide zich toen om en knikte naar Reggie.

Reggie rende de trap op en zorgde ervoor dat de deur open bleef. Het zou hun positie markeren als er bewakers door de gang liepen, maar het zou hen ook de overhand geven als er iemand uit de Subshuttle zou stappen.

"Heb je de trap?" vroeg Reggie.

"Bevestigd. Heb je de shuttle?"

"Ik zou het niet kunnen missen al zou ik het proberen, vriend."

"Doe je best om mijn verloofde niet neer te schieten," zei Ben.

Meer tijd om te praten was er niet, want zodra de woorden Ben's mond verlieten zag Reggie een licht boven de voorkamer van de Subshuttle oplichten.

"Ze zijn hier," zei hij.

Ben heeft niets gezegd.

"Als ik begin te schieten, vergeet de trap en help me de voorkamer te ontruimen."

"Je hebt het."

De deuren gingen open. Langzaam. In tegenstelling tot de liftdeuren, die eerst langzaam opengingen en dan sneller gingen tot ze het einde van hun baan bereikten, leek de Subshuttle meer gebouwd als een industriële goederenlift. Hij was efficiënt en traag. Krachtig, maar er was niet veel zorg besteed aan het ontwerp van dingen als ervoor zorgen dat de deuren snel genoeg open gingen zodat de gasten niet hoefden te wachten.

Reggie voelde zich als een van die gasten, wachtend. De deuren schoven in slow motion uit elkaar, de steeds groter wordende lichtspleet van binnenuit werd met elke seconde wijder. Maar die seconden voelden als minuten.

"Zie je ze al?" fluisterde Ben.

Reggie schudde zijn hoofd. Het kon hem niet schelen dat Ben het niet kon zien.

De deuren werden wijder. Hij verstevigde zijn greep op zijn wapen. Het voelde plotseling goed in zijn handen, alsof het een deel van hem was geworden. Hij was er klaar voor.

Julie en Dr. Lindgren waren niet in de Subshuttle. Als er al iemand was, dan zaten ze verstopt achter de dunne stukken beschoeiing achter de open deuren die buiten zijn gezichtsveld lagen.

Slim, dacht hij.

Hij hurkte lager, klaar en gespannen voor de strijd. Er waren wachters binnen, hij kon het voelen. Ze waren aan het wachten.

Hij wachtte.

Hij kon de hele dag wachten.

"Dek de trap," fluisterde hij tegen Ben. "Maar maak je klaar."

"Je hebt het."

Reggie haalde de trekker over, instinctief wetend hoe ver hij hem moest intrekken, zodat zijn schoten niet door zijn bewustzijn konden worden voorzien. Hij was rustig, ademde met zijn wapen, was zich volledig bewust van alles in zijn gezichtsveld en periferie, en voelde onbewust ook het gebied direct achter hem. De haren in zijn nek waarschuwden hem voor naderend gevaar, zoals dat in het verleden al zo vaak was gebeurd.

Hij was in zijn element, en de Ravenshadow mannen zouden geen schijn van kans hebben.

Hij bleef wachten, maar niemand kwam uit de voorkamer van de Subshuttle. Hij kon de machine zien, de gondel die aan een kabel onder het water door gleed, maar hij was leeg.

Waren ze gaan liggen? Reggie dacht na. Het zou een effectieve verstopplek zijn geweest, maar het zou ze ook kwetsbaar maken.

Hij controleerde dubbel en driedubbel de plekken aan de overkant van de gang in de voorkamer waar hij zich wilde verstoppen, vertrouwend op zijn instincten dat ze inderdaad leeg waren.

Dan bleef de vloer van het vaartuig over, en mogelijk de achterkant van de shuttle achter een stoel aan stuurboordzijde. Dat waren de enige twee blinde hoeken, dus de enige twee plaatsen waar iemand zich kon verbergen.

Tijd om te vertrekken, dacht hij. "Ben, dek de gang, ik ga naar de overkant om het te controleren."

"Yep."

Ben volgde hem naar buiten, en ze veegden in beide richtingen voordat Reggie door de hal sprintte en met de voeten eerst tot stilstand kwam, vlak voor de shuttle.

En hij ontdekte dat het heel erg leeg was.

"Duidelijk," zei hij. Zijn stem was kalm, maar aarzelend. *Hoe kon dat nou?* De vrouwen moeten hebben gedaan alsof, ze waren niet eens in de shuttle gestapt.

"Niemand?" hoorde hij de stem van Ben vragen.

"Nope. Alles veilig."

Reggie liep door de open deuren van de voorkamer naar de Subshuttle. Hij hoefde niet onder elke stoel te kijken - het ding was zo klein dat hij wist dat het leeg was.

Ben stapte naast hem in, keek naar de gang maar wierp een blik over zijn schouder. "Weet je het zeker? Nergens anders om je te verstoppen hier?"

"Niets, man. Ik weet het zeker."

"Maar de Havik zei dat zijn mannen het gemeld hebben. Ze zagen Julie en Sarah instappen, toch?"

"Hij zei dat ze *geloofden dat* ze doorgingen. Of het kan een list zijn geweest, om..."

Shit.

"Ben, het geweer is omhoog. Maak je klaar."

"Voor wat" vroeg Ben.

Hij hoefde geen antwoord. Een trio kogels knalde in de zijwand van de voorkamer.

"Neer! Nu!" schreeuwde Reggie.

HOOFDSTUK 43

BEN VIEL OP DE GROND, en Reggie stapte over hem heen, over het lichaam van de man heen. Ben was een solide schutter, en hij zou nog effectiever zijn als hij op de grond lag, met wat mogelijkheden om zijn arm te ondersteunen. Reggie was meedogenloos in elke positie, dus samen zouden ze - hopelijk - een dodelijk duo vormen.

De eerste twee bewakers kwamen in zicht aan Reggie's linkerkant. Hij dwong zichzelf naar rechts te gaan, en hij was blij dat hij dat gedaan had.

Ben schoot op de mannen aan de linkerkant, en Reggie schoot op nog twee bewakers die uit de tegenovergestelde richting kwamen. Hij wist dat Ben in het aas zou happen, dus had hij ervoor gezorgd dat hij elke bedreiging van de andere kant zou opmerken.

Hun wapens vuurden op hetzelfde moment. Twee mannen gingen neer, één aan elke kant. Hun partners stapten achteruit, mogelijk niet verwacht hebbend dat iemand terug zou vuren. Reggie maakte van de gelegenheid gebruik om zijn tweede man neer te schieten, toen draaide hij zich om om te zien hoe het met Ben ging.

Ben miste, en Reggie probeerde op te volgen met een dodelijk schot op het hoofd van de man, maar het miste. De man dook weg achter de kromming in de muur, en Reggie keek of hij moest herladen.

"Reggie, we hebben bezoek." Zei Ben. Zijn stem was laag, gespannen.

"Laten we ze naar buiten brengen. Hier zijn we toch beter beschermd."

"Nee, niet wat ik bedoelde. Kijk."

Reggie keek op, naar het gebied waar Ben naar staarde. "Dat meen je niet," zei hij.

Julie en Sarah stonden in het trappenhuis, dezelfde waar ze eerder hadden gestaan, de gang in de gaten houdend. Julie zwaaide, maar Reggie stak haar hand op.

"Niet het beste moment om hier te komen, dames," riep hij.

"Dat dacht ik al," zei Julie. "Maar ik zou me veel beter voelen als ik weer in dezelfde kamer was als jullie twee.

Reggie knikte, en keek toen naar Ben. "En waarschijnlijk niet alleen omdat wij de geweren hebben, hè."

"Slecht moment voor grapjes, vriend," zei Ben. Hij richtte zich nog steeds op de bocht in de gang waar de bewaker stond te wachten.

"We zullen je dekken, maar je moet rennen. *Snel.*"

"Begrepen," zei Julie. "Probeer niet neergeschoten te worden?"

"Precies. Ben, leg dekkingsvuur in die richting op de tel van drie. Niets geks, we hebben niet alle munitie die we zouden willen hebben. Zorg er alleen voor dat niemand op onze meiden kan schieten."

"Begrepen."

Hij richtte de andere kant op, en telde toen af. Hij sprak de woorden duidelijk en luid genoeg uit zodat ze hem aan de andere kant van de hal konden horen, maar hij schreeuwde niet. Het had geen zin hun volgende zet aan de slechteriken bekend te maken, dacht hij.

"Een... twee... *drie!*"

Ben opende het vuur. Julie en Sarah schoten uit het trappenhuis - gevolgd door een derde vrouw. Reggie keek naar de gang rechts van hem, maar schoot niet. Hij wilde geen munitie verspillen.

Julie haalde de overkant en sprong over Ben heen, om in het midden van de Subshuttle te landen. Reggie leunde uit de weg om haar te laten passeren, net toen Sarah uit de gang sprong.

Ze landt precies bovenop...

Ze ging naar de ruimte vlak achter Ben en haalde diep adem.

"Dat was een verdomd lange sprong, Doc," zei hij.

"Track ster. De hele schooltijd." Ze glimlachte en knipoogde naar hem.

De laatste vrouw was langzamer, en Reggie hield de gang in beide richtingen in de gaten. Ze probeerde er niet voor te springen, maar haastte zich naar het einde, voelde de druk en zag de wapens. Ze was net bij de shuttle toen Reggie op de knop drukte om de deuren te sluiten.

En net toen drie andere bewakers, joggend voor Vicente Garza, in zicht kwamen. Ze begonnen te schieten, en Reggie trok de derde vrouw uit de weg.

"Ga terug, Ben. We zijn in de buurt, aan de rechterkant."

Ben knikte en gleed achteruit, maar hij kwam niet van zijn plaats, liggend op de vloer van de shuttle.

De kogels ketsten af op de metalen deuren van de voorkamer, en een paar bleven steken tussen de shuttle zelf en de wanden van de voorkamer.

Nu zou het een goed moment zijn voor deze deuren om sneller te gaan, dacht hij.

Helaas gingen de deuren net zo langzaam dicht als ze opengingen.

"Ze zullen niet op tijd sluiten," zei Ben.

"Schuif wat meer naar achteren, Ben," zei Reggie. "Laten we hopen dat deze shuttle kogelvrij is."

Hij drukte op de volgende knop op het paneel - er waren er maar drie - en de deur naar de Subshuttle begon te sluiten. Het ging maar een fractie sneller dan de deuren van de voorkamer, maar de ruimte die hij moest afleggen was veel kleiner.

De deuren gingen dicht, en een paar kogels ketsten af op het glas en het deurpaneel. Geen enkele was raak, maar geen enkele maakte zelfs maar een deuk. *Laten we hopen dat ze niet van dichtbij op dezelfde plek gaan schieten*, dacht Reggie.

De deuren van de voorkamer gingen dicht, maar niet voordat The Hawk in zicht kwam. Reggie keek naar hem vanuit de Subshuttle, met zijn blik op de ogen van de man.

De havik glimlachte, dezelfde koude, meedogenloze grijns die hij al zo vaak had gezien. Hij zei zowel "dat was een vergissing," als "ik zie je nog wel eens.

Hij was niet zeker van het eerste gevoel, maar hij was *absoluut* zeker van het tweede.

Reggie draaide zich om en keek de drie vrouwen aan, die ineengedoken zaten in het midden van hun nieuwe huis voor de nabije toekomst.

"We zullen hier een makkelijk doelwit zijn," zei Julie.

"Beter dan schietschijven te zijn daarbuiten," antwoordde Reggie.

Ben haalde zijn schouders op en sloot zich bij hen aan. "Misschien. Ik zou er liever voor gevochten hebben."

Reggie liep naar het wandpaneel en drukte op de derde knop. Het deed precies wat hij verwachtte. De eerste knop was om handmatig de voorkamerdeuren te sluiten. De tweede was om de Subshuttle's te sluiten.

De derde was simpel: GA.

Het water begon langs de glazen wanden van de shuttle naar binnen te stromen, en hij voelde het voertuig lichtjes overhellen toen het met het waterniveau mee omhoog ging voordat de ballast zijn werk deed. Het duurde niet langer dan een minuut om de tank te vullen, en toen gingen de tegenoverliggende deuren aan de andere kant van de voorkamer open en dumpten de Subshuttle in open water.

Toen, met een snelle ruk, begon de shuttle langs de kabel te bewegen.

Ze bewogen, maar Reggie voelde weinig opluchting.

Dit ding gaat maar één kant op, dacht hij. *En ze zullen ons daar opwachten.*

HOOFDSTUK 44

BEN LEUNDE VOOROVER, kuste Julie en omhelsde haar. *Jammer dat we hier niet voor altijd kunnen blijven,* dacht hij.

"Ik neem aan dat jullie elkaar kennen," grapte Sarah.

"Een beetje," zei Julie. "Maar *jullie* twee niet." Ze trok aan de schouder van de derde vrouw. "Ben, Reggie, dit is Susan. Dr. Susan Richards. Ze is een onderzoeker in het lab."

Reggie liep naar voren en negeerde de uitgestoken hand van de vrouw. "Dan denk ik dat je wat uit te leggen hebt. Je bent een crimineel, weet je dat?"

De vrouw trok zich terug, hoofd naar beneden.

"Nee, Reggie," zei Julie. "Het is oké. Ze hoort bij ons. Ze was bezig met dingen waar ze niet trots op is, maar ze wil eruit."

Reggie staarde naar haar, maar hij probeerde niets. Ben wachtte, wetende dat de uitwisseling nog niet voorbij was.

"Aan wat voor dingen werkte je?" vroeg Reggie. "Wist je dat ze ledematen lieten groeien? *Nadat* ze die van levende mensen hadden afgehakt?"

Ze schudde haar hoofd, nog steeds schaapachtig. "Nee - ja. Nee, ik bedoel dat ik niet wist dat ze probeerden om ze terug te laten groeien, maar ik had verhalen gehoord over wat ze deden in de diepere laboratoria."

"Dus je vond het goed?"

"Natuurlijk niet," zei Susan. "Maar ik kon niets doen. Ze wilden ons er niet uit laten; dat willen ze nog steeds niet."

"Crawford?"

"Crawford, het bestuur, alle hoge pieten hier. Ze houden alles onder de pet, en degenen onder ons die te veel vragen stellen worden verwijderd."

"Verwijderd?"

"De deur gewezen, denk ik," zei ze. "Maar waarschijnlijk niet op een *leuke* manier."

"Waarschijnlijk niet," zei Julie. "Ben, Reggie. Ze hebben mensen tegen hun wil gevangen *genomen*. Ze zijn nog steeds beneden in de sublevel labs."

"We weten het," zei Ben. "En Crawford heeft aan de touwtjes getrokken."

"Dat weten we."

"Is er iets dat we nog *niet* weten?" vroeg Reggie, terwijl hij de kleine kamer rondkeek. De Subshuttle was begonnen zich een weg te banen langs de kabel, en ze waren nu ver verwijderd van enige structuur. Het water was dik en donker om hen heen, en er kwam heel weinig licht van de oppervlakte tot hen.

"Een heleboel," zei Julie. "Zoals de gigantische tank met zoutwaterkrokodillen?"

"*Zoutwaterkrokodillen*?" Zei Ben. "Je moet wel - dat is een ding?"

Reggie en de drie vrouwen knikten.

"Ik heb daar een theorie over," zei dr. Lindgren. "Ik denk dat het iets te maken heeft met het genetisch materiaal in de krokodillen. Iets sluimerend in hun genetica dat er al is sinds hun eerste evolutie. Om wat voor reden dan ook, zijn ze zo'n miljoenen jaren geleden *gestopt met* evolueren."

Susan knikte. "Ze heeft gelijk. Ik weet niet precies waar ze ze hier voor gebruiken, maar mijn eigen onderzoek ligt in de genetica. Ik probeer de genen en chemische structuren in de kwallen te isoleren."

"De *Turritopsis dohrnii*?" vroeg Sarah.

Susan leek geschokt. "Ja - hoe wist je dat?"

"We zagen een tank vol van je kleine huisdieren in het lab," zei Julie. "De *'Onsterfelijke Kwal,'* toch?"

"Ja," zei Susan. "Maar het is geen accurate naam. De specimens zelf leven niet eeuwig. Maar ze hebben wel een vreemde eigenschap waardoor ze van het ene levensstadium naar het andere kunnen 'hoppen'. Zoals een ei een kikkervisje wordt, en dan een kikker."

"Alleen de kikker kon kiezen om weer een kikkervisje te worden?"

Susan schudde haar hoofd. "Nee, hij zou er in wezen toe *gedwongen* worden om roofzuchtige of milieuredenen, en hij zou geen kikkervisje worden - hij zou gewoon uiteenvallen in een heleboel kleine eitjes, en het proces zou weer van voren af aan beginnen. Maar er zouden meer kikkervisjes zijn de volgende keer, zie je..." ze liet haar stem afdrijven.

"Juist, dus deze kleine kwal kan een ei worden?"

"Een poliep," zei Susan. "Of beter gezegd, een stel poliepen. De levenscyclus zou helemaal opnieuw beginnen, en technisch gezien zou het uit hetzelfde materiaal bestaan als de kwal, dus..."

"Onsterfelijkheid," zei Reggie. "Griezelig."

"Absoluut vreemd," zei Julie. "En je probeert uit te zoeken hoe je dat bij mensen kunt laten werken?"

"Wat, alsof we gewoon weer in foetussen zouden veranderen?" Vroeg Reggie. "Dat is smerig."

"Nee, niets van dat alles," zei Susan. "Het is veel... gecompliceerder. Bij mensen zijn we niet zo simpel als een kwal, en zelfs bij de *dormi is* het een ingewikkelde taak. Het isoleren van genen is een lastige zaak, omdat het leven op mysterieuze manieren werkt. Het een beïnvloedt het ander, dus je kunt niet zomaar een ding verwijderen en verwachten dat het goed functioneert."

"Juist," zei Dr. Lindgren. "Dus u probeert uit te vinden hoe u menselijke cellen in hun vorige staat kunt herstellen - door nieuwe stamcellen te maken?"

Susan keek Sarah glimlachend aan. "Bijna, maar nee. Stamcellen zijn een heel ander onderzoeksgebied, en afgezien van de politieke en sociale gevolgen van het toegeven dat je ze bestudeert, zijn we al vrij dicht bij het kraken van de code.

"Maar wat we hier proberen te doen is helemaal niet het menselijk genoom *veranderen*."

"Is dat niet zo?" vroeg Julie. "Als je speelt met stamcellen, en andere dingen in het menselijk lichaam, dan -"

"Dat doen we niet. We proberen te activeren wat er al is."

HOOFDSTUK 45

BEN LUISTERDE NAAR HET GESPREK, maar zijn aandacht was uit het raam. Hij was niet graag in het water - zwemmen was niet echt zijn ding. Hij kon het wel, natuurlijk, maar hij vond het net zoiets als rennen. De enige keer dat het echt nodig zou moeten zijn om te rennen was als je achtervolgd werd, en de enige reden dat het nodig zou moeten zijn om te zwemmen was als je in het water belandde zonder te weten hoe je daar gekomen was.

Kortom, hij hield niet van dat Subshuttle-gedoe. Hij had er nog nooit zo bij stilgestaan, maar hij voelde de onheilspellende druk van de zee, op een meter van hem, die probeerde binnen te dringen en -

Hij schudde zijn hoofd. Het had geen zin erover na te denken. Hij kon zijn angst voor de 'verdrinkingsdood' in een vakje stoppen, totdat ze uitgevonden hadden wat ze moesten doen om uit deze puinhoop te komen.

En dat was een *veel* beter onderwerp om over na te denken, vooral omdat hij *geen idee* had hoe hij dat probleem moest oplossen.

De vrouwen en Reggie bespraken nog steeds het onderzoek, probeerden alles op een rijtje te krijgen, maar Ben kon het niet helpen uit het raam te staren. En *alles* was een raam. Ze stonden in een raam, een bel van glas die onder water voortschreed als een trage, stomme sleepboot.

Hij vroeg zich af waarom het *onder water* moest zijn. *Waarom niet gewoon een veerboot?* Dacht hij.

Maar hij wist het antwoord: dit was een *ervaring*. Behalve een gemakkelijke manier voor mensen om de drie ringen van het park te passeren, zou het iets zijn dat waarde zou toevoegen aan het aanbod van Crawford hier. Net als de monorail in Disneyland, zou deze kleine 'attractie' allerlei mensen aantrekken die altijd al eens in een onderzeeër hadden willen zitten.

Dit zou het dichtste zijn dat ze ooit zouden komen, maar het zou genoeg zijn. Crawford zat op een goudmijn *zonder* het onderzoek dat leefde en ademde in de laboratoria onder de tweede ring.

"...de kwal is als een salamander?" hoorde hij Julie vragen. Hij draaide zich om en zag de vier zitten, ieder op hun gemak lijkend, alsof er *niet* een hele oceaan vlak buiten de luchtbel zat, die hen probeerde te pakken.

"Zoiets, maar in plaats van zichzelf te herscheppen in een compleet ander levensstadium, heeft de salamander een uniek vermogen om armen en benen te hergroeien."

"Zoals de staarten van sommige hagedissen," zei Reggie. "Als kind pakten we ze op bij hun staart, schudden ze door elkaar en keken welke er het eerst afviel. Het was een spelletje. Ik was nogal...

Hij keek om zich heen. Ben glimlachte. *Verkeerde publiek voor dat verhaal,* dacht hij.

"In zekere zin, ja," zei Susan. "Maar de salamander doet het op een andere manier. Het is echt heel fascinerend."

"Het is," zei Julie. "Dus je bent een medicijn aan het bouwen dat mensen dat vermogen zal geven?"

Susan schudde haar hoofd. "Dat is niet nodig. Zoals ik al eerder zei, activeren we wat al in ons DNA zit. De salamander heeft zich dit door zijn evolutie eigen gemaakt - het heet een *blastema*, en het is een soort rijpe stomp - een massa cellen - die complexe multi-weefsel componenten kan laten hergroeien. Crawford denkt dat de mens dit vermogen al heeft, alleen is het in onze evolutionaire geschiedenis verdrongen."

"Wacht, mensen hebben *al* de mogelijkheid om ledematen te hergroeien?"

"Dat doen ze wel, maar om wat voor reden dan ook is dat vermogen verstikt en uitgeschakeld door onze eigen evolutie op een bepaald moment. Het is er, gecodeerd in onze strengen, maar het *werkt niet.*

"Dus je werkt aan hoe dat te activeren," zei Sarah. "Absoluut fascinerend."

"Ja, als je de testmethodologie hier niet erg vindt,' zei Reggie.

Susan liet haar hoofd hangen. "Ik heb je al gezegd dat ik er nog maar kort bij betrokken ben, en het grootste deel daarvan werkte ik alleen aan de chemische verbindingen. Tot voor kort wist ik niet waar het allemaal voor diende, en dat we het daadwerkelijk op mensen *gebruikten.*"

Julie draaide zich om in haar stoel om Susan aan te kijken. "Is dat wat je aan het doen was toen we je vonden? Met die andere dokter?"

Ze schudde haar hoofd. "Die vrouw was al dood, als je het je herinnert. We probeerden te zien wat voor effect het serum op haar zou hebben, als het al effect had. Het zou twee dingen moeten doen: een blastema laten ontstaan, zodat de stamcellen hun werk kunnen doen en het ledemaat laten aangroeien, en het werkt als een soort verdoving, zodat het subject niet kan voelen."

"*Voelen?* Neem je hun vermogen om te *voelen weg?*"

Susan schudde haar hoofd. "Het is niet erg - het is de *enige* manier die we hebben gevonden om de medicijnen hun werk te laten doen. De hersenen mogen niet denken dat er iets mis is, dat er een vreemde chemische verbinding is binnengebracht, of ze zullen de processen stilleggen."

"Dus de mensen in de kooien," zei Julie. "Je liet hun ledematen weer aangroeien, maar je nam *ook weg* wat hen menselijk maakte."

"Nee, ik was daar niet bij betrokken. Niet direct, tenminste. Ik wist niet dat ze het *gebruikten* op levende proefpersonen, zoals ik al zei. Het was allemaal - het is nog steeds - theoretisch. "

"Nou, *er is iets aan* de hand in dat lab," zei Reggie. "En die mensen verdienen dat niet."

Dr. Lindgren legde haar hand op Susans schouder. "Werkt het? De medicatie?"

Susan knikte. "Van wat ik gezien heb, ja. Soms kunnen we bij dode soorten kikkers, vissen en sommige zoogdieren de basisgroei weer op gang brengen, zelfs lang nadat ze zijn overleden."

"Je bent zombies aan het bouwen," zei Ben. "Geweldig."

Susan glimlachte. "Helemaal niet. Niemand komt terug uit de dood, bij lange na niet. Maar we kunnen misschien een vinger een minuutje laten trillen, los van enige hersen- en zenuwstelselactiviteit. Of we hebben haar weer zien groeien, tenminste tot de cellen afsterven door gebrek aan supplementatie."

Reggie schudde zijn hoofd. "Het doel heiligt de middelen niet."

"Nee," zei Susan. "Natuurlijk niet. Daarom ben ik hier bij jou. Ik wil eruit. Ik ben voor Dr. Lin gaan werken, en dat gaf me toegang tot de diepere labs. Degene achterin."

"Degenen waar ze de lichamen houden, zei Julie.

"Ja," antwoordde Susan. "Die. De eerste keer dat ik die tanks zag, was ik absoluut geschokt. Ik geloofde niet - ik geloof nog steeds niet - wat ze hier aan het doen zijn."

"Wat doe *je* hier," zei Reggie.

"Genoeg, Reggie," zei Ben. "Ze is weg, ze zei het. Wil je haar vermoorden? Doe het dan."

Reggie fumde, maar hij stond niet op.

"Dat is wat ik dacht. Geef de dame een kans. Ze is duidelijk door een hel gegaan en heeft erin geleefd. Het beste wat we kunnen doen is haar van dit eiland halen en terug in de echte wereld."

"Ja," zei Julie. "Daarover. We komen niet van deze shuttle af door er aan de andere kant gewoon af te lopen. De Hawk zal zijn hele team op ons laten wachten, en ik weet zeker dat ze ons geen verklaring zullen laten geven."

"We hebben het 'ons verantwoorden' al geprobeerd," zei Reggie. "Het ging ongeveer zo goed als je zou denken."

"Is er een manier om dit ding handmatig te besturen?" vroeg Julie. "Misschien kunnen we beginnen terug te gaan naar de andere kant, waar we vandaan kwamen. Misschien zijn we er sneller, voordat de havik zijn bemanning aan die kant kan verzamelen."

"Nee," zei Susan. "Hij wordt handmatig bediend vanuit de centrale ring, of door het controlepaneel bij elke ingang, zoals bij een lift. Zo blijft alles soepel lopen."

"Ja," zei Reggie, "behalve in een lift is er tenminste een nood-stopknop."

"Nee," zei Julie, terwijl ze haar hoofd schudde. "Vaak zijn die er alleen om de mensen gerust te stellen. Ze doen niets, behalve de controlebalie waarschuwen dat er een potentieel probleem is, en *ze* kunnen de beweging van de lift controleren."

"Geweldig," zei Reggie. "Dus we zijn de lul. We drijven recht op Crawford en Garza af, rustig en langzaam, zodat ze genoeg tijd hebben om ons met gaten te bestoken."

Ben voelde de Subshuttle slingeren, en hij greep onwillekeurig de stoel voor hem vast. Hij hervond zijn evenwicht, maar merkte daarna iets op.

We bewegen niet meer.

"Over geen controle hebben gesproken," zei Reggie. "Het lijkt erop dat we zijn afgesloten."

"Prachtig," zei Julie. "Gewoon geweldig. Wat gaan we *nu* verdomme doen?"

Ben dacht even na. Hij wist dat er nog maar een klein beetje zuurstof in deze machine zat, maar dat zou voldoende moeten zijn omdat ze maar met z'n vijven waren. Het probleem was dat hij geen idee had hoeveel tijd een 'behoorlijke hoeveel-heid' was, en of het genoeg zuurstof zou zijn om hen in leven te houden tot De Havik besloot hun shuttle weer in beweging te brengen.

Of als ze het überhaupt gaan bewegen, dacht hij. Het zou geen slechte strategie zijn geweest om ze daar gewoon te laten zitten, langzaam stikkend in hun eigen uitgeademde adem. Het zou middelen sparen, en zijn bemanning zou in wezen verder kunnen gaan met waar ze mee bezig was zonder ook maar een seconde aan de mensen in de Subshuttle te denken.

We stikken of we worden neergeschoten, realiseerde hij zich. Dat waren de twee opties die hem het meest logisch leken, als hij in The Hawk's positie was.

Geen van beide klonk erg leuk.

Ben keek om zich heen en zuchtte. Hij had een idee, en hij wist dat niemand van hen het leuk zou vinden.

Het ergste van alles, hij vond het het minst leuk.

HOOFDSTUK 46

JULIE KENDE BEN NU BIJNA TWEE JAAR, en ze kende hem goed. Hij was een capabele man, die dingen kon doen die 'normale' mensen niet konden, alleen al door zijn wilskracht en veerkracht. Maar in alle andere opzichten zou Julie het woord 'normaal' gedefinieerd hebben door een foto van Ben omhoog te houden. Hij was geen superheld.

En hij was geen leider.

Niet dat hij dat niet *kon*, maar Julie had Ben maar een paar keer de leiding zien nemen. Hij was meer dan gelukkig om de leidende rol van iemand anders te spelen. In het begin was het Joshua Jefferson geweest, toen de CSO officieel was opgericht, maar in de loop van hun relatie had hij Julie talloze keren zelf de leiding zien nemen. Toen Reggie hun leven was binnengewandeld, met vurige wapens, stapte Ben snel opzij om Reggie de leiding te laten nemen als het erop aankwam.

Maar dit was een andere situatie, en Julie was enigszins verbaasd dat Ben de leiding nam. Er was iets met hem aan de hand, staande in de Subshuttle voor de rest van het team. Hij had een zekere vastbera-denheid, een gedrevenheid. Het zat in de manier waarop hij stond, zijn neusgaten wijd open, zijn kaak strak, en zijn handen zelfverzekerd rustend op de leuning van de stoel waar hij voor stond. Hij zag eruit alsof hij precies wist wat hij ging doen, dat hij alles had uitgestippeld, alle onvoorziene omstandigheden had voorzien en op het punt stond ernaar te handelen.

Ze had geen idee wat dat plan was, maar ze wilde het graag weten. Ze had hem nog nooit zo gezien. Het was indrukwekkend.

Ze hoopte dat het zou lonen.

Ben keek de Subshuttle rond, zijn ogen zoekend. Hij deed een paar stappen in het midden van de romp van de shuttle, naar achteren, iedereen stapte uit zijn weg.

"Wat heb je in gedachten, grote jongen?" vroeg Reggie.

Ben negeerde de vraag, diep in gedachten.

"Kunnen we ergens mee helpen?" vroeg Julie.

Nog steeds niets.

Ben reikte omhoog en drukte hard tegen een gebogen paneel van plastic bij de vloer. Het scheidde zich van de muur, en onthulde een open ruimte erachter. Een lade, vergelijkbaar met de kasten die Julie in het mortuarium had gevonden. Een eenvoudig deurtje dat naar achteren schoof en vastklikte, geen handgrepen of knoppen nodig.

Ben moet de haarscheurtjes rond de kast gezien hebben.

"Er is een zuurstof circulatie systeem hier," zei hij. "Op de vloer, maar het duwt de lucht naar buiten en omhoog, zie je?" Hij wees naar een van de kleine openingen tussen een van de stoelen en de wand van de shuttle. "Dat moet wel, als deze dingen ooit vol met mensen zaten. Er is geen manier om te voorkomen dat al die adem in kooldioxide verandert zonder het te wassen of in ieder geval in het water te lozen en het dan te vervangen door het goede spul."

"Waar wil je naartoe?" vroeg Reggie. "Wil je proberen de zuurstoftanks als wapen te gebruiken?"

Ben schudde zijn hoofd en liep over de achterkant van de shuttle naar de andere kant, op zoek naar een andere verborgen kast. "Nee, ik wilde het alleen zeker weten. Er zit ook een klein LED paneel op - de tanks zijn voor ongeveer tachtig procent vol. Ik denk dat de antichambers ze bijvullen als de shuttles aangemeerd zijn. Ik weet niet hoe lang we met tachtig procent toe kunnen, maar ik denk niet veel."

Julie fronste haar wenkbrauwen. "Wat - wat ben je van plan, Ben?"

Hij reageerde nog steeds niet. Hij vond wat hij zocht, bukte en duwde tegen het paneel, en opende weer een plastic kast. De deur, net als de vorige, volgde de vorm van de wand eromheen, naar boven en naar rechts, overeenkomstig het luchtbelachtige interieur van het vaartuig. De bovenrand van de lade eindigde bij de glazen wand die zich naar boven uitstrekte tot boven het plafond.

Ben reikte naar binnen en vond eindelijk iets. Hij haalde het eruit. "Dit zal moeten volstaan," zei hij, vooral tegen zichzelf pratend.

Julie, Reggie, Sarah en Susan keken allemaal toe, geïnteresseerd in Bens plotselinge fixatie op het kleine voorwerp. Het was een miniatuur metalen bezem, kort en stomp, met een stel borstelharen in de vorm van een driehoek. Het type bezem dat gebruikt wordt om kleine rommel op te vegen, het type dat Julie misschien in een boot of een auto had verwacht.

Of een shuttle, denk ik, dacht ze.

Ben onderzocht de bezem. Of het was wat hij zocht of dat hij op het punt stond iets te MacGyver was onduidelijk.

Totdat hij het rubber dopje aan het eind van de steel van de bezem eraf draaide en het open eind van de holle buis tegen zijn oog hield. "Dit zal werken," mompelde hij.

Hij liet de bezem vallen, sprong toen op de steel en landde met zijn hiel op het uiteinde ervan. Hij herhaalde de procedure, toen een derde keer, en tenslotte raapte hij de bezem op en hield hem weer omhoog.

Het was nu een buis met een geplet uiteinde. Hij scheen tevreden te zijn, toen Ben de bezem naar de dichtstbijzijnde stoel bracht en neerknielde. "Deze stoelen zitten met twee poten aan de vloer vastgeschroefd," zei hij. "Ik denk dat we de bouten er wel af kunnen krijgen met deze provisorische sleutel." Julie wist niet zeker waarom het er toe deed, maar ze keek toch. De stoelen hadden inderdaad maar twee poten - de achterpoten - en ze waren met bouten van zwaar staal aan de rompvloer van de Subshuttle vastgemaakt.

Julie keek geïntrigeerd maar nog steeds erg verward toe hoe Ben werkte aan de eerste van de twee bouten waarmee een van de twee poten van de stoel aan de romp van de Subshuttle vastzat. Hij probeerde een paar keer om de afgebroken kop van de bezem over de bout te krijgen en begon toen te draaien. Hij gromde bij de inspanning, maar Julie keek toe hoe de driehoekige borstelharen lichtjes ronddraaiden. *Het werkt.*

Hij bleef draaien, en de kop van de bout kwam los genoeg zodat hij hem met zijn hand helemaal los kon draaien. Hij ging verder met de volgende bout en vond deze iets gemakkelijker. Binnen een minuut had hij de poot van de stoel volledig los van de vloer.

Hij gleed over naar de volgende poot. "Laat me daarmee helpen," zei Reggie. "Ik weet niet wat je van plan bent, maar het kan me niet schelen. Als je zo gefocust bent op iets, dan zal het wel goed zijn."

Ben knikte en overhandigde Reggie de bezem-draai-sleutel. Reggie werkte aan de bout, maar vond deze wat lastiger omdat de poot van de stoel tegen de zijkant van de Subshuttle stond en het moeilijk was de bezem over de bout te krijgen.

Na vijf minuten was het tweede been vrij. De Subshuttle was nog steeds niet in beweging gekomen, en Julie begon zich zorgen te maken. *Ze gaan ons hier beneden laten stikken,* besefte ze. Het was helemaal geen slecht plan - gewoon de Subshuttle uitzetten en wachten tot de zuurstof op was. Ze zouden allemaal gedood worden zonder dat The Hawk's team ook maar een kogel hoefde af te vuren.

Ben en Reggie stonden op, en Reggie liep naar het open paneel met de zuurstofmeter. "72%," zei hij. "Het daalt sneller dan ik dacht dat het zou doen."

"Het ballastsysteem kan ook worden aangeboord," zei Ben. "Het kan zuurstof gebruiken om te helpen met het drijfvermogen, zodat er niet zoveel gewicht op de kabel rust."

"Hoe dan ook, we moeten dit ding weer in beweging krijgen. We kunnen onze kans wagen met Ravenshadow zodra we..."

"Nee," zei Ben. "Die gaan we niet winnen."

"Wat is dan het plan, Ben? Heb jij een beter idee?" vroeg Reggie.

Ben schudde zijn hoofd. "Niet per se een beter idee," zei hij. "Maar het zou kunnen werken. En het gaat niet om een schietpartij met twee geweren tegen dertig."

"Ik ben een en al oor," zei Reggie. Julie knikte.

"Geen tijd om het uit te leggen," zei Ben. "We hebben al te veel zuurstof verbruikt. En we zullen het nodig hebben."

Julie stapte naar voren en keek toe hoe Ben de stoel optilde van de bouten die hem eerder op zijn plaats hadden gehouden. De bouten bungelden door de gaten. Ben tilde de stoel op, voelde het gewicht en de stevigheid, en knikte toen. "Ik denk dat dit zal werken," zei hij. Hij keek naar de glazen wand, waar twee delen van het glas aan elkaar waren gelijmd. Er was een lijn van doorzichtige siliconenkit die de lijm bedekte, die zich uitstrekte van de bovenkant van het plafond tot de plaats waar de wand van de Subshuttle het plastic bij de vloer ontmoette.

Plotseling kantelde Ben de stoel zijwaarts. De bouten hadden in de vierkante voet van de stoelpoot gezeten, in een stuk metaal dat loodrecht op de poot stond. De kleine lip paste in de kleine spleet tussen de twee ruiten.

"Ben, wat -"

Hij worstelde even met het gewicht van de stoel, toen zette hij hem neer op de stoel ervoor. De stoel die Ben en Reggie hadden verwijderd stond nu op zijn kant, de voet van een van de twee poten klem in de spleet tussen de twee ruiten, de rest van de stoel balanceerde op de stoel ervoor.

Julie staarde er een moment naar. En toen realiseerde ze zich wat er stond te gebeuren.

HOOFDSTUK 47

"BEN, NEE!" schreeuwde ze.

Ben rende naar voren, zwaaide zijn zware been omhoog en in de richting van de zijwaartse stoel. Hij landde de trap op de zijkant van de stoel, op het vierkante metalen frame dat het zitkussen omringde. Het been en het glas maakten een krakend geluid en de stoel schoof een stukje naar voren.

"Wat ben je in godsnaam aan het doen, Ben?" vroeg Reggie.

Ben schopte opnieuw. Deze keer klonk er een veel hardere krak, en water begon in de Subshuttle te spuiten.

"Stop, Ben! Je gaat het glas breken."

"Precies," zei hij. Hij schopte nog een keer, en deze keer barstte een ruit volledig en viel weg. Het water sloeg naar binnen, en Ben werd geraakt en zijwaarts geslingerd.

Susan en Julie gilden, en Reggie sprong naar voren om Ben naar achteren te trekken. De druk was niet groot genoeg om hem pijn te doen, maar de hoeveelheid water die het interieur van de shuttle binnenstroomde was beangstigend. Julie keek toe, wetende dat het minder dan een minuut zou duren voordat de hele shuttle vol was.

Ze hoorde een kreunend geluid en voelde de shuttle opzij hellen en vervolgens een paar meter naar beneden bokken.

"We zinken, Ben!" schreeuwde ze. De stortvloed van water was oorverdovend, en haar benen waren al tot aan haar knieën doorweekt. Ben en Reggie waren helemaal nat van top tot teen, en Sarah en Susan waren op stoelen gesprongen om tevergeefs te proberen aan het stijgende waterpeil te ontsnappen.

"Dat is het plan!" riep Ben terug. "Ik dacht dat de ballast ons omhoog zou duwen. Door de binnenkant onder water te zetten, kunnen we misschien de controle overnemen en ons naar de oppervlakte tillen."

"Dat is het stomste wat ik ooit heb gehoord!" Schreeuwde Dr. Lindgren. "Je neemt me in de maling! We gaan hier allemaal verdrinken."

Ben keek Julie recht aan. Zijn ogen waren wijd, smekend. Hij wilde dat ze instemde. Hij moest weten of het plan niet compleet krankzinnig was.

Maar ze kon het niet. Ze *was* het er niet mee eens. Hij had onbezonnen gehandeld door een gat te maken in het enige wat hen in leven hield, en nu stroomde er water naar binnen, al tot haar middel.

Het ergste van alles was dat de Subshuttle aan het zinken was. Terwijl het water binnenstroomde, kon het gewicht van het vaartuig niet op tegen de kabel. Ze wist niet zeker hoe diep het was in dit deel van de oceaan, en dat wilde ze ook niet weten. De lijn had niet veel speling, en ze wist dat ze hem zouden raken.

Tenzij het ballastsysteem werkt en Ben's plan werkt.

En als dat niet zo was...

"Ben, ik hoop dat je een noodplan hebt," schreeuwde Reggie. Hij was aan het watertrappelen aan de andere kant van de shuttle.

Ben knikte, maar er was angst in zijn ogen. "Ik wel," zei hij. "Maar het is erger dan deze."

Julie voelde hoe het water haar navel raakte, en de plotselinge schok van alles overviel haar in één keer. Het water was warm, omdat ze in het Caribisch gebied waren, maar voor haar voelde het ijskoud aan. Ze begon te beven. Ze kon Ben niet bereiken, zelfs niet als ze het probeerde, want het gapende gat in het glas van de Subshuttle verhinderde dat ze van de ene kant van het schip naar de andere konden komen.

Ze zou hier beneden sterven, dat zouden ze allemaal doen.

En ze zou alleen sterven.

Ze keek rond in de overstroomde Subshuttle en vroeg zich af hoe ze hier terecht was gekomen. Het was onwerkelijk, alles gebeurde in slow motion. Susan stond op een stoel, maar het water stond toch al hoger dan haar knieën. Dr. Lindgren, een grotere vrouw dan Susan, stond ook op een stoel, met haar hoofd bijna tegen het plafond. Ze keek hoe het water steeg en berekende hun kansen. Julie kon het van haar gezicht aflezen, de kalme zekerheid dat ze geen andere keus hadden.

Ze wilde schreeuwen. Ze wilde over het midden van de shuttle reiken en Ben slaan. Ze wilde...

Ze zag een flits van duisternis vanuit haar ooghoek. Een zwiepende beweging, een snelle schop toen het door het water ging recht boven haar hoofd, net buiten het glas. Toen was het weg.

Oh, God nee.

Ze had er niet eens aan gedacht waar in het park ze zich op dit moment bevonden.

Een andere geest verscheen en verdween weer. Net als een verschijning, was het alleen zichtbaar als ze zich er niet op concentreerde. Ze draaide rond in een cirkel, het koude water werd nog kouder toen het tegen haar borst klotste. Een paar druppels spatten omhoog en spatten op haar keel. Haar keel vernauwde zich, haar ademhaling werd zwaarder.

Opnieuw draaide ze zich om. Sarah keek haar nu aan, haar hoofd gedraaid, proberend te bepalen wat het was dat Julie zo angstig maakte.

Toen wist ze het, en Sarah's gezicht smolt in een uitdrukking van pure angst.

Julie knikte.

En een andere slanke, zwarte vorm vloog voorbij.

HOOFDSTUK 48

BEN KEEK NAAR DE OVERKANT VAN DE PLAS WATER EN ZAG JULIE'S GEZICHT. Het was gemaskeerd in een gloed van de vloerlampen die het interieur van het schip omringden, en het licht was griezelig en verspreid in de drie meter water. Hij keek naar haar en probeerde te zien of ze zijn kant op zou kijken.

Dat deed ze niet.

Hij wendde zich tot Reggie. "Elk moment kan de ballast beginnen te werken," riep hij. Het geluid van het binnenstromende water was minder geworden nu het gat in het glas zich onder de waterlijn bevond. Maar de oceaan kon de Subshuttle niet snel genoeg vullen, en het water steeg elke paar seconden een centimeter.

We hebben geen tijd meer, besefte hij.

De shuttle ging over de kop en trok aan de kabel naar beneden.

Shit.

Hij had slecht gerekend. Zijn plan was gebaseerd op de wetenschap dat de shuttle geautomatiseerd was, dat de ballasttanks zich zouden vullen en legen op basis van het gewicht van het voertuig, om de kabellijn niet te verstoren en er teveel neerwaartse druk op uit te oefenen als de duikboot door het water gleed.

Hij had gehoopt dat aangezien de lichten in het vaartuig nog werkten, de Subshuttle zelf nog in orde was, dat de ballasttanks hun werk zouden doen. Hij had gehoopt - erop gerekend - dat de reden dat ze dood in het water waren gestopt, was dat De Havik of Crawford dat had bevolen.

Hij had er *niet* op gerekend dat het ballastsysteem hun snel zinkende schip volledig zou negeren.

De shuttle kreunde, het water kwam tot Ben's kin, en Reggie trok Ben rond, een nutteloos langzame beweging in het dikke zeewater.

"Het is te laat, Ben," zei hij. Zijn stem was kalm, maar Ben las de angst in de ogen van de man. Reggie was een vechter, maar hij was niet onbezonnen. Hij was ook niet krankzinnig. Angst was een deel van hem, net als van iedere andere man. Als Ben doodsbang was, wist hij dat Reggie op z'n minst bang was.

Ben knikte. Hij wilde zijn nederlaag niet toegeven. Hij keek om naar de twee vrouwen die hopeloos op hun stoelen stonden, hun handen omhoog en drukkend tegen het glazen dak. Hij zag Julie, die nog steeds geen oogcontact met hem maakte, alsof ze naar iets buiten de shuttle keek.

"Het spijt me," zei hij.

Reggie schudde zijn hoofd. "Genoeg van die onzin, broer," schreeuwde Reggie. "Je had een plan. Een half fatsoenlijk plan ook. Ik zou hetzelfde gedaan hebben als ik erover nagedacht had."

Ben knikte weer.

"Maar je zei dat je een back-up had, toch? Iets anders dat we kunnen proberen?"

Een kleine golf ving Bens arm toen hij die door het water liet glijden en een beetje zout water spatte op en in zijn mond. Hij spuugde, maar hervond zijn evenwicht toen de shuttle achterover viel en nu met de achtersteven naar beneden in de diepte zakte. Op de een of andere manier zat de kabel er nog aan, dus hij wist dat ze maar zo diep zouden kunnen zinken als de speling van de kabel toeliet.

"Dat deed ik, maar ik niet - we kunnen het niet. Reggie, het is te laat."

"Ik vertrouwde je eerder niet," zei Reggie, terwijl hij in zijn oor praatte zodat Ben hem duidelijk kon horen.

Ben fronste zijn wenkbrauwen. *Waar heeft hij het over?* "Begin je daar nu over?"

"Ja, man. Ik ben het je verschuldigd. Je moet het horen."

"Hoorde wat?"

Er klonk een knal ergens onder de waterlijn, en Ben voelde de druk rond zijn benen veranderen. Er was weer ergens een ruit gesprongen, en het schip zou zich nog sneller vullen. Hij werkte zich omhoog en ging op de rugleuning van een stoel zitten, op zijn hurken zodat zijn hoofd het plafond niet zou raken. Reggie volgde hem, maar Ben wist dat het slechts een kwestie van seconden was voordat de hele shuttle gevuld was.

Weer een knal, weer een gekreun. Deze keer viel de shuttle drie of vier voet recht naar beneden, sneller zakkend dan Ben voor mogelijk hield. Een luider gekraak klonk van ergens boven hem, buiten de shuttle.

De shuttle trok aan zijn kabel, zijn reddingslijn.

Hun levenslijn.

Hij zonk en trok de kabel met zich mee.

Waar de kabel ook verankerd was aan weerszijden van de lange uitgestrektheid, Ben hoopte dat het zou houden.

"Jij hebt nu de leiding."

Ben keek naar zijn vriend. Helemaal doorweekt, zijn hoofd het enige wat boven water uitkwam.

"Jij bent de leider, Ben. Dat ben je altijd geweest, echt. Jij bent de man die dit ding bij elkaar houdt. Joshua was een de facto leider, maar jij bent de man die we altijd volgden."

Ben schudde zijn hoofd. "We hebben hier nu geen tijd voor, Reggie. We moeten..."

"Bewaar het. Nog één seconde," schreeuwde Reggie. "Ik volg je naar de hel en terug, broer, en ik wil dat je dat weet."

"Bedankt. Dat betekent veel voor me," zei Ben. "Ik zal het onthouden als we sterven op de bodem van de oceaan."

"Hou op," zei Reggie. "Ik ben serieus."

"Ik ook, Reggie. We moeten hier weg!"

"Wat was je plan?"

De vrouwen luisterden nu ook mee, alle ogen op Ben gericht.

"Het - het was niet veel," zei hij. "Ik dacht dat we konden wachten tot het ding vol was, en er dan naar toe konden zwemmen."

Reggie's ogen puilden uit. "Dat - dat was je plan?"

Ben schudde zijn hoofd, met het weinige dat er nog van over was. "Nee, dat was het reserveplan, weet je nog?"

riep Susan boven het geluid van het sissende water en de kreunende shuttle uit. "Het is nu ons *enige* plan. Wie wil als eerste gaan?"

Julie keek eindelijk naar Ben. Hij zou haar niet kunnen horen van de andere kant van het vaartuig, maar ze probeerde niet te praten.

Ze schudde gewoon haar hoofd.

Nee.

Hij fronste zijn wenkbrauwen. "Waarom?" riep hij.

Ze heeft blijkbaar zijn lippen gelezen. *Nee.*

Hij had niets om op af te gaan, geen informatie om hem te helpen begrijpen wat ze probeerde te zeggen.

Te laat.

"We moeten het proberen," schreeuwde hij, tegen wie hem nog kon horen. Hij bewoog zich naar links, naar het midden van de Subshuttle, en strekte zijn linkervoet uit over het gangpad onder water, zodat hij schrijlings over de rugleuningen van twee van de stoelen stond. Er was ongeveer acht centimeter lucht over aan de bovenkant van de shuttle, waar het gebubbelde deel van de ruiten van rond glas elkaar ontmoetten aan het plafond. De anderen volgden zijn voorbeeld en weldra stonden ze met zijn vijven languit over het gangpad, met één been aan elke kant op de rugleuningen van de stoelen.

"Susan," schreeuwde Reggie. "Jij bent eerst."

Ze knikte, met een angstige blik in haar ogen, maar haar kin hield ze hoog. Of het nu was omdat dat de enige manier was waarop ze haar mond kon houden of dat het haar zelfvertrouwen was, Ben wist het niet. Het kon hem niet schelen. Hij stak een hand uit en wachtte tot ze die zou grijpen.

Hij trok haar dicht tegen zich aan. "Het gat is aan mijn rechterkant," schreeuwde hij. "Je zult eerst diep adem moeten halen en naar beneden zwemmen, maar Reggie en ik zullen je helpen."

Ze knikte, haar ogen sprongen bijna uit haar hoofd.

"Als je buiten bent, moet de lucht in je longen je overeind helpen. Gebruik je benen meer dan je armen, zodat je niet te snel door je zuurstof heen bent. Gebruik je armen om je te leiden zodat je nergens tegenaan botst."

Ben keek omhoog en door het glazen plafond. Hij kon de lichtstralen zien die het blauwe water boven hen doorboorden. "We zijn maar een meter of tien van de oppervlakte." Het was een gok, en hij hoopte dat het juist was.

Hij hoopte dat het in ieder geval dichtbij was.

Hij kon het zich niet veroorloven om fout te blijven zitten.

"Ben je klaar?" vroeg hij.

Ze keek naar hem. Er zat water op haar gezicht, en haar ogen glinsterden. Of ze was in tranen of het water had haar gezicht nat gespat. "Ik - ik moet wel."

"Zeker weten dat je dat doet," schreeuwde Reggie.

Ze haalde diep adem.

"Snuif als je klaar bent," zei Ben. "Dan krijg je wat meer lucht."

Ze knikte, snoof, en viel toen meteen onder het wateroppervlak. Reggie en Ben hadden haar armen vast en leidden haar half, half naar beneden, naar het gat. Ze konden zich geen tijdverlies veroorloven, maar Ben wilde haar ook geen pijn doen.

Ze vonden het gat net toen de shuttle helemaal volliep. Hij hoopte dat de anderen zijn instructies hadden gehoord, maar hij wist dat ze op z'n minst diep adem zouden hebben gehaald vlak voordat het water het plafond raakte.

Hopelijk niet hun laatste.

HOOFDSTUK 49

SUSANS LICHAAM WAS BIJNA DOOR HET GAT. Ben en Reggie gaven haar een laatste zetje, en ze plofte door het gat en begon meteen aan haar klim naar de oppervlakte.

Julie was de volgende. Ze hadden het niet over een bepaalde volgorde gehad, en dat kon Ben niet schelen. Hij had gewild dat zijn verloofde als eerste zou gaan, maar hij wist dat Julie Susan toch eerst door het gat zou hebben geduwd. Het stemde hem tevreden dat Julie een grote kans had om te overleven door als tweede te gaan.

Ze waren maar tien of twaalf voet onder water, daar was hij nu zeker van. Ze zouden allemaal in staat zijn om uit de shuttle te komen en veilig naar de oppervlakte, waar ze naar de kust konden zwemmen. Ervan uitgaande dat de mannen van The Hawk nog steeds buiten de deuren van de tegenoverliggende voorkamers rond de ring stonden te wachten, betekende dit dat Bens team en Susan veilig naar de kust zouden kunnen zwemmen, uit het water zouden kunnen komen en een goede kans zouden hebben om zichzelf te redden.

Ze waren nog steeds ongewapend, omdat Ben en Reggie hun wapens op de vloer van de shuttle hadden weggegooid en zich in plaats daarvan hadden gericht op het eerst helpen van de vrouwen. Hij wist niet zeker of ze nog zouden werken nadat ze waren ondergedompeld. Reggie zou het wel weten, maar het was misschien niet eens het risico waard om ze te vinden en uit het water te halen. Hij wilde er zeker niet op vertrouwen dat de wapens goed zouden werken, dus hadden ze een andere optie nodig.

Ze waren ergens tussen het hotel en de tweede ring, dacht Ben, misschien wel dichter bij de tweede ring. Er was daar geen kunstmatig strand zoals op de buitenste ring en hij had niet goed genoeg opgelet hoe de binnen- en buitenomtrek van de tweede ring eruitzagen, dus hij hoopte maar dat er daar een gemakkelijke weg omhoog en uit het water was.

Het deed er nu niet meer toe. Ze hadden geen opties meer. Er zat niets anders op dan er naar toe te zwemmen, en hun adem in te houden zoveel als hun longen toelieten. Hij kon zich alleen concentreren op het heden, op de taak die voor hem lag. Hij had geen ander plan dan uit de shuttle te komen, nadat de rest van zijn team veilig uit de shuttle was en naar de oppervlakte zwom.

Julie's gezicht kwam naar het zijne. Hij bekeek haar onder water. Haar haren dreven rond haar hoofd, kleine belletjes gevangen tussen de lokken. Het licht viel van achteren op haar en maakte haar gezicht donker. Haar ogen werden echter van ergens dieper verlicht, mogelijk de lichten rond de vloerplaten in de shuttle. Ze fonkelden met een vurige intensiteit, de lichte bruintinten ontploften in een miljoen kleinere groenen, blauwen en oranjes. Hij kende die ogen beter dan de zijne. Hij kon ze lezen, zelfs als ze niet open waren.

En op dit moment was hij boekdelen aan het lezen. Ze probeerde hem iets te vertellen. Ze hoefde haar hoofd niet te schudden, maar ze deed het toch. *Nee.*

Daar was het weer. *Wat probeert ze me verdomme te vertellen?* vroeg hij zich af. *Waarom wil ze niet dat we de shuttle verlaten?*

Dit was hun enige optie. Hij had hen hun opties ontnomen, hun kansen verpest. Hij alleen had een overhaaste beslissing genomen, wedden op iets dat jammerlijk had gefaald. *Probeert ze me daaraan te herinneren?*

Julie was koppig - bijna net zo koppig als hij - maar ze was niet kleinzielig. Ze was niet het type vrouw dat het 'ik zei het je toch' spelletje speelde. Ze had er geen belang bij om hem zich slecht te laten voelen zonder reden, en zeker niet in een situatie als deze.

Nee, ze probeerde het er niet in te wrijven. Ze probeerde hem niet het gevoel te geven dat hij een verschrikkelijke fout had gemaakt - ze wist dat hij dat al wist.

Ze probeerde met hem te communiceren.

Nee, ze zei. *De shuttle verlaten is een vergissing.*

Hij kon zich niet voorstellen waarom.

Sterven was een veel slechtere optie dan proberen te ontsnappen, in zijn gedachten.

Hij schudde zijn hoofd en haalde zijn schouders op, hielp Reggie haar naar buiten en door het gat te duwen.

Ze waren net klaar met Julie toen de Subshuttle sprong en opzij knapte, een gigantisch krakend geluid volgde. Ben hield zijn adem in en de plotselinge beweging deed hem opschrikken. Hij liet een paar luchtbellen uit zijn mond ontsnappen en vervloekte zichzelf dat hij dit had laten gebeuren.

De shuttle schommelde aan de kabel, en zwaaide toen met geweld zijwaarts. Hij voelde de kabel breken voordat het gebeurde, voelde de spanning door zijn lichaam ratelen nog voordat hij naar de glazen wand reikte om zich te stabiliseren.

Nee, dacht hij. *Alsjeblieft, nee.*

De kabel knapte. Het was een vreemd, buitenaards geluid van onder het water, een heldere, zoevende hoge toon gevolgd door een doffere, diepere plof. De shuttle hing voor een kort moment, alsof het niets was.

En toen viel het.

Het begon door het water te vallen, de zwaartekracht bereikte eindelijk zijn doel en de oceaan eiste zijn prijs op. Ben keek naar Reggie, maar de man hield zich met één hand stevig vast aan de rugleuning van de stoel, terwijl zijn andere hand onder water in het rond zwaaide.

Er zou niet genoeg lucht meer in Ben's longen zitten, en ze moesten Sarah er nog uit krijgen.

Reggie keek naar hem. Hij wist het. De waarheid van dit alles trof Ben harder dan de schok van de Subshuttle die van zijn kabel afbrak.

We hebben geen tijd meer.

Hier beneden, opgesloten in een glazen bel die helemaal vol water zat en snel naar de oceaanbodem viel, was lucht tijd. En tijd was leven, en die raakten allemaal op.

Hij wilde huilen. Het was een onnatuurlijke emotie voor hem, maar het was er. Hij had het gevoel dat hij niet alleen zijn beste vriend en verloofde had teleurgesteld, maar ook zijn teamgenoten en een onschuldige burger. Hij wist niet zeker wat het ergste was; welke mislukking hem het meest in zijn greep hield, de angst te weten dat hij niet sterk genoeg was om te zegevieren en hen te redden.

Als Julie zonder hem de oppervlakte zou bereiken, zou hij haar teleurgesteld hebben, haar achterlatend zonder de man aan wie ze de rest van haar leven had toegezegd.

Als ze de oppervlakte niet haalde, was dat nog erger.

Maar er was nog werk te doen, en hij was nog niet dood. De anderen hadden het vaak over zijn 'veerkracht', een woord dat hij pas sinds kort begreep. Het ging er niet om dat hij tegenslagen kon overwinnen, of een vijand, demon of uitdaging kon weerstaan. Het ging er zelfs niet om dat hij kon terugkaatsen en verder vechten.

Voor Ben betekende veerkracht iets veel eenvoudigers: het betekende dat hij totaal niet in staat was om er niet om te geven. Als hij zich eenmaal ergens op toelegde, was hij binnen. Punt uit. Het was koppigheid op een krankzinnig niveau. Een niveau dat de meeste mensen terecht niet benaderden, want op dat niveau leek koppigheid veel meer op een zekere dood.

Hij was gewoon niet in staat om te stoppen met geven om de oplossing die hij had bepaald was goed en juist, totdat hij helemaal stopte met ademen. Het was jammer, echt. Alles in hem wilde weggaan, ontsnappen aan deze hel en naar de oppervlakte drijven voor het te laat was, maar er waren nog twee mensen die hulp nodig hadden. Alles in hem wilde negeren wat het ook was dat nog steeds standhield, maar wat het ook was dat standhield was sterker dan alles wat zijn bewuste geest er tegenin kon brengen.

Hij was veerkrachtig, en dat was zijn vloek.

De shuttle daalde, dieper en dieper in de afgrond. Reggie trok aan zijn arm, probeerde zijn aandacht te trekken.

Ik weet het, dacht hij. *Ik weet dat we dood zijn.*

Reggie trok harder en Ben stond op het punt zijn hoofd om te draaien om te zien wat Reggie van hem nodig had dat nu zo verdomd belangrijk was.

Maar hij kon zich niet afwenden van het glas, van de oceaan buiten de bel.

Iets in zijn achterhoofd kroop naar voren, kroop steeds dichter naar zijn bewustzijn. Iets had zijn aandacht getrokken, hoewel zijn eigen geest het voor hem verborgen hield. Ofwel was het de moeite niet waard, ofwel was het iets waar zijn geest niet zeker genoeg van was, ofwel was het gewoon een toevalstreffer.

Hij waagde een blik door het glas in het troebele water. Het was nu donkerder, de lichtstralen drongen niet langer door en reisden niet helemaal tot hun locatie. Hij kneep zijn ogen dicht, wetend dat hij zich niet kon veroorloven zich op iets anders te concentreren dan Dr. Lindgren en Reggie uit de Subshuttle te halen.

Toch... was er iets daarbuiten.

Hij veronderstelde dat het Julie was, toen hij de donkere gedaante voorbij zag zweven, maar besefte toen dat het helemaal niet mogelijk was dat een mens die gedaante kon aannemen, zelfs gezien de vreemde vervormingen die door het glas en het gebrek aan licht zouden kunnen worden veroorzaakt.

Het was iets... anders.

Een andere schaduw flitste door zijn zicht, net rechts van waar hij staarde.

Wat de...

Reggie zag het ook. Dat moet de reden zijn waarom hij aan zijn shirtkraag rukte. Ben schudde het weer van zich af en richtte zich nu volledig op het water net buiten de shuttle. Een diepe, intense flikkering veranderde het licht rond het water, en vloeide snel van links naar rechts in zijn gezichtsveld.

Hij wist het, toen. Zonder twijfel, hij wist het. Het was waar Julie hem voor probeerde te waarschuwen.

Er was nog iets in het water.

HOOFDSTUK 50

REGGIE TROK AAN BENS HEMDSMOUW OM ZIJN AANDACHT TE TREKKEN. Nadat hij het knakken had gehoord en het plotselinge slingeren van de Subshuttle had gevoeld toen die begon te dalen, was Reggie gedwongen zijn tempo op te voeren. Twee van hun team waren al veilig buiten, en ze moesten het tempo flink opvoeren, anders zouden hij, Ben en Sarah zonder lucht komen te zitten, lang voordat ze de oppervlakte zouden bereiken.

Hij had Ben willen zeggen ook vaart te maken, opzij te gaan, naar links te schuiven, zodat Dr. Lindgren zich vanaf de andere kant van de shuttle naar het gat en naar buiten in het open water kon lanceren. Bens overhemd dreef omhoog, voor zijn gezicht, gestaag en zachtjes in het kalme water. Het hemd was het enige dat nu kalm aanvoelde, en het was in tegenspraak met de werkelijke situatie waarin Reggie zich bevond. Terwijl het hemd heen en weer flikkerde in het water, waren Reggie en Ben hard aan het werk om mensen uit het vaartuig te duwen en naar de oppervlakte te brengen. Hun hoofden waren nu volledig onder water, en Reggie was bezig zijn lichaam klaar te maken om de Subshuttle te verlaten nadat hij Dr. Lindgren uit de shuttle had geholpen.

Ben keek naar Reggie. *Wat?* vroegen zijn ogen. En... iets anders.

Angst?

Waarom zou Ben uitgerekend nu bang zijn? Er was genoeg tijd om bang te worden, bijvoorbeeld nadat die idioot het glas had ingegooid en hun enige reddingslijn naar de bodem van de oceaan had laten zinken.

Reggie zocht Ben's gezicht af naar enig teken van wat zijn vriend had doen schrikken. Hij vond niets bruikbaars en haalde zijn schouders op.

Wat? Hij bewoog weer, in de hoop dat Ben de uitdrukking kon lezen.

Ben wees. Een lange arm en een vinger, gericht op het plafond. Reggie bekeek het gebied, maar begreep het niet.

Hij schudde zijn hoofd.

Hij keek, en zag nog steeds niets. Hij begon zijn schouders op te halen, zijn hoofd te bewegen en te proberen Ben te laten mimen waar hij het over had.

En toen zag hij het ook.

De kortste beweging, niets dan een diepe schaduw die tegelijk overeenkwam met en inging tegen de schaduwen van de diepere tinten van de omringende oceaan.

Het was alsof hij helemaal niets gezien had, en hij deed een dubbele take, nog steeds starend naar het plafond waar Ben naar gewezen had.

Het kwam weer, en ging weer, net als daarvoor, maar deze keer was het rechts van hem, verder weg in de verte. Hij was er nu zeker van: het was niet zomaar een schaduw, een verschijning veroorzaakt door vreemd dansend licht of een ander natuurverschijnsel.

Het was een dier.

Een of ander zeedier, groot en dreigend, te oordelen naar het enige deel van het dier dat zijn perifere gezichtsveld hem toestond te zien: de staart.

En het was een *monsterlijk* lange staart.

Hij wilde zijn mond openen en gapen, maar ze hadden geen tijd meer. Ben trok nu aan zijn arm. Om een of andere reden wilde hij dat hij wegging. Om uit de shuttle te komen.

Maar...

Hij wist niet zeker hoe hij het Ben moest vertellen.

Ik weet nu waar je het over hebt, maatje.

Hij wilde het hem vertellen. Om te zeggen, *ja, ik zag het.*

Maar hij wist ook wat Ben wilde. Ben bewoog nu met zijn hoofd en ogen, schreeuwde zelfs in de stille oneindigheid van de oceaan.

De Subshuttle is gezonken.

Dieper, elke seconde dieper. Ben schreeuwde en zei niets op hetzelfde moment.

Laten we gaan, zei hij.

We moeten wel, maar we kunnen niet, zei Reggie terug tegen hem.

Hij maakte een mentale berekening, controleerde en schatte zijn vitale delen. Hij had niet veel lucht meer over. Mogelijk genoeg om terug naar de oppervlakte te gaan, maar niet meer dan dat. En dat was in de veronderstelling dat hij wist waar de oppervlakte was. Het was onmogelijk te zeggen hoe snel ze zonken. Hopelijk zat er nog wat lucht in de ballast, in de wandcompartimenten van rubberplastic en andere kleine ruimtes in het vaartuig. Het zou hen een beetje afremmen, tot alles vol water zat.

Hij was niet zeker over Ben, maar hij wist dat de man niet zo getraind was als Reggie. Hij was geen Navy SEAL, maar hij kon heel goed zwemmen, hield zichzelf in topconditie en wist dat hij bijna drie minuten zijn adem kon inhouden zonder zich onnodig in te spannen.

Er was geen manier om precies te meten hoeveel inspanning hij zijn lichaam liet ondergaan, maar het was duidelijk dat het meer was dan 'geen'. Hij had ook de tijd niet bijgehouden, maar uit gewoonte keek hij toch op zijn horloge. *Is het al twee minuten? Eén?* Er was geen manier om zeker te zijn. Het voelde alsof er een eeuwigheid was verstreken, maar de tijd was tot stilstand gekomen sinds Ben hun reddingslijn had gebroken en de shuttle had laten zinken.

Hij probeerde de gedachte weg te duwen. Het was Ben's schuld niet - als Reggie er eerst aan gedacht had, had hij hetzelfde gedaan. De man probeerde een zekere dood door vuurpeloton te voorkomen, en zonder de Subshuttle's beweging vanuit de boot te kunnen controleren, was het hun enige optie geweest.

Reggie wist dat, maar hij voelde zich verraden dat Ben hem niet eerst had geraadpleegd.

Ben wees. *Omhoog.*

Toen knikte hij. *Nu. Laten we gaan.*

Reggie schudde zijn hoofd. Er was nog één lid van hun team dat eruit moest komen. Dr. Sarah Lindgren had Susan en Julie uit de shuttle geholpen, en nu was het haar beurt om zich in veiligheid te zwemmen.

Of in de monden van wat die *dingen dan ook zijn.*

Een ander van die 'dingen' zwom griezelig dicht bij het glas vlak achter Dr. Lindgren toen Reggie naar haar omkeek. Lang, zwart, slank. Het leek op geen enkele vis die Reggie ooit had gezien, maar het was ook snel - te snel om het goed te kunnen zien.

Ze zat 'gehurkt' op de rugleuning van een stoel aan de andere kant van het gangpad, haar haar vrij zwevend boven en rond haar hoofd. Hij wilde net een teken geven dat ze naar hem toe moest zwemmen toen hij zag waarom ze nog halverwege de shuttle was.

Sarah worstelde met haar rechtervoet, die klem was komen te zitten tussen het glas van die wand van de shuttle en de stoel. Kennelijk was, toen de Subshuttle van de gebroken kabel was losgeraakt en was gaan schuiven, het glas aan die kant opgezwollen en gaan schommelen, waardoor de opening tussen het glas en de zijkant van de stoel tijdelijk groter was geworden.

Shit.

Ze was vastgepind en kon haar voet niet bewegen. Het zag er

pijnlijk uit, te oordelen naar de blik in haar ogen terwijl ze verwoed probeerde haar been te bevrijden.

Ben trok aan Reggie's shirt, maar Reggie veegde zijn hand weg.

Ben rukte weer aan Reggie, deze keer bij zijn kraag. Reggie draaide zich om en schudde zijn hoofd. Hij wees naar Sarah. Ben keek, en richtte toen zijn aandacht op Reggie.

Hij schudde zijn hoofd.

Reggie was stomverbaasd. Zijn vriend vertelde hem dat het te laat was; er was niets meer dat ze voor haar konden doen.

Reggie ontplofte in actie. Hij schopte de rugleuning van de stoel waar hij op balanceerde van zich af, het water hield hem recht en stabiel. Het was een beweging die sterk genoeg was om Ben zijn greep op hem te doen verliezen en hem toch door het midden van de Subshuttle en naar Sarah's locatie te dragen.

Hij draaide zich om en keek snel naar Ben. De uitdrukking van de man was opzienbarend: een smorgasbord van angst, verwarring en droefheid.

Dit is het, dacht Reggie. *Hij probeert afscheid te nemen, maar hij kan het niet.*

Het was een hel dat ze nu onder water waren. Wat Ben ook van plan was om hem te vertellen, het zou goed geweest zijn.

Reggie knikte. *Het is goed geweest, vriend.*

Er waren geen glimlachen. Geen omhelzingen, of high fives. Het was geen gelukkig afscheid, noch was het zo plechtig als hij had verwacht.

Ben was stoïcijns, Reggie was gereserveerd. Dat gold voor beiden, en beiden probeerden trouw te blijven aan hun vorm, zelfs in deze situatie. Dat werd begrepen. Geen van beiden zou buigen, zelfs nu niet. Ze waren wie ze waren, en geen van beiden was van plan dat aan de ander te veranderen.

Hij had dit eerder gevoeld, lang geleden.

Hij was toen nauwelijks een man, maar man genoeg om zijn levenskompas in de richting van zijn eigen ware noorden te laten wijzen. Er was geen liegen tegen zo'n kompas, geen misleiding van de natuurlijke orde der dingen. Hij herinnerde zich het moment alsof het gisteren was, het gevoel van verraad, verlies, anticipatie, verlangen naar iets dat hij nooit zou voelen.

Hij slikte. Zijn longen raakten in paniek, net als de rest van zijn lichaam. Hij wilde eruit, Sarah negeren en gewoon verder gaan, maar hij was vastbesloten.

Ben zou het begrijpen. Hij zag het aan zijn gezicht.

Jij redt haar, zei hij, *maar ik moet Julie redden.*

Reggie begreep het. Hij wist dat het zo moest zijn. Reggie kon een onschuldige vrouw niet zo laten sterven, recht voor zijn ogen, zonder het te proberen.

Ook dat was een weg die hij al eerder had bewandeld.

Hij dacht dat hij het toen had geprobeerd, zo lang geleden, maar hij wist dat dat slechts een leugen was die hij zichzelf probeerde wijs te maken om de zenuwen te kalmeren, om de pijn te verzachten.

Sarah's ogen stonden wijd open, nog steeds driftig. Hij greep haar pols en trok die omhoog. Er was bloed, afkomstig van ofwel haar enkel of haar vingers, ofwel van de spanning en druk op haar been of van het krabben, wanhopig klauwen om zichzelf te bevrijden.

Ze was als een dier in de val van een jager - ze zou alles gedaan hebben om zichzelf te bevrijden.

Hij hoopte alleen dat hij zou kunnen helpen. Er was niet genoeg lucht in zijn longen om veel te doen - of haar helpen of proberen naar de oppervlakte te komen. *Er is een goede kans dat we niet allebei kunnen doen,* dacht hij.

Hij trok. Eén hand, toen twee. Toen voegde ze haar handen toe, en alle vier de handen trokken op en rond en terug en probeerden haar voet los te maken.

Het hield. Haar gevangenis was eenvoudig, maar effectief. Haar voet zat vast, en er was niets dat ze konden doen om het te bevrijden met hun gecombineerde kracht, vooral onder water.

Zijn longen begonnen naar buiten te prikken, de pijnscheuten waarschuwden hem dat hij gevaarlijk dicht bij het verdrijven van het opgehoopte kooldioxide was en het verving door een grote hap dodelijk zeewater.

Hij kon zien dat Sarah in dezelfde benarde positie zat, hoewel ze haar handen naar beneden en rond haar voet bleef werken. Hij probeerde op het glas te drukken, schopte er zelfs een paar keer tegenaan, maar het was stevig. Het gaf nauwelijks een krimp, niets dan een snelle galm langs zijn been vertelde hem dat hij contact maakte.

Ben was weg. Hij was op een gegeven moment weggegaan, kennelijk omdat hij vond dat hij beter even bij Julie en de *Ocean Tech* medewerkster Susan kon gaan kijken in plaats van te wachten en toe te kijken hoe Reggie en Sarah een gruwelijke dood zouden sterven.

Goed voor hem.

Reggie voelde geen woede, geen wroeging. Ze hadden hun beslissingen genomen, en als de situatie ook maar iets anders was geweest, had hij dezelfde beslissing genomen. Bovendien zou hij Ben hebben gedwongen de beslissing te nemen die hij had genomen, wat er ook gebeurde. Hij had er meer belang bij dan Reggie. Julie was veel belangrijker voor Ben dan Reggie, en Reggie zou het niet anders gewild hebben.

Nee, er was niets dat Reggie zou hebben veranderd.

Hij glimlachte, zelfs toen de shuttle nog dieper de diepte in gleed, het water veranderde van blauw naar zwart en dan naar een permanent niets. De donkere vormen smolten samen tot alleen maar vormen, en verdwenen toen helemaal. Hij dacht dat hij ze rondjes om hen heen kon voelen zwemmen, wachtend.

Nee, dacht hij. *Niet vandaag, jongens. We komen hier niet uit.*

De lichten op de ronde rechthoekige vloer van de shuttle flikkerden en doofden daarna. De duisternis was schokkend, maar Reggie liet het over zich heen komen. *Er was hier niets meer te doen.*

Hij greep naar Sarah's hand. Ze wist het, ook al kon hij haar niet zien. Ze was gestopt met tegenstribbelen, wachtend tot Reggie zou merken dat het voorbij was.

Hij glimlachte in het donker, wetende dat het licht, niet de duisternis, hem uiteindelijk te pakken zou nemen. Wat er ook zou gebeuren, hij zou vertrekken met de karakteristieke grijns die hem kenmerkte. De oceaan mag dan oneindig zijn, zijn banden onverzettelijk, maar hij zou niet achterover leunen en zijn slagen incasseren. Hij zou vertrekken met de wetenschap dat hij gevochten had, en hard ook.

Hij ging naar buiten wetende dat zijn beste vriend daar ergens was, nog steeds vechtend in de strijd waar hij hem in had getrokken.

Hij vond Sarah's hand. Ze pakte de zijne en verbond hun vingers. Hij kneep erin, wilde met haar praten.

Dan nog, er was niets te zeggen. Niets anders te doen dan wachten.

Het zou niet lang meer duren.

HOOFDSTUK 51

"VIND ZE!" Crawford schreeuwde.

Zijn haar begon te vallen, alsof het zijn stemming kon lezen, de normaal perfecte vorm ervan hing af en gleed naar opzij. Hij duwde een lok van het langere deel uit zijn ogen. Hij was trots op zijn haar, zoals hij trots was op alles wat met zijn uiterlijk te maken had, waar mensen hem om prezen.

Hij had een carrière opgebouwd op zijn uiterlijk en charisma net zo goed als op zijn genialiteit. Gelijke doses van allemaal, en hij wist precies wanneer hij ze moest gebruiken.

Op dit moment, echter, voelde hij zich niet bijzonder briljant. En als zijn haar een teken was, voelde hij zich ook niet erg *knap*. Dit haar was slechts de uiterlijke verschijning van wat hij van binnen voelde.

Beroering.

Hij *haatte* dit gevoel. Hij had er zijn hele leven tegen gevochten, het teruggedrongen in zijn onderbewustzijn, een demon die hij lang geleden dacht te hebben verslagen.

Gedachten aan zijn zoon begonnen zich een weg naar boven te banen in zijn bewustzijn.

Nee, dacht hij. *Hou op.*

Vicente Garza - "De Havik," zoals zijn mannen hem graag noemden - draaide zich naar hem toe.

"Weet je waar ze zijn?" vroeg Crawford. "Ik moet ze vinden."

"Adrian, ze zijn..."

"*Meneer,*" verbeterde Crawford.

"Juist," zei Garza met opeengeklemde tanden. "*Sir,* ze zijn nu ergens op de bodem van de Atlantische Oceaan."

"Hoe weet je dat?"

Crawford stapte naar het eerste bureau dat hij kon vinden. De man die daar zat rolde achteruit, niet blij met de plotselinge ondermijning van zijn macht, maar er ook niet tegen vechtend. Crawford probeerde te begrijpen wat hij op het scherm zag, maar in plaats van gesloten-circuit camera's en de typische bewakingsstijl GUI, zag hij niets anders dan spreadsheets, cijfers en grafieken. Blijkbaar was het bureau dat hij had overgenomen dat van een lagere Ravenshadow-soldaat, een man die de dagelijkse inputs en outputs van de energie-productie van de drie ringen moest bijhouden.

Ze waren in het controlecentrum, of 'commando' zoals de Ravenshadow mannen het noemden. De tweede ring, net onder de oppervlakte in het eerste subniveau, waar de laboratoria, de bemanningsverblijven en de kantoren van de werknemers waren ondergebracht. Het was ver verwijderd van zijn eigen kantoor en appartement, bovenin het hotelgedeelte in de middelste ring. Deze plaats was als een bijzaak - leeg en grauw, efficiënt maar grimmig, alsof de hele plaats wanhoop uitriep.

Hij haatte het, en het was een van de redenen waarom hij hier zelden kwam. De bruggen en Subshuttle routes waren er in overvloed, maar hij kon het niet uitstaan hier tijd door te brengen met de werknemers. Het maakte hem ongemakkelijk, en hoewel hij het nooit zou toegeven, voelde het beneden zijn waardigheid.

Maar nu, in een crisissituatie, kon Adrian Crawford het niet verdragen om niet bij de actie betrokken te zijn. Garza was capabel - daarom had hij hem en zijn team in de eerste plaats ingehuurd - maar

Crawford vertrouwde nooit iemand anders, althans niet zonder een beetje toezicht. Garza was misschien slim, maar hij was niet het genie dat Crawford wist dat hij was.

Zijn hele leven was een routekaart geweest van doelen en uitdagingen, met slechts korte tussenstops onderweg: geslaagd voor de middelbare school op 13-jarige leeftijd, bachelor op 15-jarige leeftijd, afgestudeerd en post-doc op 21-jarige leeftijd. Hij had een briljante geest, hadden ze zijn ouders verteld, en er was niets dat hem zou kunnen stoppen.

De man die zijn beveiliging leidde, Vicente Garza, was nauwelijks een uitzondering: Crawford had hem ingehuurd om zijn werk te doen, en als hij faalde, zou hij worden ontslagen, net als veel van zijn andere werknemers. Hij had manieren gevonden om met het systeem mee te werken als dat nodig was en er tegenin te gaan als niemand het vermoedde. Er was geen regering die in staat zou zijn om zijn vooruitgang te stoppen, en als ze eindelijk een manier vonden om het te doen, zou het te laat zijn.

Zijn onderzoek was al voltooid.

Nu was het alleen nog een kwestie van testen en perfectioneren.

Ravenshadow en de CSO, het team waar het achter zat, vertraagden zijn vooruitgang alleen maar, en hij wilde het zo snel mogelijk opgelost zien.

Alleen door deze omstandigheden was hij niet op zijn hoede en besloot hij naar de tweede ring te gaan en de vorderingen met eigen ogen te aanschouwen.

Hij realiseerde zich dat Garza tegen hem praatte.

"Wat?" vroeg hij.

"Ik zei, *meneer*," zei Garza, "we weten niet *precies* waar ze zijn omdat de Subshuttle van zijn kabel is gevallen. Het is onmogelijk te zeggen wat daar precies gebeurd is, omdat..."

"Mijn shuttle *viel van zijn kabel*?"

Garza knikte. "Ja, dat is wat ik zei, *meneer*."

Crawford was een halve meter kleiner dan de man, en veel

minder intimiderend, maar hij was niet van plan om zich door een ondergeschikte te laten intimideren. "Ik verzoek u met alle respect mij te behandelen als uw meerdere, meneer Garza.

Garza's neusvleugels wapperden.

"Ik weet dat ik niet op de hoogte ben van het specifieke militaire jargon dat jullie gebruiken,' zei Crawford. "Maar hoe jullie je *leider* ook noemen - dat ben ik. Begrepen?

Garza zoog zijn lippen op elkaar alsof hij op het punt stond iets door de kamer te spuwen. "Wij noemen dat 'generaal'. Soms 'admiraal,' afhankelijk van waar je vandaan komt. Of, als je een beetje chique bent, misschien zelfs 'president'. Ken je die?

Crawford's vuisten balden. Hij stapte op Garza af. Zijn ademhaling ging sneller, en hij kon niets doen om die vrijwillig te vertragen. Hij had nooit in het leger gezeten, en hij was niet zo'n vechter. Zijn gevechten werden gewonnen met zijn verstand, in de rechtszalen, directiekamers en privékantoren van de rijkste leden van de filantropische samenleving.

Toch was hij niet van plan zich terug te trekken. Hij had het opgenomen tegen veel grotere tegenstanders. Misschien niet zo groot als Garza, of zo brutaal en fysiek imposant, maar toch, Crawford had zijn successen niet bereikt door terug te deinzen. Hij stapte een voet dichterbij, waardoor de twee mannen oog in oog stonden.

Garza glimlachte alleen maar. "Heb je me iets te vertellen, *baas*?"

Crawford was ontzet. Het kwam zelden voor dat iemand zo nonchalant omging met zijn gezag, en het kwam nog minder vaak voor dat het iemand was die direct voor hem werkte.

"Ik - ik wil weten wat er gebeurt, Garza," zei Crawford. "Ik dacht dat ik dat duidelijk had gemaakt."

Garza leunde voorover, bijna *over* Crawford *heen*. "Dat klopt. Ik wil u er echter aan herinneren dat onze *contractuele* overeenkomst mij en mijn team toestaat te opereren op de manier die ik wil, inclusief - zoals in ons contract staat - 'systemen, personeel, operaties en procedures'."

"Wat is je punt?"

"Simpel. Het vinden van uw CSO vrienden valt nu volledig en uiteindelijk onder mijn lijst van verantwoordelijkheden. U bent welkom om toe te kijken en mijn proces te observeren, maar ik zal alle vragen, kritiek en soortgelijke opmerkingen opvatten als directe bedreigingen tegen mijn autoriteit. In dat geval, zou ik kunnen toevoegen, zal een contractbreuk van uw kant worden geïnitieerd, resulterend in het betalen van mijn volledige betaling en honorarium, alsmede de extra 'verbeurdverklaring van rechten' vergoeding zoals vermeld in de clausules."

Crawford was razend. Hij was ziedend, maar hij wist dat Garza gelijk had. *Hij is slim, maar niets wat ik niet aankan,* dacht hij. *Ik heb met erger te maken gehad.*

Hij wist ook dat het waar was.

Garza was een sterke arm. Hij had Ravenshadow ingehuurd om de vrede hier in het park te bewaren, en hij had ze ook een flinke bonus gegeven voor het lokken en gevangen nemen van het CSO team. Maar aan het eind van de dag was het CSO team de prioriteit. Hij kon niet werken met een carte blanche team zoals dat van hun dat over de hele wereld rondliep.

Garza was de man die het meest gekwalificeerd leek, en zijn mannen bleken een indrukwekkende groep soldaten te zijn, maar Crawford had altijd vastgehouden aan de mentaliteit 'langzaam aannemen, snel ontslaan'. Als Garza de klus niet zou klaren, moest hij aan een alternatief werken.

Hij was al boos dat hij het zich had veroorloofd een alternatief of twee te vinden, ervan uitgaande dat Garza en Ravenshadow het wel aankonden.

"Luister, Crawford," zei Garza. "Ik begrijp waar je vandaan komt. Je hebt daarbuiten bezittingen, en die bezittingen worden nu met een aanval bedreigd. Maar je moet me toestaan te doen wat ik moet doen om je van dit probleem te verlossen, begrepen?"

Crawford keek op naar Garza.

"Begrepen?" vroeg hij opnieuw.

Crawford was boos, maar hij knikte. "Wat betekent dat eigenlijk?"

"Het betekent dat ik alles zal doen wat nodig is om ze terug te krijgen. Dood of levend, je zult ze krijgen. Begrepen.

"Wat *betekent* dat, Garza?" vroeg Crawford.

Garza keek op en staarde door het glazen raam van de benedenverdieping. Hij zuchtte. "Je hebt hier miljoenen geïnvesteerd, en een hoop redenen om dit ding overeind te houden. Maar ik moet misschien dingen doen die je onder normale omstandigheden niet zou goedkeuren.

"*Waar heb* je het over, Garza?" vroeg Crawford. "Als je je ook maar *bemoeit* met het onderzoek hier, zal ik..."

"Misschien moet ik deze hele plek tegen hen keren,' zei Garza. "Als ze op de een of andere manier uit de shuttle zijn gekomen - het is niet waarschijnlijk dat ze het overleefd hebben, let wel - maar als ze eruit komen, naar de oppervlakte zwemmen... moet ik alles wat ik heb tegen ze gebruiken. Begrijp je dat?

Crawford haalde diep en lang adem. Hij wilde nee zeggen, dat het zeker niet goed *was* om zijn hele faciliteit en het onderzoek hier in gevaar te brengen. Het onderzoek was nog steeds het belangrijkste facet van *OceanTech*'s vooruitgang, en er waren fijn afgestemde ecosystemen die van elkaar afhankelijk waren. Als ook maar *een* van deze systemen uit balans zou raken, zou dat de integriteit van het onderzoek volledig teniet kunnen doen.

Maar ze moeten gevonden worden, dacht Crawford. *Boven alles, moet ik weten dat ze dood zijn.*

Uiteindelijk draaide hij zich terug naar de man die hij de leiding had gegeven over zijn beveiliging. "Je hebt tien minuten. Vind ze, en rapporteer direct aan mij. Doe wat nodig is. Je hebt het station onder je bevel. Je weet hoe je me kunt bereiken."

Garza leek op het punt te staan hem te slaan, maar beide mannen hielden stand. Eindelijk, op een half grommende manier, sprak Garza. "Goed. Tien minuten."

Crawford draaide zich om en begon naar de deur te lopen zonder het antwoord van zijn ondergeschikte te erkennen. Terwijl hij wegging, hoorde hij Garza bevelen blaffen naar zijn staf en soldaten.

"Start de protocollen tab," zei Garza. "We nemen deze faciliteit tijdelijk over, en ik heb een idee."

HOOFDSTUK 52

De zwemtocht naar de oppervlakte was het meest intense wat Julie ooit had meegemaakt. Ze was in meer dan één vuurgevecht verwikkeld geweest, had meer dan één persoon tegelijk op haar zien schieten, en was meer dan eens naar de hel en terug gegaan.

Maar met nauwelijks nog adem in de longen uit een zinkend onderwatervoertuig omhoog zwemmen door krokodillenwater was verreweg het zwaarste wat ze ooit had meegemaakt.

En Ben is nog steeds daar beneden.

Ze kon niet denken aan Reggie en Sarah. Er was alleen ruimte in haar hoofd voor de taak die voor haar lag - naar de oppervlakte gaan - en Ben.

Niets meer, niets minder.

Als ze haar gedachten onder controle had, zou ze geprobeerd hebben die van Ben te verdringen, maar dat was onmogelijk. Ze hield van hem, en dat kon ze niet negeren. Hij was een deel van haar, net zoveel als zij wist dat zij een deel van hem was. Ze kon proberen te overleven, al haar bewuste energie en geestkracht gebruiken om zich door het water te ploegen, maar ze kon niet *zonder* ook aan Ben te denken.

Hij zou haar beschermd hebben. Hij zou voorkomen dat de krokodillen bij haar zouden komen, als hij dat kon.

Ze zwommen nu rond haar, plaagden haar. Ze speelden. Misschien probeerden ze uit te vinden wat er precies in *hun* tank rondzwom.

Ze huiverde, maar ze ging door. Haar longen stonden op het punt te barsten, maar ze wist dat ze het zou halen. Het probleem was, natuurlijk, dat lucht niet de enige uitdaging was.

De krokodillen dartelden heen en weer door haar gezichtsveld, elke keer dichterbij.

Ze wist niets over hun gewoonten, of ze in roedels vochten of in afzonderlijke eenheden. Ze nam aan dat ze individueel waren, en waarschijnlijk allemaal van hetzelfde geslacht. Ze leken volgroeid te zijn, want degenen die rond haar zwommen waren tussen de acht en vijftien meter lang.

Kleiner dan sommige van de grotere krokodillen die ze had gezien, maar toch...

Acht voet krokodil was ongeveer negen voet te veel.

Met een laatste stoot van haar armen en een trap met haar benen, brak ze door en brak het oppervlak.

Ze hapte naar lucht, vulde haar longen. Het was maar een kort uitstel.

Een lange, zwarte vorm zwom recht op haar af.

En het was *snel.*

Ze gilde en zag Susan in haar perifere gezichtsveld. De vrouw spartelde tegen de zijkant van de tank en probeerde zich op te trekken over de twee meter hoge rand die boven het water uitstak. Het was de kant van de ring die het dichtst bij was, en Julie wist dat er niet veel voor nodig was om zichzelf omhoog te trekken en in veiligheid te brengen.

Als ze er maar kon komen.

Ze duwde het water, probeerde het te laten gehoorzamen aan een geheel andere set natuurkundige wetten, en haar handen schoten onverwachts recht omhoog, water spattend de lucht in. De krokodil liet zich niet afschrikken. Hij stortte zich op haar, en ze stapte op het water tot het ding recht voor haar stond.

Op dat moment gleed ze zijwaarts en draaide tegelijkertijd. Ze was veel kleiner dan het beest, maar hun manoeuvreerbaarheid was gelijk. Toch was zij een halve seconde sneller dan de krokodil, en haar bovenlichaam gleed onder water net toen de krokodil over haar hoofd vloog. Hij bokte, zich realiserend dat hij zijn prooi kwijt was, en Julie voelde zijn krachtige klauw tegen haar rug schrapen.

Ze wilde schreeuwen van de pijn, maar ze hield haar mond, wetend dat toegeven alles verliezen was.

Waar is Ben? Dacht ze.

De krokodil draaide zich om, onhandig maar snel in het water, en ze wist dat ze deze keer niet zoveel geluk zou hebben. Deze krokodil moest minstens 2 meter lang zijn, misschien zelfs groter. Het was duidelijk de leider van de roedel, en hoewel ze niet geïnteresseerd was om tegen een alfa te vechten, betekende dit dat de rest van de roedel haar, althans tijdelijk, negeerde.

De krokodil maakte een boog en stortte zich toen op haar. Ze was verder weg van de muur dan ze eerder was geweest.

Ze bereidde zich voor. Het zou met de tanden naar binnen komen, zijn sterke punten kennende. Het was een reptiel, dus het zou haar positie of beweging niet veel verder kunnen berekenen dan 'het probeert te ontsnappen'. Dat was het enige voordeel dat ze kon bedenken, maar ze was van plan het zo veel mogelijk uit te buiten.

Wachten tot hij dichtbij is, en dan wegduiken, dacht ze. *Hij probeert nu alleen zijn territorium te verdedigen. Er is geen verrassingselement.*

Ze trapte in het water, en nam het op tegen haar reptielachtige aanvaller.

De krokodil was tien voet weg, en werd steeds sneller.

Ze wilde haar ogen sluiten, het achter de rug hebben.

De krokodil opende zijn kaken. *Een vertoon van macht, of een anticipatie van zijn maaltijd?*

Het was op een meter afstand, en Julie zette zich schrap voor de klap. *Zou het pijn doen? Zou het me in zijn geheel opslokken, of zou het zijn tijd nemen?*

Er *was* geen tijd. Ze kon het zich niet veroorloven om over dat soort dingen na te denken.

Ze was van plan om deze keer naar rechts te duiken, niet dat het dat stomme beest zou misleiden. Het handelde instinctief, en deed alleen wat het piepkleine brein, dat het enorme lichaam bestuurde, hem opdroeg te doen.

Drie voet.

Ze maakte zich klaar om naar rechts te springen.

De kaken van de krokodil verbreedden zich, en klapten toen dicht. Hij dook naar rechts - Julie's links - en zonk toen onder het wateroppervlak. Julie volgde hem en zag zijn staart omhoog en weer omlaag zwiepen, een gigantische plons volgde.

Wat is dat?

De krokodil rolde en knikte, bijna doormidden, toen hij verbaasd reageerde. Iets had hem van onderen aangevallen, waardoor hij in paniek wegrolde van Julie en de zekere prijs die ze aanbood.

De krokodil plonsde opnieuw, uitzinnig en nog steeds verrast, en Julie maakte van de gelegenheid gebruik om naar de kant te zwemmen. Ze trok zich voort met haar armen en benen, greep het water bij de galon in haar handpalmen en trapte harder dan ze ooit had getrapt. Ze was niet zo'n goede zwemster - ze kon het wel, maar ze had nog nooit getraind voor 'achtervolgd door een krokodil'. Toch stond ze zichzelf niet toe om achterom te kijken.

De andere krokodillen, als ze er nog waren, keken toe en wachtten op het succes of falen van hun alfa. Julie schoot recht op de oever af, waar Susan zich net uit het water omhoog aan het trekken was, druipend van elke centimeter van haar lichaam.

Blijven. Gaan.

Ze wilde dat ze sneller ging. Ze kon rusten op het droge, waar de krokodillen haar niet zouden kunnen bereiken.

Dat hoopte ze.

De alfa kronkelde nog steeds in het water, onzeker over wat hem had aangevallen, en hoe. Blijkbaar had het geen vijand van onderen verwacht, en Julie hield het vanuit haar ooghoeken in de gaten terwijl ze zwom. Ze bereikte de oever net toen ze een hoofd uit het water zag komen.

Ben...

Hij leefde nog, en was erg boos op de krokodil die bijna het leven van zijn verloofde had opgeëist. Hij brulde van woede en dook onder water net toen de krokodil over zijn hoofd vloog.

De krokodil was zwaar, maar Julie zag zijn buik uit het water omhoog komen toen Ben hem van onderen sloeg. Het zou de krokodil alleen maar kwaad maken, maar ze was toch blij om het te zien. De krokodil kronkelde en tuimelde, even uit balans.

Ben maakte gebruik van dat moment en zwom een paar passen weg van de alfaman.

Hij meldde de dreiging en hief zijn armen omhoog en boven zijn hoofd om de krokodil naar zich toe te roepen.

Julie trok zichzelf uit het water en draaide zich om om naar het beeldscherm in het water te kijken. Van hieruit kon ze niets voor hem doen. Ben kronkelde in het rond en maakte dezelfde bewegingen als Julie had gemaakt, in een poging de aanvallen van de enorme krokodil te ontwijken. De krokodil maakte een lange, wijde boog om zich voor te bereiden op de volgende aanval, wat Ben de tijd gaf om wat dichter naar de muur te zwemmen. Hij ging echter langzaam, om de andere krokodillen geen reden te geven om aan te vallen.

Ben was de aangewezen maaltijd van de alfakrokodil, en de anderen zouden hem niet aanraken tot hun leider klaar was. Julie hoopte maar dat de leider met hem speelde en Ben genoeg tijd zou geven om weg te komen voor hij besloot dat het tijd was voor een snack.

Alsjeblieft, Ben, dacht Julie. *Haast je.*

Ze stonden op een geïmproviseerde pier, een lang, smal stuk beton dat uitkwam in de grote tank. En vanuit deze positie kon Julie zien dat het inderdaad een tank was.

De shuttle was midden in de tank tot stilstand gekomen, Ben had het glas gebroken, en zij waren omhoog gezwommen door het water dat door krokodillen was geteisterd.

Dit kan niet erger worden, dacht Julie. Er was hier niets om als wapen te gebruiken tegen mens of reptiel, en er was geen touw of ladder om naar Ben toe te gooien.

Bovendien had ze Reggie of Sarah niet boven water zien komen. Ze wist dat ze hun adem onmogelijk zo lang konden inhouden, en aangezien de krokodillentank een gesloten constructie was, was er geen kans dat ze een andere uitweg hadden gevonden. De hele poel was ongeveer een halve meter in het vierkant en er was niets anders om zich achter te verschuilen, wat betekende dat ze hen nu wel boven zou hebben zien komen.

Tenzij dit net erger is geworden.

Op dat moment klonk er een luide claxon van achter haar. Ze draaide zich om en zag een paal met luidsprekers aan weerszijden naar beneden en naar buiten gericht, die de sirene naar haar en Susan liet loeien.

Instinctief reikte ze omhoog en bedekte haar oren. "Wat is dat in godsnaam?" schreeuwde ze naar Susan.

Susans gezicht was spierwit. Ook zij had Ben in de gaten gehouden toen hij het opnam tegen de zoutwaterkrokodil, maar nu draaide ze zich om en staarde naar Julie.

"Het is... het is een alarm. Het vertelt het personeel dat iemand een ongeplande opdracht heeft gegeven."

"Een *ongeplande* opdracht?" vroeg Julie.

Susan knikte. "De meeste dierenfaciliteiten zijn zo veel mogelijk geautomatiseerd, om op overheadkosten te besparen. Deze ook."

"Oké," zei Julie. "Wat betekent *deze* ongeplande opdracht?"

Susan's gezicht veranderde niet. Het hing daar, hopeloos en terneergeslagen. "Het betekent dat iemand het bevel heeft gegeven om hun etenstijd te beginnen."

Julie sloot haar ogen en dwong zichzelf te ademen. De sirenes leken alleen maar luider te worden in haar oren.

HOOFDSTUK 53

De krokodil was klaar met zijn boog en stond op het punt om te draaien en zijn laatste rondje te maken over de lange rechte weg tussen hem en Ben's locatie. Ben keek vanuit zijn ooghoeken toe, concentreerde zich op de rest van de kudde in zijn perifere gezichtsveld, en liep tegelijkertijd naar de rand van de pier waar Susan en Julie stonden.

Hij zou de aanval van de krokodil ten minste nog één keer moeten ontwijken, maar de krokodil zou niet meer op dezelfde manier aanvallen. Het had geleerd dat zijn prooi slimmer was dan verwacht, dus het zou proberen toe te slaan wanneer Ben het het minst verwachtte.

Wat betekende dat Ben zijn overlevingskansen ergens tussen 'doorgeslikt' en 'bloederige puinhoop' schatte. Hij gaf de voorkeur aan het eerste, maar hij concentreerde zich nog steeds op zijn taak.

Ga uit het water.

Hij had nog nooit zo graag op het droge willen zijn als nu. Hij had door het Amazonegebied getrokken, door ondiepe, met piranha's besmette rivierbeddingen gespetterd, en korte ontmoetingen gehad met anaconda's en zwarte kaaimannen, maar dit was iets heel anders.

Hij wilde *niet* langer kat-en-muisspelletjes spelen met een prehistorisch roofdier dan absoluut noodzakelijk was.

De koppen van de andere krokodillen dreven, hun ogen en snuiten staken boven het wateroppervlak uit. Koude, kwade ogen. Oeroude ogen. Waar Crawford ze ook voor nodig had, de twee leken goed bij elkaar te passen. Zoutwaterkrokodillen en hun reptielachtige leider, Adrian Crawford. Een zielloze, koudbloedige hagedis.

De krokodil begon op hem in te lopen. *Wat is het plan, Ben?* Dacht hij. *Links uitwijken? Recht naar beneden?* Een gevecht onder water kon hij niet winnen, en hij zou het beest nooit kunnen ontzwemmen, dus zijn enige aannemelijke kans was om de ene of de andere kant uit te gaan en hopen dat hij het goed had geraden.

De krokodil versnelde, en Ben kon het water van achteren zien spuiten toen hij door het water sneed.

Een claxon klonk van ergens in de verte, het geluid scheurde door de lucht en bereikte Ben's oren terwijl zijn hoofd op en neer ging in de kabbelende golven. Het was een vreemde gewaarwording om de geluidsgolven van boven en onder het wateroppervlak te horen, en het maakte de verwarring en chaos alleen maar groter.

Wat betekent dat verdomme?

Hij keek om zich heen, en merkte dat de krokodillen zich verroerden. Hun gestage, volkomen stilstaande lichamen gleden nu naar links en rechts, botsten tegen elkaar. Hij waagde een blik over zijn schouder om te zien hoe ver de alfa was voor hij bij hem was.

Het was gestopt.

Ben kneep zijn ogen dicht, haalde zijn hand uit het water om de oceaan uit zijn ogen te wrijven, en keek nog eens.

Het bewoog niet. Het staarde naar Ben, starend met die koude, kwade ogen, en toen verschoof het en keek weg.

Plotseling flitste het in beweging, rolde opzij en zwom naar links. Ben keek ernaar en besefte toen dat de anderen hem volgden.

Een kraanvogel was boven het water verschenen, langzaam

uitzwaaiend van achter een muur verder weg. Ben keek naar de kraanvogel en zag dat hij iets in zijn klauw hield.

Een zegel.

De zeehond leefde, schopte met zijn vinnen en blies als een soort doodsbange geit. De klauw reikte uit naar Ben, de krokodillen keken allen met duidelijke verwachting toe.

Oh, shit.

Ben wist plotseling wat de claxon betekende, en wat er stond te gebeuren.

Hij voelde een stoot toen een van de krokodillen tegen hem duwde. De kraanvogel duwde de zeehond verder naar buiten, nu recht boven Ben.

En toen viel het.

"Ben!" schreeuwde Julie. "Ga weg van de..."

Ben wachtte niet om de rest van haar zin te horen. Hij voelde de paniek in zijn borstkas opkomen, de adrenaline gierde door zijn aderen toen ze zich aanspanden en elke spier in zijn lichaam schreeuwde van de pijn terwijl hij naar voren stormde.

Hij keek niet naar de zeehond, maar hij zag een krokodil uit het water springen, *over* hem *heen vliegen*, en toen weer achter hem neerplonzen, waarbij de zware staart van de krokodil net rechts van Bens hoofd landde. De kracht van de impact van het water met zijn hoofd duwde hem een voet opzij, en hij kreeg bijna een mondvol water binnen.

Hij hoorde nog een plons achter zich - de zeehond, waarschijnlijk - en dan onmiddellijk het geluid van duizenden kilo's instinctief gedreven vlees die elkaar verscheurden om bij de maaltijd te komen.

Ben zwom sneller dan hij voor mogelijk hield. Zijn armen prikten, zijn benen trapten, elke voet een kwelling, maar hij wilde niet stoppen. Hij voelde nog twee krokodillen tegen zich aan stoten, en toen hij zijn hoofd onder water stak maakte hij de fout zijn ogen te openen.

De alfa was daar, recht naar hem zwemmend vanuit de diepte.

Zijn hart klopte in zijn keel, maar hij weigerde te aarzelen. Hij kneep zijn ogen nog eens dicht en strekte zijn armen uit, duwend met zijn rechter en trekkend met zijn linker, het water maakte alles tot een worsteling. Hij draaide zich om en rolde net op tijd naar de kant.

Hoopte hij.

Het massieve lichaam van de krokodil kwam half uit het water, een van zijn dikke, geschubde poten raakte Ben onder de kin. Het was een toevallige uppercut, maar het was uiterst effectief. Ben zag sterretjes, maar hij knarste met zijn tanden, weigerde een black-out te krijgen.

Ga... naar... het... dok...

De woorden herhaalden zich in zijn hoofd. Keer op keer. De krokodil viel, de vloedgolf die het veroorzaakte duwde Ben sneller bij hem vandaan, en hij ploegde voort.

Er was een hand daar, toen nog een. Ze trokken aan hem, rukten aan hem.

Hij kon zich niet bewegen. Hij was al dood, onzeker of het zijn geest was die hem parten speelde of dat dit een soort uitgebreide hel was waarin hij terecht was gekomen.

De handen grepen naar zijn shirt, zijn benen, één greep naar zijn haar. Het deed pijn, maar niet echt. Hij kon het voelen, maar hij ervoer het niet echt.

Geluiden van gedrang en gescheur van achter hem. En op een of andere manier gekrijs van de nog steeds stervende zeehond.

Het water schuimde, schuimde en was wit van de chaos, alsof de oceaan nu meespeelde met het zieke spel dat overal om hem heen gebeurde. Het was hier een personage geworden, een gids in Bens persoonlijke versie van Dantes hel, en het lachte hem uit.

Je kunt niet ontsnappen.

Er waren nu stemmen. Probeerde de oceaan hem te bespotten? De krokodillen zelf?

Meer trekken, scheuren, zijn haar deed pijn maar het voelde veel beter dan de rest van hem. Hij wachtte, kneep zijn ogen dicht, waarschijnlijk voorgoed.

Meer stemmen. De zeehond? Smekend om hulp?

Nee, dit waren vrouwenstemmen. Zachte stemmen. Troostend, hem er terug uit trekkend.

Hij leefde. Het was warm, zonnig.

Hij wilde zijn ogen openen, maar de zon was daar, te fel en dreigend. Hij hield ze gesloten.

Hij probeerde te ademen, voelde toen het water. Het zat nog in hem.

Hij hoestte, twee keer, toen nog een derde en vierde keer. Het deed pijn om er weer uit te komen. Het spetterde in het rond, waardoor zijn natte kleren natter aanvoelden, de vochtigheid en het zonlicht en de hitte en de kou die hem allemaal tegelijk troffen.

Hij kreunde, rolde zich om en moest overgeven.

"Ben," zei de stem. "Ben, ben je daar?"

Wat is dat voor een vraag? Waar is 'daar'?

Hij moest weer overgeven, hoestte gal en zeewater op.

"Ben, kom terug," zei de stem.

Uiteindelijk, nadat hij besloten had dat het het risico waard was, opende hij zijn ogen.

Julie was daar, knielend, snikkend, hem vasthoudend. Hij haalde adem, eindelijk voelde hij dat zijn lichaam in staat was de onvrijwillige actie uit te voeren zonder nog meer pijn te veroorzaken.

"Ju - Jules," fluisterde hij.

Ze knikte.

"Ik ben hier."

"Ik weet het."

Ze leunde verder voorover en hield zijn hoofd omhoog, kuste hem toen.

Hij stond op het punt van de kus te genieten, maar plotseling viel er een schaduw over de zon, waardoor die werd geblokkeerd.

De Havik was er, samen met twee van zijn mannen.

HOOFDSTUK 54

"GA NAAR DE TWEEDE RING, *NU!*" Crawford schreeuwde in de telefoon.

"Meneer, we hebben daar al een team. Ons eigen kantoor is direct hieronder, en Garza is al - "

"*Het kan me niet schelen* waar het kantoor is! Ik wil *elke Ravenshadow soldaat* op die ring in dertig seconden."

De jongen aan de andere kant van de lijn aarzelde. "Meneer, ik denk niet dat dat een..."

Crawford hing op. Hij hoefde de specifieke smaak van insubordinatie van de jongen niet te horen. *Meneer, ik denk niet dat dat een goed idee is,'* of '*Meneer, ik denk niet dat dat mogelijk is.* Geen van beide was een gepast antwoord.

Hij was te overstuur om na te denken. Te overstuur om een strategische aanval op de CSO groep te plannen. Hij had Garza voor die taak ingehuurd, en tot nu toe had Garza alleen de krokodillen in de onderzoekstank overstuur gemaakt. Hij had toegekeken hoe de kraan uit zijn takel werd gezwenkt, hoe het live voederen plaatsvond vanuit zijn kantoor boven het hotel, hoe Harvey Bennett uit de tank werd getrokken door de twee vrouwen, Juliette en een van zijn eigen werknemers.

Een nutteloze verspilling, dacht hij. Het veranderen van het dieet van de krokodillen zou zijn team dwingen om een belangrijke - en dure - testlijn opnieuw te beginnen. De insulinespiegel in hun bloed zou een enorme piek vertonen, om nog maar te zwijgen van alle andere zorgvuldig gekalibreerde metingen die ze probeerden te verzamelen.

Het zou een week duren om het gedrag van de krokodillen genoeg te normaliseren om een bevredigend bloedstaal te krijgen.

Hij had zijn vuist op het blad van zijn bureau geslagen na het zien van de schijnvertoning van de machtsvertoon van zijn veiligheidsaannemer. Hij zorgde ervoor dat hij zijn linkerhand gebruikte. Dat was de hand die hij niet meer kon voelen.

Hij greep naar het flesje pillen dat hij in de bovenste la van zijn bureau bewaarde. Hij opende het deksel en stopte twee capsules in zijn hand en vervolgens in zijn mond.

Ik voel te veel, dacht hij. *Kalmeer, ontspan gewoon.*

De pil was iets dat het lab aan het testen was. Hij was van nature ongeduldig, en nu hij zo dicht bij zijn ultieme doel was gekomen - het vermogen ontwikkelen om ledematen terug te laten groeien - werd hij alleen maar ijveriger voor de overwinning.

Hij had de waarschuwingen van Dr. Joseph Lin en de rest van de medische staf genegeerd; dat de medicatie nog lang niet begrepen was. Het kon hem niet schelen dat zijn artsen de nuances en de fijne kneepjes van het nieuwe medicijn niet begrepen - hij begreep het.

Het werkte. Tot nu toe, tenminste.

Dat was alles wat hij hoefde te weten.

Het medicijn had maar één bekende schadelijke bijwerking, maar Dr. Lin had de opdracht om dat effect helemaal te elimineren. Hij had gefaald, maar hij was er dichtbij.

Crawford moest naar de tweede ring, maar hij haalde de video van zijn laboratorium tevoorschijn die hij had opgeslagen op het bureaublad van zijn computer. Hij had hem al honderd keer bekeken, zelfs voordat Dr. Lin alles had gewist en het bewijsmateriaal had proberen te vernietigen. Crawford had de video opgeslagen lang voordat de harde schijven van de server onder het lab waren gewist.

Alles was toch al geback-upt, en Crawford had ervoor gezorgd dat het grootste deel van de gegevens die hij nodig had om verder te gaan, elders waren opgeslagen, op een offsite server.

Deze video, echter, hij had ervoor gezorgd om dicht te houden. Het was *speciaal*.

Het was *bewijs*.

Hij voelde de effecten van de medicatie op zich inwerken toen hij op play drukte, ging in zijn stoel zitten, leunde achterover en keek naar de beveiligingsbeelden.

Dr. Lin stapte naar het verblijf van de man - het opperhoofd van de stam die ze in het regenwoud gevangen hadden genomen, nu *eenendertig streepjes drie* genoemd. Hij greep naar de spuit en diende voorzichtig de dosis toe, toen zijn gezicht 31-3's gezicht achter het glas zag.

De glimlach.

Het opperhoofd van deze stam, glimlacht terug naar zijn ontvoerder. Zijn ogen, duidelijk en slim de pijn maskerend die hij voelde.

Het had onmogelijk moeten zijn.

31-3 vertoonde symptomen van 'emotionele resonantie', of, in lekentaal, hij was 'in staat emotie te voelen'. De drug werd verondersteld in staat te zijn die emotie volledig te onderdrukken, zodat de proefpersoon onder zware stress kon worden geplaatst en enorme hoeveelheden pijn kon ervaren zonder te voelen - of in ieder geval zonder te reageren.

31-3 had tot dan toe het medicijn ingenomen en geen enkele emotionele resonantie vertoond. Hij had gewoon stil gezeten, de medicatie door zijn lichaam laten gaan, Lins team de fysieke veranderingen in zijn lichaam laten documenteren, en het leven aan zich voorbij laten gaan, net als aan alle andere proefpersonen.

Tot het medicijn niet meer werkte.

De man glimlachte naar Dr. Lin, een teken van emotionele resonantie waarvan ze hadden gedacht dat het onmogelijk was tijdens het gebruik van de medicatie.

Maar Crawford wist dat het niet onmogelijk was.

Hij wist het, omdat hij persoonlijk op de hoogte was van de bijwerking van het medicijn.

Crawford's aan het laboratorium toegewezen nummer stond op geen enkel dossier, en Dr. Lin's kleinzielige acties bij het vernietigen van de laboratorium gegevens zouden de perfecte zondebok zijn voor waarom dat zo was. Crawford had ervoor gezorgd dat zijn dossier nergens in het onderzoek voorkwam, dat zijn naam of toegewezen onderwerpswaarde niet in het systeem bestond.

Maar Crawford wist het.

Hij was de nummer *31-0*.

"Patiënt nul," zei hij graag.

Dr. Lin's vorige assistente was niet verwijderd vanwege een overtreding, of omdat ze van een protocol was afgeweken.

Nee, de reden was veel simpeler dan dat. De vrouw was verwijderd omdat ze *het wist*. Ze wist over Crawford, omdat zij degene was die zijn doseringen toediende.

Zijn dagelijkse trips naar het laboratorium, om "zijn team te controleren", werden gedreven door een veel belangrijker doel: hij had de medicatie nodig.

En hij wist dat de medicatie goed werkte, met één *kleine* bijwerking.

Het liet de patiënt *voelen*.

Hij sloot de computer af, pakte het flesje pillen, en liep zijn kantoor uit.

Het was tijd om aan dit alles een einde te maken.

HOOFDSTUK 55

ER WAS GEEN MANIER OM DE TANK VAN ZIJN HOUDER TE HALEN EN MEE TE NEMEN, en hij was waarschijnlijk toch te groot, dus hij was nu bang dat ze niet genoeg lucht zouden hebben om van de zeebodem naar de oppervlakte te komen.

Reggie had het antwoord op zijn probleem ingezien toen het bijna te laat was. De zuurstoftank was opgeslagen onder de Subshuttle, aangesloten via ventilatiegaten in de vloer, het toegangsluik en het bedieningspaneel verborgen achter de plastic kast die Ben had gevonden.

Hij had geluk: er was een plastic slang die van de tank naar het controlepaneel liep, waar het zuurstofniveau werd gemeten en op het LCD-scherm werd weergegeven. Hij hoefde alleen de rest van de wandpanelen open te scheuren om de slang te traceren, en vervolgens het uiteinde van de slang zelf omhoog en uit de vloer van de shuttle te trekken. Hij was in staat om het uiteinde van de slang uit het ontluchtingssysteem te trekken, dan terug te gaan en de slang door de kasten en naar buiten te trekken. De luchtbellen die met geweld uit het uiteinde van de slang stroomden, vertelden hem alles wat hij moest weten.

Er was nog zuurstof - en druk - in de tank.

Hij liet zijn borstkas inzakken, waardoor zijn longen werden ontlast van de uitgeputte zuurstof, waarna hij zijn lippen over het uiteinde van de slang plaatste en diep inademde. De lucht smaakte blikkerig, metaalachtig, maar op dat moment was het frisser dan alle berglucht die hij ooit had ingeademd.

Hij trok de slang naar Dr. Lindgren, die er naar reikte en een teug van de kostbare zuurstof nam. Ze wisselden weer van plaats, haalden allebei diep adem en glimlachten de hele tijd naar elkaar.

Misschien halen we het hier wel, dacht hij.

Hij begon aan haar voet, waarbij hij om de paar seconden pauzeerde om adem te halen uit de slang die Sarah hem voorhield. Hij moest de provisorische sleutel vinden die Ben had gemaakt van het uiteinde van de bezemsteel en die als hefboom gebruiken om haar voet en enkel uit de ruimte te werken waar die in gepropt waren.

Ze trok het snel weg op het moment dat het vrij was en wreef er met haar handen over. Hij gaf haar de zuurstofslang en liet haar even ademhalen, toen probeerde hij hun plan uit te beelden.

Zwem. Omhoog.

Het was een vrij eenvoudig plan, dus knikte ze instemmend en ze namen elk een laatste slok van de luchtslang.

Hij zoog zoveel lucht in als zijn longen konden houden, en duwde zich toen van de vloer van de Subshuttle en uit het gat in de zijkant.

Het water buiten voelde koeler aan, een effect van de uitgestrektheid van de open ruimte waarin ze zich nu bevonden, maar hij stopte niet om rond te kijken of daarover na te denken. Sarah was vlak achter hem, ze was hem meteen gevolgd. Hij wachtte tot ze bij hem was en pakte toen haar hand. Ze kneep erin en liet zich door hem naar boven leiden.

Hij wendde zijn gezicht naar het lichtere water boven hem en merkte de donkere, lange vormen op die daar spetterden en zwommen. Wat ze ook waren, ze waren bezig. Ze hadden de twee mensen die naar hen toe zwommen om hen te begroeten niet opgemerkt, en hij was niet van plan om dat te veranderen.

Reggie veranderde een beetje van koers, weg van de wezens, hopend dat ze genoeg lucht zouden hebben om schuin omhoog te gaan in plaats van recht omhoog. Sarah was er nog steeds, ze hield zich stevig vast, maar trapte met haar benen om ze vooruit te helpen. Ze zwommen snel en het leek alsof de bodem van de oceaan zich nog maar een halve meter onder het oppervlak bevond.

Zolang ze niet in de problemen kwamen, wist Reggie dat het een makkelijke zwemtocht was, aangezien hun eigen drijfvermogen aan hun kant stond.

Ze kwamen niet in de problemen, maar ze kwamen iets anders tegen.

Iets wat Reggie helemaal niet had verwacht.

Stukken vlees begonnen te verschijnen.

Bloed, dikke draaikolken ervan.

Alles regende langzaam naar beneden, alsof ze in een slow-motion storm zaten. Het water hield het op zijn plaats, een macabere scène van zwevende-animatie gore.

Een bot, nog vastzittend aan een brok huid en spieren, zweefde vlak voor zijn gezicht.

Hij schopte harder, durfde niet om te kijken naar Sarah. Hij had al het gevoel dat hij moest overgeven.

Hij probeerde zijn geest ertoe te brengen zich te concentreren op het lichtende water boven hem, om uit het water te komen en *dan* te verwerken wat er in godsnaam gebeurd was. Maar hij kon de gedachte niet van zich afschudden, het bleef naar voren glijden in zijn bewuste geest, onuitgelokt.

Is dit wat er over is van mijn vrienden?

HOOFDSTUK 56

"STA OP," zei Crawford. Hij was enkele ogenblikken later naar boven gelopen, nadat Vicente Garza en zijn mannen waren gearriveerd.

Ben lag op het beton, de warme zon nu een vriend, niet langer een vijand die op hem inbeukte. Het was fijn, behalve de harde grond. Maar hard of niet, *alles* was beter dan het water.

De zoutwaterkrokodillen ploeterden door de resten van de zeehond en vochten met elkaar om de restjes. De alfa was verdwenen, waarschijnlijk mokkend van het verlies van zijn eigen prijs.

Ben keek op naar Crawford.

Hij ging rechtop zitten.

"Helemaal naar boven," zei Crawford.

"Adrian, vriend,' zei Ben. "Het is voorbij. Je hebt geprobeerd je wezens ons te laten opeten, maar dat is niet gelukt."

Crawford fumede, maar zijn ogen bleven strak op die van Ben gericht. Zijn kuiltje was nergens te bekennen. Een van zijn armen hing langs zijn zij, levenloos, terwijl zijn andere in een zak zat.

De Havik was er plotseling. "Sta op, Harvey. We moeten dit afmaken."

Ben was verbaasd, maar hij gehoorzaamde. Julie en Susan waren meegenomen door twee van Garza's mannen, maar er was niemand anders op de kade. Hij stond oog in oog met de soldaat. Crawford stapte opzij, zodat The Hawk zijn plaats kon innemen.

"Ga je me er weer ingooien?" vroeg Ben. "Ik heb al tegen je grote gevochten, ik weet zeker dat ik het nog een keer kan."

"Nee," zei de havik. "Dat zou te ingewikkeld zijn. Wat als ze geen honger meer hebben? Wat als je niet naar hun zin bent?" lachte hij. "Hoewel ik *graag* zou zien dat je verscheurd wordt door krokodillen, moet dit heel simpel zijn. Eén schot, door de tempel. Maak het snel af, helaas voor mij, maar ik ben niet ingehuurd voor mijn creativiteit."

Ben slikte.

De Hawk hield een pistool omhoog. Kaliber 45, een monsterlijk ding. "Dit schatje is een favoriet van me. Maakt een hels kabaal, en het is een beetje opzichtig, maar *verdomd* als het de klus niet klaart."

Hij hield het tegen Ben's hoofd. "Draai je om."

"Je gaat een man neerschieten met zijn rug naar je toe."

"Er is niets poëtisch aan sterven oog in oog met een man, Ben. Het maakt me niet uit of het een kogel door het hoofd is of een mes in de rug. Het is allemaal hetzelfde, zolang het hart maar stopt met kloppen."

"In dat geval, maak er een eind aan."

Ben was moe. Hij wilde niet sterven, maar hij kon niet vechten. Het had geen zin. Reggie was dood, Julie was zo goed als dood.

Als er iets voor de hand lag, kwam het niet in hem op. hij kon zich hier niet uit vechten. zelfs zonder zijn leger, had de havik hem omsingeld.

"Zoek Gareth Red, en de dokter," De Havik sprak in zijn pols microfoon. "Sarah Lindgren mag ook niet vertrekken."

Crawford keek naar ze. "Weet je zeker dat ze niet op de shuttle waren?" vroeg hij. "Sommige van je mannen zeggen dat ze hen zagen instappen met de anderen."

"Als dat zo is, zijn ze al dood," zei de havik. "Ze zijn of verdronken of uit elkaar gerukt door de krokodillen. We hebben elke man nodig die we kunnen missen om de ring te doorzoeken, op alle niveaus. Ze zullen niet stoppen tot ze gevonden zijn. Bij voorkeur *dood*."

Crawford knikte. Hij zag er niet blij uit.

Ben sloot zijn ogen. *Ze zouden zijn vriend en Sarah Lindgren niet vinden in de laboratoria.* Ben wist *precies* waar ze waren toen hij ze achterliet.

Hij liet zijn hoofd vallen. "Maak er een eind aan, Garza."

Garza pauzeerde. "Nee, ik ga het je niet *zo makkelijk* maken, Ben."

Ben fronste zijn wenkbrauwen.

"Ik dood mensen die me in de weg lopen. Maar mensen die me consequent *irriteren* en iets van me afpakken, krijgen mijn volle woede."

"Klinkt eng," zei Ben. "Kunnen we afzien van de beleefdheden. Ik heb dit eerder meegemaakt, man. Haal gewoon de trekker over en maak er een eind aan."

"Nee, Ben," zei de havik. "Ik denk niet dat je het begrijpt. Ik ga je laten *kijken*."

Ben draaide zijn hoofd, maar Garza schudde hem, hard. Hij richtte zich weer op en staarde naar het witgekalkte water terwijl de krokodillen vochten.

"Duw haar naar binnen," zei de havik.

Ben worstelde tegen de greep van de Havik, maar zijn spieren deden pijn. Hij rukte een arm los, maar toen kwam Garza's enorme pistool naar beneden en vond een plek net boven Bens ruggengraat achter in zijn nek. Hij zakte op zijn knieën, versuft.

Susan viel in het water, geduwd door een van The Hawk's mannen.

Julie schreeuwde.

Ben kon niet geloven wat hij net had gezien, maar hij ging ook niet kijken.

Drie van de krokodillen draaiden zich onmiddellijk om en zwommen naar de plek waar de vrouw in het water was gekomen. Ze kwam snel boven water, haar armen zwaaiend boven haar hoofd, haar mond en ogen snel open en dicht. Ze schreeuwde.

En de eerste krokodil trok haar onder.

Ben sloot zijn ogen.

De havik drukte het pistool tegen zijn slaap en duwde zijn hoofd opzij. "Open je ogen, Ben," zei hij. "Dit is *jouw* schuld. *Jij* hebt dit gedaan, begrijp je?"

Ben klemde zijn kaak. Hij hield zijn ogen gesloten. Hij probeerde de geluiden van de etende reptielen niet te horen.

"Als je hier niet zou sterven, vandaag, zou je met die kennis moeten leven. Ik haat het dat je dat niet doet, maar ik wil dat je dat *voelt*, tenminste voor een minuut. Begrepen?

Ben voelde hoe zijn ontvoerder zich omdraaide om Crawford aan te spreken. "Wanneer arriveert de helikopter, Crawford?"

"De investeerders vertrekken binnen een uur. Bahamas, dan terug naar het vasteland met een commerciële vlucht..."

"Ik geef niet om hun reisplannen, Crawford. Ik vorder die helikopter."

"Dat kun je niet doen!" schreeuwde Crawford. "Het is niet aan jou om..."

"Ik moet het gebied in de gaten houden, en ik kan het beste ondersteuning bieden als ik in de lucht ben.

Hij draaide zich terug naar Ben en drukte het pistool nog eens tegen zijn hoofd. Blijkbaar was het gesprek voorbij.

"Jacobsen," blafte de havik. "Maak haar klaar om naar binnen te gaan. Ben, kijk je?"

Ben voelde zijn hart in zijn keel stijgen. Hij slikte het weg, knipperde twee keer met zijn ogen. *Is dit echt?*

Hij wachtte.

"Oké, Jacobsen," zei de havik. "Gooi haar er maar in."

HOOFDSTUK 57

ZE KEEK TOE HOE HET LICHAAM VAN SUSAN AAN FLARDEN WERD GESCHEURD DOOR DE KROKODILLEN, en kon niet wegkijken. Het was afschuwelijk, maar Julie was in shock. Ze was gevoelloos voor de realiteit, de pijn knaagde aan haar binnenste maar deed nog steeds geen pijn.

Het bloed verduisterde het water, verspreidde zich naar buiten en was toch nog even diep karmozijnrood als het was geweest nadat het uit het lichaam van zijn eigenaar was gestroomd.

"Oké, Jacobsen," zei de havik. "Gooi haar er maar in."

Julie wist niet zeker over wie hij het had. *Ben ik het?*

Ben zou sterven. Susan was al dood, en Reggie en Sarah waren al dood. Ze zouden allemaal sterven.

Dat feit viel nu niet meer te ontkennen, en hoewel ze haar eigen dood niet noodzakelijk verwelkomde, was ze er ook niet zeker van dat ze er tegen was.

Ben leek zich ook bij zijn lot neer te leggen, en zij had het gevoel dat ze door een filter uit haar ogen keek, alsof haar ogen niet de hare waren maar die van iemand anders. Het was onwerkelijk.

Het was *onwerkelijk.*

Ze voelde hoe de Ravenshadow man, Jacobsen, haar omver duwde. Ze voelde zijn arm, maar die was niet van haar. Ze voelde haar lichaam zijwaarts glijden, toegeven, maar het was niet het hare. Ze stapte met hem mee, liet hem toe, *verwelkomde* hem.

Wat gebeurt er?

Ben draaide zich om en keek haar aan.

Plotseling, op dat moment, in die ogen, zag ze alles. Haar verleden, haar toekomst, en - natuurlijk - haar heden.

Op dit moment.

Ze wist waar ze was. Wat er gebeurde.

Ze stond op een pier. Ze stond vlakbij een met krokodillen geïnfecteerde zoutwatertank, op een kunstmatig eiland genaamd *Paradisum*.

Ze was hier met haar verloofde, en dat was het enige dat telde.

En ze had er genoeg van. Alles viel weer op zijn plaats, haar realiteit werd niet langer bezoedeld door het leven-zuigende filter waardoor ze alles had bekeken.

Ze was er klaar mee. Ze wilde eruit.

Ze bukte, draaide zich om, en ving de achterkant van de knie van de man met haar voet. Ze was niet zo sterk als hij, maar hij had de vergelding niet verwacht. Reggie had haar getraind in man tegen man gevechten, en ze werd elke week beter. De klap bracht de man neer, maar hij herstelde en compenseerde door op zijn andere knie te vallen.

Hij haalde zijn subcompact machinegeweer uit zijn schouder en probeerde het in positie te brengen om op haar te schieten.

Dat is een vergissing, dacht ze. Ze was in de slechtste positie, de lagere grond, staand op de rand van de tank.

Ze profiteerde van de fout van de man door hem te slaan, haar vuist lang en strak met haar eerste knokkels puntig, hem recht vallend in de adamsappel. Hij hoestte, verstikte, en ze wierp haar lichaam in de rondte, maar sloeg de hoek van haar elleboog om zijn nek en gebruikte zijn eigen lichaamsgewicht tegen hem.

Hij viel achterover, maar ze was nog niet eens bijna klaar. Hij probeerde te rollen, maar ze zat nog steeds aan hem vast. Zijn pistool viel van zijn schouder, en hij veegde het weg. Julie hoorde het glijden tegen het beton.

Vanuit haar ooghoeken zag ze Ben reageren, die probeerde greep te krijgen op het uiteinde van The Hawk's pistool. Beide mannen waren in een worsteling verwikkeld, ze dansten heen en weer en wisselden van positie, bengelend over de rand van de krokodillentank.

Haar man kronkelde weer, probeerde haar los te schudden. Ze kon hem niet laten stikken, of zelfs maar voor altijd vasthouden, dus bedacht ze een ander plan.

Tijd om een beetje te schakelen, dacht ze. *Hem laten denken dat hij aan het winnen is.*

Ze schreeuwde van de pijn, en liet hem toen los. Ze kwam overeind in gehurkte positie en zorgde ervoor dat ze buiten bereik van haar armen was. Ze gokte erop dat de man in close combat mode zou zijn, zijn wapen zou vergeten of het zou negeren ten gunste van het verslaan van deze veel kleinere vrouw, zonder extra hulp van voortgestuwde munitie.

Ze had maar half gelijk.

Hij sprong naar voren, een onmogelijk groot Bowie mes in zijn hand. Hij hield het goed vast, zoals Reggie haar en Ben had geleerd. Ze week uit, draaide zich om, en draaide zich toen weer naar hem toe.

Hij stond nu op de rand. Precies waar zij een moment eerder had gestaan.

Ze schopte, haar voet laag en recht, haar been niet hoger dan de man zijn middel. *Het heeft geen zin om een ninja te zijn,* zou Reggie gezegd hebben. *Gewoon naar binnen, naar buiten, beide voeten weer op de grond.* Snel, efficiënt, effectief.

En dat was het.

De man slaakte een scherpe kreet van pijn toen Julie's lage trap hem recht in zijn lies raakte, waardoor hij voorover viel.

Hij probeerde bij te komen, maar Julie was er al. Vlak voor zijn gezicht.

Hem duwen.

Hij begon zijn armen te draaien toen hij de gewichtloosheid van de zwaartekracht voelde overnemen, maar het was te laat. Er was niets meer om zich aan vast te grijpen, want Julie had de actie van de man voorzien en deed een stap achteruit en keek toe hoe hij achterover in het water viel.

De eerste krokodil stond al op hem te wachten, met open mond.

Ze draaide zich op dat moment om.

Ben en de Havik waren nog steeds in gevecht, geen van beiden leek de overhand te hebben, maar Julie wist wel beter. Ben was zo koppig als de pest en wilde niet opgeven, maar hij was moe. Verslagen, afgemat en tot op het bot geschokt, zou hij het niet lang meer volhouden.

Julie begon te rennen.

Ga naar Ben, dacht ze. *Ga naar Ben, en vecht dan. Dat is het.*

Er was niets anders te doen.

Ze had één vijand verslagen, zij en Ben samen konden een tweede verslaan.

Vooral iemand als The Hawk, die een vaste plaats in haar gedachten had als een man die moest sterven.

Maar ze werd halverwege onderschept.

Crawford was voor haar gaan staan en blokkeerde haar route. Ze probeerde door hem heen te lopen, maar de man stak een arm uit, een football-achtige beweging die bij elk pro NFL team zou hebben gewerkt. Zijn rechte arm kwam hard aan, en ze viel achterover op de betonnen vloer van de pier.

"Het spel is uit, Juliette," zei Crawford.

Er klonk een schot, en Crawford draaide zich om. Ze zag een beetje bloed uit zijn arm spuiten.

Ze draaide zich om en zag Reggie daar staan, drijfnat en op een of andere manier in leven, met Dr. Sarah Lindgren aan zijn zijde. Hij had de subcompact van de Ravenshadow man in zijn handen, en hij richtte op Adrian Crawford.

"Nee," zei Reggie. "*Nu is* het voorbij."

HOOFDSTUK 58

ER GEBEURDEN EEN PAAR DINGEN TEGELIJK. Reggie hoorde de rotor van de helikopter toen hij van achter het hotel in de centrale ring in zicht vloog, het geluid nam toe naarmate hij dichterbij kwam om te landen en de andere gasten van het hotel op te pikken.

Hij vroeg zich af hoeveel ze gezien hadden - ze waren meestal op zichzelf geweest in het hotel, en hij had ze niet meer gezien sinds ze voor het eerst waren aangekomen. Toch zou een gestaag spervuur van geweervuur en gevechten waarschijnlijk niet onopgemerkt zijn gebleven.

Hij zag ook hoe The Hawk zijn greep op Ben losliet, zich omdraaide naar Reggie, en toen achteruit strompelde. Ben haalde naar hem uit maar miste, en Garza begon te rennen over de brug die de pier en de tweede ring verbond met de centrale ring.

Ik zou achter hem aan moeten gaan, dacht Reggie. *Hij is de reden dat we hier zijn.*

Maar een derde ding gebeurde ook. Crawford en Julie keken hem allebei aan. Crawford glimlachte, een griezelige grijns die totaal niet op zijn plaats was. Het bracht hem van zijn stuk, en hij wankelde.

Crawford was snel, zeker gezien de kogelwond in zijn schouder.

Hij greep Julie van achteren en duwde haar over het water, terwijl hij haar nek vasthield.

Het leek onmogelijk, een man zo fysiek gemiddeld als Crawford, in staat te zijn de vrouw over de rand te houden zonder ergens op te leunen of zich te verankeren.

Ben haastte zich.

"Niet *doen*, Harvey," zei Crawford. Zijn stem was een grom. "Doe een stap terug."

Ben wel.

"Reggie, ga je gang en leg dat wapen neer."

Reggie overwoog het. Hij kon schieten met zowat alles behalve de kleine subcompact, maar het wapen was niet nauwkeurig genoeg, en hij had er nog niet genoeg mee geoefend, om zich op zijn gemak te voelen vanaf deze afstand. Een schot te ver naar links zou Julie raken, en een schot te ver naar rechts zou Ben kunnen raken.

Hij legde het pistool neer.

"Nu," zei Crawford. "Garza is op weg om zijn mannen te halen. Ze zullen terugkomen, en ze zullen je doden."

Reggie grijnsde.

"Ik heb ze *bevolen* jullie allemaal te doden, en ze zijn goed in het opvolgen van bevelen. Dus we hebben minder dan een minuut, denk ik, voordat hij zijn mannen vertelt dat jij en Dr. Lindgren hier zijn met de rest van ons."

"Wat is het punt, Crawford?"

"Het *punt* is dat jullie allemaal deel hadden kunnen uitmaken van iets groots - een toekomstvisie die het bestuur en ik in de loop van jaren hebben ontwikkeld. Iets wat de wereld nog nooit heeft gezien."

"Menselijke ledematen terug laten groeien?" vroeg Reggie. "Je bent jaren verwijderd van productie. Er is hier niets anders dan martelkamers en tanks vol van je kleine wetenschappelijke experimenten."

Crawford leek beledigd, maar hij herstelde zich en glimlachte opnieuw. Toen stak hij zijn andere hand uit, knoopte de overhemdsmouw los van de arm die Julie vasthield en trok hem omhoog.

Reggie kon het niet helpen. Hij deed een stap naar voren, om een beter zicht te krijgen.

De arm was grijs, bolvormig en zag er vreemd uit. De hand om Julie's nek leek normaal, maar de arm zelf zag eruit als iets dat op een strand was aangespoeld na maanden dood op zee te hebben gedreven.

"Wat de..."

"Dat klopt," zei Crawford. "Ik was 31-0 geduldig. Dezelfde medicatie die de proefpersonen in het lab hielp hun emotieloze toestand te behouden, stroomt nu al weken door mijn aderen."

Crawford bekeek zijn arm, zoals een lijkschouwer een kadaver zou onderzoeken. Klinisch, emotieloos.

"U - u bent een van hen?" vroeg Dr. Lindgren.

"Laat Julie gaan," zei Reggie.

Crawford negeerde Reggie.

"De foto in je kantoor," mompelde Ben. "Jij was het."

"Mijn arm werd geamputeerd toen ik acht was," zei hij. "Het is de reden dat ik *OceanTech* heb opgericht. *Paradisum* is altijd een droom van me geweest. Ik wilde echt iets spectaculairs bouwen; een moderne Disney. Een medische doorbraak die de wereld zou veranderen."

"Disney ontvoerde geen stammen van inboorlingen en rukte hun armen eraf," zei Reggie.

"Grootheid heeft een prijs, Gareth."

Plotseling trok Julie zich op, gebruik makend van Crawfords arm als steun. Ze draaide en gooide haar benen over en om het hoofd van de man, trok hem op zijn knieën. Ze bleef de vloeiende beweging volhouden en eindigde achter hem op de grond, zijn eigen arm strak tegen zijn borst getrokken terwijl ze hem vasthield.

Het was een briljant uitgevoerde beweging, een die hij haar geleerd had, en Reggie was zowel trots als verrast.

Ze sprong achteruit en duwde zich van de man weg. Crawford

worstelde om op te staan, maar een van zijn benen rolde van de rand van de pier en viel in het water. Hij reageerde snel en de krokodillen misten hem op centimeters.

Reggie kwam in actie. Crawford lag op de pier, op z'n buik, en wilde zichzelf omhoog duwen. Julie was veilig weg van de actie, en Ben was buiten bereik.

Hij vuurde twee schoten af, beide in de rug van de man.

Crawford hoestte, bloed stroomde uit zijn mond, toen rolde hij op zijn rug. Zijn ademhaling was wankel, ongelijkmatig. Hij had een woede en verwarring in zijn ogen toen hij naar Reggie staarde.

"Ik - ik kan het niet... het was niet gedaan," zei hij uiteindelijk. "*Ik was nog niet klaar.*"

Het CSO team, plus Dr. Sarah Lindgren, verzamelden zich rond de stervende man.

"Je *bent* klaar," zei Reggie. "Dit is allemaal voorbij. Alles hier zal weg zijn. Daar zullen we voor zorgen."

Een kogel suisde voorbij en kwam in een wolk van wit stof neer op de betonnen pier. Het geluid van nog twee schoten volgde, beide kogels landden in het water vlakbij.

"Tijd om te gaan, Reggie," zei Ben. "Maak dit af."

Reggie knikte een keer en vuurde toen een laatste schot af. Hij hief het wapen op en richtte het op de groep oprukkende Ravenshadow mannen die over de brug op hen afkwamen.

Te ver voor een nauwkeurig schot van beide kanten.

En hij wist dat ze dat zo moesten houden.

Het geluid van de helikopter drong tot Reggie door, en hij keek over zijn schouder. Hij stond daar op het helikopterplatform te wachten. Een rij van drie mensen rende er naar toe, hun hoofden bedekkend.

Ik denk dat ze weten van de gevechten, dacht hij.

Een ander geluid bereikte zijn oren. Motoren, hoger dan de helikopter, en dichterbij.

Boten.

Hij zag er drie rond het water tussen de middelste en de tweede ring uitwaaieren, die ergens aan de andere kant van het hotel vandaan kwamen. Hij wist dat het Ravenshadow was, want de mannen op elk van hen waren gewapend, en op de bestuurder na staarden ze allemaal met hun vizier op hen neer.

Een deur ging open aan de voet van het hotel, de plek waar ze een dag eerder waren binnengekomen. Twee reusachtige palmbomen zweefden aan weerszijden van de deuren omhoog, een bar met rieten dak stond pal naast de deuren op wacht.

Een team van zes man van Ravenshadow kwam door de deuren naar buiten.

Tijd om te gaan.

Het was een rechte lijn naar de helikopter, maar het zou krap worden binnenin. Hij wist niet zeker of de helikopter genoeg brandstof zou hebben om hen allemaal aan boord te krijgen, maar dat deed er nu niet toe.

Ben zag het ook. "Naar de helikopter!" riep hij, terwijl hij met Julie's hand in de zijne liep.

Reggie wachtte tot hij voorbij was en duwde toen Sarah achter hen aan. "Ga naar binnen! Ik dek je vanaf hier zo goed als ik kan!"

De groep rende terug over de pier, in de richting van de oprukkende teams van mannen en boten, en ging toen hard naar links in de richting van de brug die de tweede en derde ring met elkaar verbond. Ze renden in volle vaart over de brug, op weg naar de plek waar de helikopter bezig was de laatste investeerders en gasten van het park in te laden.

Reggie draaide zich om en schoot op een van de boten, die net binnen de tweede ring naast de brug was komen te liggen. Hij miste, maar het gaf hen een paar extra seconden toen de soldaten allemaal dekking zochten.

Julie bereikte als eerste de helikopter en dook er bijna in. De helikopter steeg op, maar ze begon iets te roepen dat Reggie niet kon horen. Ben haalde het, toen Sarah. Hij ving een glimp op van een van de investeerders binnenin, een dikke man in pak, met een geschokte uitdrukking op zijn gezicht.

Hij rende harder, negeerde de aanval van achter hem op dit moment. Hij dook naar de glijder van de helikopter, greep die met één hand vast, en voelde hoe het toestel van het platform omhoog kwam. Zijn voeten verlieten de grond, en Ben en Julie staken hun hand uit om hem aan boord te helpen.

Kogels knalden tegen de lambrisering om hem heen. *Zijn ze* serieus *op ons aan het schieten?* dacht hij. Ofwel beseften ze niet dat de helikopter vol onschuldige burgers zat, ofwel - en dat is waarschijnlijker - had De Havik de aanval bevolen.

Hij trok zichzelf omhoog en in de buik van de helikopter, klom toen over mensen heen om bij de piloot te komen. Hij was alleen in de cockpit, en Reggie kon zien dat hij worstelde met de besturing.

"Ze schieten op ons!" schreeuwde de piloot.

"Ze schieten op *me*," zei hij. "Sta zo snel mogelijk op, en breng ons buiten bereik."

De piloot knikte, maar Reggie kon zien dat hij het instrumentenpaneel controleerde. "We zitten over onze capaciteit," schreeuwde hij. "Niet zeker of we het kunnen halen tot -"

"Breng ons *omhoog*," zei Reggie. "Land dan op wat ons kan houden. Vergeet om helemaal tot je bestemming te geraken."

De piloot knikte weer, en mompelde toen iets onder zijn adem.

Hij wendde zich tot de groep bange investeerders die in de cabine van de helikopter in twee rijen tegenover elkaar zaten, zijn eigen team verspreid over de vloer tussen hun benen.

Julie's ogen waren gesloten en ze leunde op Ben's knieën. Hij ving Sarah's blik. Ze glimlachte naar hem en ademde zwaar.

Hij wendde zich tot de dikke man op wie hij bijna had getrapt toen hij de helikopter binnenkwam. De man zag er niet kwaad uit.

"Wil je me vertellen waar dit over gaat?" blafte hij. Het was bijna onmogelijk hem te horen boven het geluid van de overspannen helikopter.

"Niet echt," zei Reggie. "Maar ik weet wel dat je investering hier niet goed zal uitpakken."

Hij wurmde zich in de ruimte tussen de buik van de dikke man en de vrouw in de stoel naast hem. Haar gezicht was wit van angst, maar ze schoof een paar centimeter op om hem meer ruimte te geven. Het was ongemakkelijk, te krap en hij kon voelen hoe het vet van de man uit zijn eigen ruimte in die van Reggie lekte, en het was heet.

Maar we worden niet beschoten, realiseerde hij zich.

Hij leunde met zijn hoofd achterover tegen het harde, metalen wandpaneel dat de cockpit van de cabine scheidde en viel glimlachend in slaap.

HOOFDSTUK 59

DE VLUCHT NAAR DE BAHAMAS VERLIEP SOEPEL, na een half uur. Het grootste deel verliep zonder problemen, behalve toen de piloot hen beval de bagage van de burgers in zee te gooien. De dikke man en een andere man in de groep investeerders stonden op om te discussiëren, maar Reggie's subcompact machinegeweer en Ben's blik deden hen meteen weer zwijgen.

Eindelijk onder de gewichtslimiet, kon de piloot ze goed in beweging krijgen. Ze landden op Grand Bahamas' West End Airport, direct op het asfalt van de enkele landingsbaan, want er was geen helikopterplatform. Het kleine cluster van vijf gebouwen, aan alle kanten omringd door palmbomen, vormde het geheel van het 'vliegveld'. Een eenzame werknemer rende naar buiten om hen te begroeten, verrast door hun plotselinge verschijning op zijn landingsbaan, hoewel de piloot talloze malen had geprobeerd zijn UNICOM-frequentie op te roepen.

Reggie sprong er eerst uit, bood hulp aan de investeerders, en hielp tenslotte Ben, Julie en Dr. Lindgren uit de helikopter.

Hij groette de piloot en schudde hem de hand toen deze de cockpit verliet, en tenslotte draaide Reggie zich om en volgde de stoet naar het eerste van de gebouwen naast de landingsbaan.

Daar bood de medewerker hen warme frisdrank en koud bier aan. Er stond een waterkan omgekeerd in een schenkstation in de kleine lobby, maar het leek alsof die er al stond sinds de faciliteiten van de luchthaven waren geïnstalleerd.

Reggie, Sarah en Ben kozen voor een biertje, en Julie nam een frisdrank. De investeerders zaten in klapstoelen tegen de muur, Reggie's wapen was nog steeds de motivatie die ze nodig hadden om op één plaats te blijven. Tot hij zeker wist dat ze onschuldig waren, was hij niet van plan ze te laten vertrekken.

"Wat nu?" Vroeg Ben.

"We wachten."

"Voor wat?"

"Voor mij," zei een stem.

Ze draaiden zich om en Reggie zag het omlijste silhouet van een groot lichaam in de deuropening. Lang en gespierd, kortgeknipt haar, het had elke marinier of legergrunt kunnen zijn waar hij mee gediend had.

Maar het was geen marinier.

"Mrs. E," zei Reggie. "Welkom."

"Blij dat ik je betrapt heb," zei de vrouw met haar dikke accent. Ze keek de kamer rond, haar ogen vielen op elk van de investeerders en staarde hen afzonderlijk aan, alsof ze al besloten had dat ze schuldig waren. "Ik was het zat om aan de onderzoeksprojecten van mijn man te zitten werken." Ze glimlachte en schudde elk van hen de hand. Dr. Sarah Lindgren werd voorgesteld aan hun weldoener, een van de stichtende leden en vertegenwoordigers van de CSO.

"Je bent hier snel," zei Ben. "Je moet in de buurt geweest zijn."

Ze knikte. "Ik ben sinds gisteren op de Bahama's, in afwachting van een terughaaloperatie, hoewel ik blij ben te zien dat jullie allemaal veilig zijn weggekomen. We hielden de UNICOM en ATC kanalen in de gaten. Ik hoorde jullie piloot het vliegveld West End oproepen met de mededeling 'zware lading inkomend'. Ik vergeleek de coördi-

naten en besloot dat een helikopter onmogelijk zo ver van het vasteland kon komen. Jij moest het wel zijn."

"En dat was het. Bedankt voor je komst, E," zei Reggie. "Wat gaat
er met *Paradisum* gebeuren? En *OceanTech?*"

"Wij bereiden een verklaring voor die zal worden overhandigd
aan de Verenigde Naties, alsmede aan alle landen waar het bedrijf
voet aan de grond heeft. Vier in totaal dat we hebben gevonden,
hoewel ik vermoed dat er veel meer zijn. Ik weet zeker dat de mensen
achter u ons daarbij graag zullen helpen. En *Paradisum* wordt opgeëist door de Bahamaanse autoriteiten, en de US Coast Guard zal er
morgenvroeg zijn om al het overgebleven personeel te verwijderen en
de Ravenshadow-teams te escorteren."

"Als ze er nog zijn," mompelde Reggie.

"We voorspellen dat ze al lang weg zullen zijn." Mevr. E zuchtte.
"Je maakt het jezelf misschien moeilijk, Gareth, omdat je er niet in
slaagde Vicente Garza op te pakken, maar je team is erin geslaagd een
grote medische en farmaceutische doofpotaffaire te ontdekken. Dat
zal niet onopgemerkt blijven."

Reggie liet zijn hoofd hangen. "Toch - ik heb het gevoel dat we te
laat waren. Maak een notitie dat er een groep mensen, gevangenen,
op het lagere niveau onder de tweede ring van *Paradisum is.* Ze
moeten behandeld en onderzocht worden, maar ik wil zeker weten
dat ze veilig terugkomen waar ze vandaan kwamen.

Ze knikte. "Natuurlijk. En Mr. E is geïnteresseerd in een debriefing zodra je er klaar voor bent."

Reggie zuchtte. "Juist. Dat dacht ik al. Luister, E, we kunnen wel
wat slaap gebruiken." Hij hield zijn halflege biertje omhoog. "En nog
vier van deze."

Ze glimlachte. "Ik zei hem dat de debriefing niet eerder dan
morgen zou plaatsvinden, maar op één voorwaarde.

Reggie trok een wenkbrauw op. "Ja?"

"Ik heb hem gezegd dat je daarna een week hier nodig hebt om uit te rusten en bij te komen. Alle kosten betaald, met dank aan de Civilian Special Operations."

"En?"

"Hij ging akkoord. Hij werkt op dit moment aan je onderkomen."

"Geweldig," zei Reggie. "Ik kan nog wel een paar dagen op de Bahamas verdragen, denk ik."

Hij keek naar Ben en Julie. Bens arm lag over de schouder van zijn verloofde, en zij leunde zwaar op hem. Hij stond rechtop, volledig stoïcijns en zwijgend.

"Ik ben er zeker van dat zij ook wel een vakantie kunnen gebruiken," voegde hij eraan toe.

Ben knikte, en Julie glimlachte.

"Mijn man heeft een kamer voor jullie twee," zei ze. "En één voor jou, Gareth. Twee kamers in totaal, maar we kunnen er drie van maken als u dat wilt. We wisten niet zeker of u zou blijven of niet, Dr. Lindgren. Maar we zijn blij dat we ons aanbod ook aan u kunnen uitbreiden."

Ze grijnsde en knipoogde naar Reggie. "Ik zou graag blijven. Maar twee kamers is prima."

OVER DE AUTEUR

Nick Thacker is een thrillerauteur uit Texas die in Hawaii en Colorado woont. In zijn vrije tijd leest hij graag in een hangmat op het strand, skiet hij, drinkt hij whisky en trekt hij op met zijn mooie vrouw, twee honden en twee dochters.

Voor meer informatie en een lijst van Nick's andere werk, bezoek Nick online: www.nickthacker.com